그린 멘토

미래의 나를 만나다

그린 멘토 : 미래의 나를 만나다

초판 1쇄 펴냄 2014년 3월 29일
9쇄 펴냄 2020년 10월 15일

지은이 한국환경교사모임 에코주니어
펴낸이 고영은 박미숙

펴낸곳 뜨인돌출판(주) | 출판등록 1994.10.11.(제406-251002011000185호)
주소 10881 경기도 파주시 회동길 337-9
홈페이지 www.ddstone.com | 블로그 blog.naver.com/ddstone1994
페이스북 www.facebook.com/ddstone1994
대표전화 02-337-5252 | 팩스 031-947-5868

ISBN 978-89-5807-514-1 03810

이 도서의 국립중앙도서관 출판예정도서목록(CIP)은 서지정보유통지원시스템 홈페이지(http://seoji.nl.go.kr)와 국가자료종합목록 구축시스템(http://kolis-net.nl.go.kr)에서 이용하실 수 있습니다. (CIP제어번호 : CIP2014009718)

그린 멘토
미래의 나를 만나다

한국환경교사모임 기획
에코주니어 글

뜨인돌

멘토, 혹은 미래의 나

1992년 겨울

대부분의 고등학생들이 그렇듯 나도 고교 시절에 진로에 대한 뚜렷한 확신이 없었다. 평소 동경하던 선생님들의 영향과 부모님의 권유로 막연하게 '교사'라는 꿈을 갖고 있었을 뿐이다. 1992년 겨울, 대입 시험 후 진학 상담을 하는 과정에서 앞으로 '환경'이 유망할 거라는 선생님의 말씀을 듣고 처음으로 환경이라는 학문이 있다는 걸 알게 되었다. 마치 뭔가에 홀린 듯, 나도 모르게 환경 관련 학과에 원서를 썼다. 그 어떤 목적성도 없이 단지 유망하다는 이유만으로.

그리고 오늘. 20년 전에 유망하다고 평가받던 환경 분야는 지금도 여전히 유망한 분야로만 남아 있다.

선택이 아닌 필수

나는 왜 환경을 공부하는지도 모르고 그저 남들 다니니까 다닌다는 식으로 대학에 다녔다. 유망한 분야라는 나만의 합리화를 가지고 말이다. 하지만 그건 오래 가지 못했다. 1997년에 터진 IMF 외환위기로 인해 가장 큰 타격을 받은 게 바로 환경 분야였던 것이다. 환경이고 뭐고 일단은 경제부터 살려야 한다는 게 그 시절의 상식이었다.

16년이 지난 지금, 정부에선 '블랙아웃(대정전)' 사태를 경고하며 에너지 절약을 호소하고 있다. 날로 심각해지는 기후변화로 인해 예전보다 훨씬 더운 여름을 보내야 한다. 먼 미래의 일로만 여겼던 자원 고갈과 생태계 파괴가 어느새 눈앞의 현실로 나가왔다.

20세기까지만 해도 경제보다 하위에 놓여 있었던, 잠시 포기해도 좋은 '선택'의 개념이었던 환경은 이제 우리 삶의 최상위에 놓인 '필수'의 영역이 되었다.

교실 풍경

우리 교실 뒤편엔 '고용노동부 워크넷'에서 만든 포스터 한 장이 붙어 있다. 다양한 직업군의 내용과 규모, 그리고 연봉이 적혀 있는 포스터 앞에서 아이들은 쉬는 시간마다 모여 열띤 토론(?)을 한다.

"초봉이 4천만 원밖에 안 돼? 이건 절대 하지 말아야겠다."

그럴 때면 머릿속으로 슬쩍 내 연봉을 계산해 보기도 하고, '안 하는 게 아니라 못하는 거 아냐?'라고 몰래 핀잔을 주기도 한다. 연봉 액수로 진로를 결정짓지 말고 가치관과 적성과 목적의식을 좇아야 한다는 지극히 '교사스러운' 생각을 하면서. 그러면서도 한편으론 '하긴, 나도 그랬는데' 하며 쓴웃음을 짓는다.

멘토, 혹은 미래의 나

진로를 선택할 때 내게 멘토가 있었다면 어떻게 되었을까? 환경 분야를 선택한 것 자체엔 후회가 없지만, 누군가 나에게 환경에 대한 분명한 가치관과 뚜렷한 목적의식을 심어 주었다면 내 대학 생활은 많이 달라졌을 것이다. 교사로서 그리고 인생의 선배로서, 자신이 생각하는 가치대로 삶을 꾸려 가는 멘토를 청소년들에게 소개해 주고 싶었다. 진로를 결정하는 데엔 돈보다 훨씬 중요한 기준이 있다는 것을 그 만남을 통해 알려 주고 싶었다.

단순히 직업을 소개받기 위해서라면 굳이 멘토를 만날 필요가 없다. 청소년들이 알아야 할 것은 각 직업이 사회 속에서 갖는 객관적 가치, 그리고 당사자가 그 일을 통해 얻는 삶의 가치일 것이다. 그 이야기들이 든든한 배경 지식이 되고 새로운 판단의 근거가 되어, 인터뷰에 나선 친구들과 독자들에게 지속가능한 세상을 향한 건강한 의식과 태도를 만들어 주리라 믿었다.

꼭 환경과 직접 연관된 분야가 아니어도 좋다. 이 책에 소개된 그린 멘토 50인이 그러하듯, 각자의 자리에서 의미 있는 실천을 하며 친환경적 삶을 사는 게 충분히 가능하다는 사실을 미래 세대인 청소년들이 깨달아 줬으면 한다. 그리하여 경제적 풍요보다는 자연과 공동체를 더 소중하게 여기는 녹색 가치관이 형성되길 간절히 소망해 본다.

그린 멘토 50인은?

이 책을 기획하고 멘토를 선정하면서 가장 중요하게 생각했던 건 '환경'과 '환경운동'에 대한 새로운 시각이었다.

예전에는 '환경'이라고 하면 대개 공학적 접근이 지배적이었다. 오염된 환경을 후처리해서 맑고 쾌적한 상태로 되돌리는 것도 물론 중요하지만 그게 환경 분야의 전부는 아니다. 또 '환경운동'이 대규모 환경단체 활동가들만의 독자적인 영역인 것도 아니다.

이 책에서는 다양한 영역에서 각자의 방법으로 환경을 생각하며 지속가능한 세상을 만들기 위해 애쓰는 분들을 소개하고자 했다. 또 생활에 환경을 접목시켜 실천하는 분들을 많이 소개함으로써 환경 관련 진로가 생각보다 매우 다양할 수 있음을 청소년들에게 알려주고자 했다. 그리하여 '직종보다 중요한 건 친환경적 가치관'임을 분명하게 보여주고자 했다.

책에 소개된 50인의 그린 멘토는 각자의 분야에서 모두가 인정할 수 있는 최고의 전문가들이다. 하지만 소개되지 않은 훌륭한 멘토들이 그보다 더 많다. 지면의 한계와 시간 부족 등으로 인해 아쉽게도 모시지 못한 분들은 두 번째 책을 통해 모셔 보려 한다.

이 책을 펴내기 위해 노력해 주신 한국환경교사모임 선생님들께 감사드린다. 무엇보다, 열정적인 선생님을 믿고 더 열정적으로 인터뷰를 준비하고 글을 쓰고 그림을 그려 준 전국의 에코주니어들에게 뜨거운 박수를 보낸다.

마지막으로, 20년 전엔 미처 깨닫지 못했지만 나의 멘토이자 삶의 안내자셨던 홍익대학교 사범대학 부속고등학교 김윤수 선생님께 깊이 감사드린다.

2014년 봄

한국환경교사모임 공동대표 김강석

차례 contents

2장 Rescue

3장 Earth

4장 Environment

1장 GO

"개발의 장밋빛 환상에 젖은 사람들에게 묻고 싶어요.
쇠를 씹어 먹고 기름을 마시며 살 수는 없지 않나요?
공기와 물을 사서 마시는 시대가 정상은 아니잖아요?
대체 누가 자연을 사고팔 수 있겠어요?"

박수택 환경전문기자

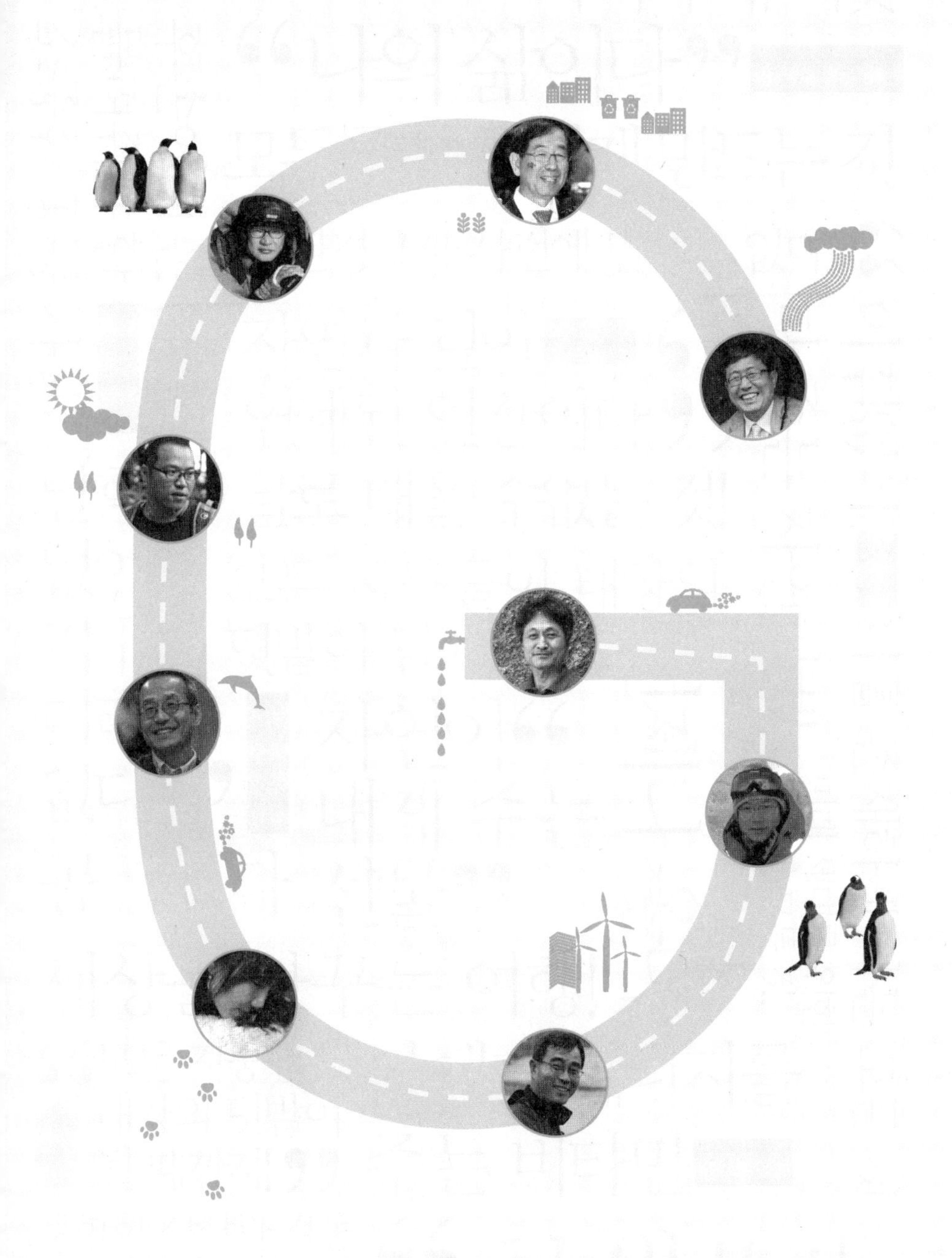

서울대학교 건설환경공학부 교수. 빗물에 대한 오해를 풀고 빗물의 가치를 전파하기 위해 서울대학교 빗물연구센터를 비롯한 다양한 학회에서 활동하고 있다. 빗물 연구 공로를 인정받아 2005년 세계환경공학과학교수협의회(AEESP) 최우수논문상, 2008년 SBS 물환경대상 두루미상, '기후변화 적응을 위한 레인시티의 확산' 프로젝트로 2010년 국제물학회(IWA) 창의혁신프로젝트상을 받았다.

"수많은 알 수 없는 길 속에 희미한 빛을 난 쫓아가
언제까지라도 함께하는 거야. 다시 만난 나의 세계"
소녀시대는 노래했다. 우리는 앞으로 우리가 어떤 길을 걸어가야 할지 잘 알지 못한다. 하지만 어떤 방향으로 가고 싶은지는 안다. 우리가 꿈꾸는 길을 걷고 계신 분이 있다. 사람들에게 빗물의 가치를 일깨우시는 분, 한무영 교수님! 모두가 행복한 '비雨 해피'한 세상으로 가는 길을 교수님과 함께 걸어 보았다.

빗물 박사님이 꿈꾸는 행복한 세상

친구들, 반가워요. 여러분은 비오는 날을 좋아하나요? 요즘 사람들은 빗물이 몸에 나쁘다고 생각해서 재빨리 비를 피하죠. 하지만 땅에 떨어지기 직전의 빗물은 매우 깨끗한 물이에요. 그냥 흘려보내면 흙탕물이 될 수 있지만요. 나는 이 깨끗한 빗물을 어떻게 하면 효율적으로 많이 모을 수 있는지, 어떻게 하면 마실 수 있는지, 어떻게 하면 에너지로 쓸 수 있을지 연구하고 있어요. 빗물에 대한 사람들의 안 좋은 인식을 바꾸기 위해 노력하고 있지요.

교수님께선 원래 상하수도 처리 전문가셨는데 어떤 계기로 빗물에 관심을 갖게 되셨나요?

2000년 봄에 우리나라에 아주 큰 가뭄이 왔죠. 사람들이 내게 찾아와 어떻게 해야 할지 묻는데 아무 말도 할 수가 없었어요. 그때부터 빗물에 관심이 생겼어요. 상하수도 처리 전문가는 똥물도 맑게 되돌릴 수 있어요. 빗물이 더러우면 얼마나 더러울까 싶었지요.

사람들이 빗물을 더럽다고 생각하는 이유는 두 가지예요. 첫째는 잘 몰라서, 그리고 둘째는 상수도 관련자들이 '빗물은 산성비고 더럽다'는 잘못된 소문을 퍼뜨렸기 때문이에요.

빗물은 평등한 자원이잖아요. 세상 누구에게나 공평한 자연의 혜택이죠. 문제는 그것의 활용 방법이에요. '뭉치면 살고 흩어지면 죽는다'는 말처럼, 흩어져서 힘이 없어진 것을 모으기만 하면 강력한 자원이 돼요. 비로소 빗물의 가치를 깨달은 거죠.

빗물의 위대함을 깨달은 뒤 얻은 첫 사회적 성과물은 서울 건국대 앞 스타시티 건물이에요. 함께 그리로 가 볼까요?

영화관도 있고 대형마트도 있는 이 주상복합건물에서 쓰는 물은 모두 빗물이에요. 옥상과 땅에 스민 빗물을 지하 저수조에 모은 뒤 정화하여 필터로 이물질과 침전물을 분리해 화장실에서도 쓰고 식물을 가꾸는 데에도 써요. 1천 톤씩 총 3개 저수조가 있는데 각각 소방용, 조경용수용, 단수 대비용으로 나뉘죠. 1천 톤이면 스타시티의 모든 화장실에서 한 달 동안 사용할 수 있는 많은 양이랍니다.

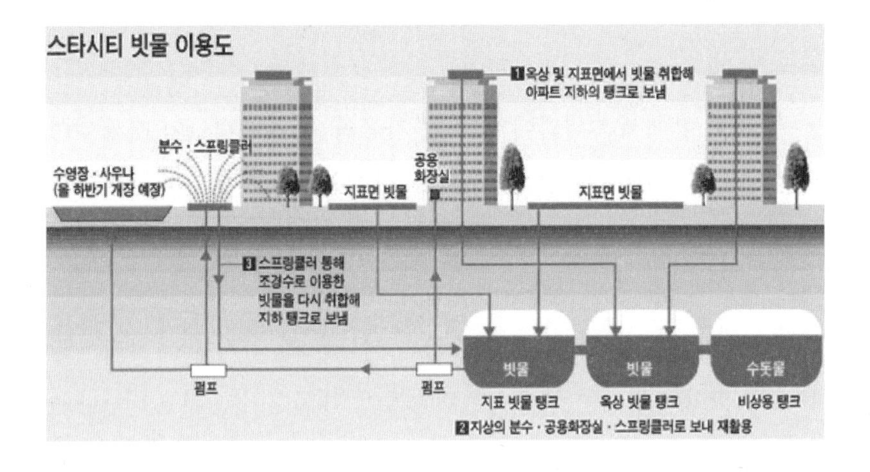

난 빗물을 연구할 때 항상 한국인의 정신, 홍익인간을 생각해요. 어떻게 하면 사람들에게 널리 이로울지 말이에요. 건대 인근 자양동은 상습

침수지역인데, 이 지역에 빗물을 모아서 홍수도 예방하고 수자원도 확보하자는 전략을 세운 거죠.

빗물을 받을 수 있는 지하 저수조가 있어야만 빗물을 활용할 수 있는 건 아니에요. 내가 일하고 있는 서울대 건설환경공학부 건물을 보면서 설명해 줄게요.

이 건물 옥상엔 텃밭이 있어요. 다른 텃밭과 달리 빗물을 모을 수 있도록 오목하게 만들었죠. 하루에 빗물 40mm를 저장할 수 있어요.

콘크리트 건물 옥상에 정원을 설치하면 도시의 열을 식혀 줘요. 빗물로 텃밭을 가꾸고, 모은 빗물은 건물 청소하는 데 쓰면 그만큼 수돗물을 만드는 데 쓰는 전력 소비도 줄일 수 있어요. 또 수확한 채소도 이웃과 나눌 수 있으니 얼마나 좋아요? 이 건물 1층엔 빗물저금통도 있어요. 옥상정원에서 내려오는 빗물을 모으는 거죠. 이 물로 건물을 청소하고 식물을 키워요. 빗물저금통을 건물마다 두면 홍수를 막을 수 있죠. 예술적 감각을 발휘해 아름다운 조형물이나 분수로 만든다면 건물의 상징물이 될 거예요. 나는 빗물의 위대함을 과학적으로 증명해 가면서 빗물에 대한 사람들의 인식을 긍정적으로 바꿔 가는 것이 즐거워요.

빗물의 가치를 깨달은 사람들이 자기 집의 마당이나 지붕을 오목하게 만들고, 길거리도 가운데가 오목한 형태의 빗물저금통으로 만

든다면? 레인 스쿨, 레인 빌딩, 레인 빌리지, 더 나아가 레인 시티가 생기겠지요?

교수님은 아프리카에 가서 빗물로 많은 사람들을 살렸다고 들었어요. 아프리카에서 인상 깊었던 일을 들려주세요.

탄자니아에서 흙탕물을 먹던 아이들이 간단한 장치로 깨끗한 식수를 얻는 걸 봤을 때 가슴이 벅찼어요. 빗물을 모아서 사용하는 방법을 알려 주니 매일 물을 길러 먼 거리를 다니던 아이들이 학교에 다닐 수 있게 됐어요. 나의 작은 기술이 한 마을을 행복하게 한다는 사실에 가슴이 뜨거웠습니다.

사실 공학자 대부분이 자기 업적에만 신경 써요. 자신이 하는 연구가 사회에 어떤 영향을 미치는지를 생각하지 않죠. 나도 논문을 여러 편 썼지만 그건 일부 전문가만 읽는 거예요. 사람들이 읽지 않는 논문을 위해 청춘을 바치느니 여러 생명을 살리는 연구를 하고 보람을 느끼며 살고 싶어요. 중요한 것은 무엇을 연구하냐가 아니라 어떤 마음가짐을 가지고 연구하냐는 것이에요.

저희들은 자신의 가치관을 세우는 교육을 받지 못하고 있어요. 특히 환경에 대한 교육은 거의 없다시피 해요. 저희가 환경을 위해 할 수 있는 일이 있을까요?

빗물 연구를 시작한 뒤 늘 '내 평생 이 기술로 얼마나 많은 사람들을 살릴 수 있을까?' 생각했어요. 내 목표는 '빗물로 1천만 명 살리기'예요.

원래는 1백만 명이었는데 제자들이 절 도와주겠다며 0을 하나 더 붙이라고 하더군요. 친구들도 나를 많이 도와줘요. 작은 실천으로 많은 인류를 구할 수 있으니까요. 학교에서 빗물 활용 프로젝트를 해 보면 어떨까요? 캠페인도 좋고, 시장과의 대화도 좋아요. 청소년기부터 빗물의 중요성을 안다면 세상은 더욱 푸르게 바뀔 거예요.

중학교 2학년 국어 교과서에 「지구를 살리는 빗물」이라는 글이 있어요. 빗물에 대한 이야기가 쉽게 잘 나와 있으니 꼭 한번 읽어 보세요.

교수님의 말씀을 들으면서 우리에게 환경이란 과연 무엇일까 되뇌어 보았다. 지금까지는 그냥 '환경은 잘 보존해야 하는 것'이라고 막연하게만 생각해 왔던 것 같다. 내 힘으로 할 수 있는 일이 뭔지 깊게 고민하지도 않았고, 정부나 기업 또는 환경단체들이 알아서 할 거라고 여기며 책임을 미뤘다. 하지만 인터뷰를 마치고 나니 우리들 하나하나가 모두 빗방울이라는 생각이 들었다. 작은 빗방울들이 모여 큰 강을 이루듯, 우리도 작은 노력들을 꾸준히 모아 나가야겠다.

• **인터뷰 및 정리** : 김포 풍무고등학교 이해성, 김소연, 이의종, 남윤정, 강지윤 (지도 교사 이소영)

박원순

서울특별시장. '시민이 시장이다'라는 생각으로 지속가능한 공동체, 행복한 삶을 향한 유쾌한 실험을 진행 중이다. 1982년 검사에서 변호사로 변신한 뒤 수많은 양심수들을 변호하며 대표적인 인권변호사로 떠올랐다. 영국과 미국에서 함께하는 사회와 법에 대해 공부하고 한국에 돌아와 〈참여연대〉 사무처장으로 활동했고, 〈아름다운재단〉과 〈희망제작소〉를 설립하여 사회운동의 영역을 나눔과 기부로 확대했다.

* 페이스북: facebook.com/hope2gether 트위터: twitter.com/wonsoonpark

우리 사회엔 "박원순 시장과의 만남이 삶의 이정표가 되었다"라고 말하는 이들이 많다. 그분의 삶이 그만큼 깊고 큰 울림을 주기 때문일 것이다. 인터뷰하러 들어간 시장실은 사무실이라기보다는 뭔가 신나는 일을 꾸미는 아지트 같았다. 벽면을 가득 메운 서류들, 시민들의 의견이 빼곡한 메모지들, 수많은 책들, 생기 있게 자라는 화초들을 보니 사람과 자연을 함께 품는 넓은 인품이 느껴졌다. 우리에게 풀어 주신 이야기보따리도 인품만큼이나 넉넉했다.

사람과 자연을 품은 큰바위 얼굴

인권변호사 출신 시민운동가셨는데 어떤 계기로 서울시장에 출마하신 건가요?

딱히 시장이 되겠다는 목표를 가진 적은 없었는데, 다양하게 활동하다 보니 여기까지 왔네요. 검사, 변호사, 사회운동가…. 직업은 달랐지만 내가 늘 꿈꾼 건 주변을 돌아보는 따뜻한 마을과 세상이었어요. 〈아름다운재단〉을 운영할 무렵 결식 학생이 없는 세상을 꿈꾸며 '결식 제로 운동'을 했는데, 거기에 많은 분들이 힘을 보태 주셔서 서울시장 출마까지 결심하게 되었습니다. 시장이 되면 훨씬 많은 일들을 할 수 있으니까요.

서울시장으로서 주로 하시는 일은 무엇인가요?

(벽면의 서류와 메모와 책을 가리키며) 보이죠? 저게 다 내 일이에요. 천만 인구의 서울에서는 하루에도 정말 많은 일들이 벌어져요. 시장은 시민의 삶과 관련된 모든 이야기를 듣고 실천해야 하는데, 그중에서 가장 기억나는 건 취임 첫날 59만 명의 아이들에게 친환경 무상급식을 하게 된 거예요. 서울시립대 반값 등록금 약속도 지켰고요. 오늘 9호선을 타고 온 친구들이 있나요? 지하철이나 버스 파업을 해결하려면 시장의 역할이 아주 중요해요. 수익형 민자 사업인 지하철 9호선의 일방적인 요금 인상

도 요금 신고제였던 걸 요금 승인제로 바꾸며 막아냈습니다. 그리고 서울시 산하 공공부문 비정규직을 정규직으로 전환했지요. 노숙인 문제도 영등포 쪽방촌을 개조해서 해결하려고 해요.

싸이의 '젠틀맨' 뮤직비디오에 서울도서관이 나왔다면서요? 그곳은 옛 서울시청 건물인데, 시민을 위해 도서관으로 새롭게 꾸민 거예요. 어때요? 지난 2년간 서울시에 정말 많은 일이 있었지요?

취임 후 실천하신 공약 중에서 '서울시 원전 하나 줄이기'가 눈에 띕니다. 이 사업은 어떻게 구상하게 되셨나요?

석탄, 석유 등은 한정된 자원이라 점점 고갈됩니다. 게다가 서울시 에너지 자립도는 2.8%로 매우 낮습니다. 원자력발전소 하나가 멈추면 도시가 멈출 수도 있기 때문에, 서울시에서는 에너지 자립도를 20%로 높여 화석연료와 원자력에 대한 의존도를 줄여 나가야 해요. 원전 하나 줄이기는 시작에 불과하고요. 시에서는 신재생에너지로 전기를 생산하고 기존의 에너지를 최대한 효율화하는 노력을 쏟고 있습니다.

가로수가 자라면 가지치기를 하죠? 숲에서 버려지는 나무도 있고요. 이렇게 나온 폐목재를 연료로 사용할 수도 있어요. 실제로 노원구에선 폐목재로 만든 목재 펠릿을 보일러의 연료로 씁니다. 여러분도 생활 속에서 안 쓰는 전기를 줄이는 자발적인 노력을 해 주셔야 해요. 그래야 더 많은 원자력발전소가 줄지 않겠어요?

서울이 거대 도시가 되면서 마을공동체가 많이 사라졌습니다. 시장님이 생각하시는 마을공동체란 어떤 모습인가요?

선진국들은 대부분 마을공동체가 잘 형성되어 있고, 이웃 사이도 좋지요. 반면 우리나라는 지역공동체가 별로 눈에 띄지 않아요. 그렇기 때문에 서울에서 지역공동체를 활성화시켜 이웃 간의 유대감을 만들 필요가 있다고 생각해요.

마을공동체 사업은 지역 일자리와 에너지 자립이라는 두 마리의 토끼를 잡을 수 있습니다. 서울 동작구 성대골 마을에선 주민들 모금으로 '마을 도서관'을 만들고, 아이를 함께 키우는 '마을 학교'도 만들었어요. 또 에너지 자립 마을을 목표로 전기 사용을 줄이고 지역적 조건에 맞는 햇빛 온풍기, 빗물 탱크를 만들어 쓰고 있습니다.

정책 아이디어는 주로 어떻게 떠올리시나요?

카페트에서 나옵니다. 내 카페트(카카오스토리, 페이스북, 트위터)에 시민들이 실시간 의견을 올리거든요. 사회적 약자를 위한 따뜻한 의견이 특히 많아요. 여러분들도 따뜻한 마음을 전하고 싶은 곳이 있다면 카페트에 의견 주세요.

환경재단과 함께 리우회의•에도 다녀오셨죠? 구체적으로 어떤 일들을 논의하셨나요?

환경문제 중 특히 대기문제로 많은 의견을 나눴습니다. 나는 2012년

• 전세계 정부 대표단이 참여하는 국제연합 회의로 10년마다 모여 지구 환경보전 문제를 논의한다. 2012년에 열린 회의는 리우+20 회의로 불린다.

의 리우+20 C40 회의•에 참가했는데요. 서울시의 '원전 하나 줄이기' 같은 친환경에너지 정책을 소개했지요. 자전거 활성화 얘기도 했고요.

서울시 자전거 교통지도를 만들었더니 대부분 한강 공원이나 하천에 몰려 있고 도심지의 자전거 길은 대부분이 차도입니다. 도시 한복판에도 자전거 전용도로를 만들어 시내에서도 자전거를 마음껏 탈 수 있으면 좋겠습니다. 광화문 세종로에 차로를 줄이고 자전거 도로를 만든다면 도심에 차량통행이 줄어 공기가 훨씬 좋아지지 않을까요?

브라질의 꾸리찌바에선 소득에 따라 교통요금이 다르고, 각종 폐기물을 생필품과 교환해 준다고 들었습니다. 제3세계의 가난한 도시가 생태교육을 통해 지속가능한 꿈의 도시로 탈바꿈하면서 전 세계의 주목을 받고 있는데요. 반면 우리나라에선 2008년부터 전국에서 환경교사를 단 한 명도 채용하지 않았습니다. 서울에서도 환경 과목을 배우는 학교는 극소수인데, 서울시 차원의 환경교육 프로그램이나 계획이 있는지요?

환경교사 문제는 교육청과 의논해야 할 것 같습니다. 서울시에서는 학생들과 함께하는 '에너지수호천사단'을 만들었는데, 현재 서울시 5백여 개 초·중·고교생 2만여 명이 학교와 가정에서 에너지 절약을 실천하고 있습니다. 어릴 적부터 습관을 길러 어른이 되어서도 이어지는 실천! 이게 바로 시에서 할 수 있는 교육 아닐까요?

2013년 3월 시청광장에서 열린 어스 아워(지구촌 불끄기 행사, 지구를 위한 한 시간) 행사 때 저희는 플래시몹을 펼쳤는데요. 이처럼 청소년이 서울시 활동에 참여할 수 있는 방법이 또 뭐가 있을까요?

• 인구 5백만 이상 약 40개 대도시의 시장들이 2년마다 모이는 세계기후변화정상회의.

청소년들이 직접 준비한 서울광장 플래시몹은 정말 장관이었습니다. 시청 주변 건물들의 불이 꺼지는 광경을 보고 서울시민 모두가 하나의 공동체라는 사실을 확인할 수 있었어요. 지구 사랑은 혼자가 아닌 여럿이 해야 더 값진 것이지요. 여러분은 '놀토'에 뭘 하죠? 서울시 '놀토 앱'에서 알려 주는 2천여 개의 주말 체험활동 정보를 활용하세요. 환경 분야에 관심이 많다면 상암동 서울에너지드림센터에서 열리는 친환경에너지 교실에서 놀아 보는 것도 좋아요.

마지막 질문입니다. 서울을 위한 시장님의 포부는 무엇인가요?

서울이라는 이 땅에서 굶는 어린이, 어르신, 가정이 없도록 하겠습니다. 헌법에 보장된 인간의 존엄성, 삶의 질을 서울에서 실현하도록 최선을 다할 것입니다. 단순한 행정구역이 아닌 지속가능한 공동체를 만드는 것이 시장으로서의 나의 목표입니다.

시장님과 인터뷰를 하는 내내 입가에 맴도는 단어가 있었다. 생각이 날 듯 말 듯하던 그 단어는 인터뷰가 끝날 무렵에야 비로소 확실히 떠올랐다. 투철함과 따뜻함이 동시에 깃든 환한 미소! 그건 다름 아닌 '큰바위 얼굴'이었다.

• **인터뷰 및 정리** : 서울 숭문중학교 이원재, 엄기윤, 문승현, 백상연, 정종환, 정민석 / 서울 숭문고등학교 정세환 / 서울 한성고등학교 황인호 (지도 교사 신경준)

김진만

18년차 MBC 시사교양국 PD. 사람과 생명에 관한 이야기를 다큐에 담는다. 작품으로는 〈피디수첩〉 〈휴먼다큐 사랑〉 등이 있으며 대한민국 방송사상 최고의 걸작 다큐로 손꼽히는 〈아마존의 눈물〉과 〈남극의 눈물〉로 사람들에게 생명과 지구에 대한 묵직한 화두를 던졌다. ‘환경부가 선정한 11인의 전문가’로 뽑혔으며 ‘대한민국 서울문화예술대상’과 ‘대한민국 콘텐츠 대상 대통령상’ 등을 받았다.

우린 왜 대학에 가려고 할까? 이러쿵저러쿵 거창하게 말하지만 사실은 내 상품가치를 높여서 좋은 직장에 취직하여 돈을 많이 벌고 싶은 게 진짜 속마음 아닐까? 문명사회란 어쩌면 참된 배려와 소통을 외면한 채 각자의 욕심 채우기에만 급급한 이기주의자들의 전쟁터가 아닐까?
이런 생각을 하게 된 건 〈아마존의 눈물〉과 〈남극의 눈물〉을 봤기 때문이다. 문명에 대해, 소통에 대해, 그리고 자연에 대해 진지한 고민을 던진 김진만 PD를 직접 만나 생생한 이야기를 듣고 싶었다.

자연에서 삶의 의미를 찾는 다큐 PD

서울대 사회학과를 졸업하고 사법고시를 준비하셨다고 들었는데, 전혀 엉뚱하게 PD로 전향한 계기가 있으신가요?

고시에 떨어졌죠(웃음). 사실 나는 어른이 되면 많은 일을 경험하고 즐기고 싶었어요. 그런데 비좁은 고시원에서 하루 종일 공부하다 보니 정작 하고 싶은 건 아무것도 할 수 없었죠. 사법고시에 실패한 뒤 뭘 할까 고민하던 중 학교에서 우연히 김영희 PD님 강의를 듣게 되었어요. PD가 되면 TV 프로를 만들면서 자유롭게 내 생각을 펼칠 수 있을 거란 생각에 가슴이 뛰더군요. 시험 준비 과정도 사법고시 때보다 훨씬 재미있었지요.

〈아마존의 눈물〉과 〈남극의 눈물〉에서 밀림 파괴와 유빙의 소멸 같은 환경문제들을 꾸밈없이 담았는데요. 평소 환경에 관심이 있으셨나요? '지구의 눈물' 시리즈를 기획하신 의도가 궁금합니다.

처음엔 MBC 예능국에 들어갔다가 생각보다 설레지 않아서 다큐멘터리 분야로 옮겼는데, 솔직히 다큐 PD가 된 후에도 환경에 대한 감수성은 평범했어요. '지구의 눈물' 시리즈를 찍으면서 비로소 환경문제의 심각성을 깊이 느꼈고 관심이 자란 거죠.

'눈물' 시리즈는 지구의 원시적인 모습을 고화질 영상에 담으면 시청자들에게 큰 울림을 줄 거라는 확신으로 시작했어요. 자연의 신비와 환경 파괴를 동시에 다룰 수 있는 곳이 어딜까 고민하다가 아마존을 선택하게 되었습니다.

〈아마존의 눈물〉에서 가장 인상 깊었던 건 문명과 접촉하지 않은 조에족이었는데요. 처음 조에족을 만났을 때 느낌이 어떠셨나요?

브라질 법규상 원시부족은 촬영이 불가능했어요. 그런데 브라질 정부의 재정이 넉넉치 않다 보니 5~7년에 한 번씩 기부금을 받고 촬영을 허가해 주는 기간이 있어요. 거기에 맞춰 신청했는데 그때도 조에족은 촬영할 수 없었고 와우라족을 촬영했어요. 그들은 모두 나체였고 원시적 느낌도 강해 조에족을 찍을 필요가 없겠다 생각했는데, 알고 보니 집 뒤에 오토바이를 숨겨 두었더라고요. 스스로를 관광상품으로 만든 모습에 몹시 실망했습니다. 그래서 애초 기획대로 문명에 의해 삶의 터전을 위협받고 있는 '진짜' 원시부족을 취재하기로 했고, 10개월 동안 공을 들여 조에족 촬영 허가를 받았습니다.

조에족은 생활에 필요한 것들을 자연에서 얻는 모습이 말 그대로 자연스러웠어요. 와우라족은 보여주기식 사냥을 하기 때문에 활쏘는 걸 번번이 실패하는데, 조에족은 수렵 생활이 일상이기 때문에 잘할 수밖에 없거든요. 게다가 조에족은 욕심이 없었어요. 다른 부족들은 동물을 마구잡이로 죽여서 사냥터가 점점 멀어지고, 장거리 이동을 위해 탈것이 필요해지면 문명의 힘을 빌리거든요. 하지만 조에족

은 꼭 필요한 만큼만 사냥하고 더 이상은 잡지 않아요. 조금만 가면 훨씬 많은 사냥감들이 있는데도 말이죠. 주어진 몫에 만족하며 자연과 더불어 사는 모습을 보고 많은 감동을 받았습니다.

문명은 사람의 편의를 위해 생겼어요. 하지만 문명이 발달한 지금 우리는 행복한가요? 조에족 집은 벽도 없고 담도 없어서 서로의 집에 뭐가 있는지 다 알 수 있어요. 모든 걸 같이 나눠 쓰고, 탐내지도 않아요. 지금 우리가 겪는 환경문제를 비롯한 사회문제는 모두 사람의 욕심에서 비롯된 것이 아닌가 싶어요.

원시부족과 소통하는 게 쉽지 않으셨을 텐데요. 소통의 원동력은 무엇이라고 생각하시나요?

소통은 연애와 비슷해요. 상대에 대한 관심으로 그 사람을 알아 가는 것, 내가 원하는 모습으로 상대를 보지 않고 그 사람의 모습대로 받아들이는 것이지요. 상대의 얘기를 귀담아 듣고 배려하면 진심은 반드시 전해져요.

우린 조에족을 통해 뭘 이루려 하지 않았고, 그저 그들의 삶이 궁금했어요. 그들 모습 그대로 인정하고 그들의 말 속에 숨은 마음까지 파악하려 애썼죠. 그 결과 조에족도 우리에게 진솔한 모습으로 다가왔고요.

'지구의 눈물' 시리즈를 촬영하시면서 가장 기억에 남는 곳은 어디인가요?

딱히 한 곳을 꼽긴 어렵지만, 아무래도 남극이 기억에 많이 남아요. 남극조약(1961) 이후 학술적인 탐사 외엔 개발이 금지되어 있는데도 의외로 환경오염이 심하더군요. 남극 베처바이지 섬에서는 1년 전에 태어난 펭귄 1천8백 마리 중 8마리만 살아남았다고 해요. 무너진 빙산이 펭귄 서식지를 가로막는 바람에 먹이 사냥을 못 해서 떼죽음을 당한 거예요.

현재 곤충 다큐멘터리를 제작하시는 중이라고 들었습니다. 이번 다큐로 전하시고 싶은 말씀은 무엇인가요?

2014년에 '생물다양성의 해' 행사를 우리나라에서 열어요. 생물다양성의 기본은 곤충입니다. 자그마치 1백만 종이 넘으니까요. 우리가 징그럽다고 생각했던 곤충이 알고 보면 엄청난 일을 해요. 지구에서 인간이 사라지면 어떻게 될까요? 별 차질 없이 생태계의 균형이 유지되겠죠. 하지만 지구에서 곤충이 없어지면 생태계가 망가져요. 곤충이 없으면 식물이 수정을 할 수가 없어 열매를 맺지 못하고 결국 죽게 돼요. 그럼 동물들도 살아남지 못하죠. 곤충은 지구의 자정 능력을 돕고 생태계의 균형을 맞춰 줍니다. 곤충 다큐를 통해 말하고 싶은 건 지구의 다양한 생명체를 인정하며 함께 살아야 한다는 거예요.

PD님은 환경 이전에 휴머니즘을 다루셨잖아요. 휴머니즘과 환경의 연결고리는 무엇인가요?

휴머니즘의 핵심은 서로를 배려하고 함께 사는 것이죠. 환경에서 중요한 건 다양성의 인정이에요. 다양한 생물 존재 자체를 인정해 주고 본래 모습으로 살 수 있게 하는 것이 환경입니다. 우리와 다른 삶의 방식을 존중해 주고 그들의 터전을 지켜 준다는 점에서 환경과 휴머니즘은 통한다고 생각해요.

PD님을 이끌어 준 멘토 같은 분이 있었나요?

내 멘토는 미야자키 하야오 감독님이에요. 〈미래 소년 코난〉과 〈바람계곡의 나우시카〉엔 아주 또렷한 환경적 메시지가 담겨 있어요. 바람계곡 사람들은 변질된 곤충 '오무'를 죽이려 하죠. 하지만 오무는 독가스를 정화하는 고마운 존재였어요. 우리는 겉모습으로만 그 생물을 판단하고 우리에게 해롭다고 느끼면 없애 버리죠. 이제라도 우리의 오만을 깨닫고 더 이상 환경을 짓밟는 일을 그만둬야 합니다. 미야자키 하야오 감독님은 그걸 깨닫게 해 주셨고, 내가 느끼고 고민했던 것들이 내 작품들 속에 많이 담길 수 있게 해 주셨어요.

세 가지를 반성했다. 꿈과 열정보다는 성적에 맞춰 진로를 정하려던 안일함, 스스로 문명인이라 여겼던 오만함, 그리고 지구환경이 아무리 심각한들 내겐 별 영향이 없다고 생각했던 둔감함. 인터뷰 한 번으로 모든 것들이 한꺼번에 바뀌진 않겠지만, 그래도 내일부터 우리의 삶이 조금은 달라질 것 같다.

• **인터뷰 및 정리** : 성남 숭신여자고등학교 남효연, 유재빈, 강문영, 이송이 (지도 교사 김강석)

매일 스케치북을 들고 다니며 풀과 나무, 곤충을 그리는 생태만화가이자 생태놀이 코디네이터(숲에서 할 수 있는 놀이를 기획하고 실행하는 사람). 숲에 가면 신기한 것이 너무 많아 그림을 그리면서 관찰하고 공부한다. 아이들이 자연에서 즐겁게 노는 방법을 고민하고, 교사와 부모, 생태안내자들이 생태놀이를 자연학습에 효과적으로 활용할 수 있도록 교육하는 일에도 힘쓴다. 2009 부천만화대상 어린이만화상을 수상했으며 현재 청강문화산업대에서 만화창작을 가르치고 있다.

작가님의 작품을 읽으며 이분 상당히 섬세하다는 생각을 했다. 그런데 직접 만나고 보니 남자다운 외모와 떡 벌어진 어깨, 탄탄한 몸이 마치 운동선수 같았다. 의외다.
이분의 작업실 한쪽 구석엔 역기나 아령 같은 운동기구들이 있지 않을까 싶었다. 하지만 작가님은 마치 다람쥐처럼 집 안 곳곳에 도토리, 나뭇잎, 솔방울 등을 모아 두고 있었다. 또 의외다.
만화가들은 어떤 생각을 하면서 살까? 『꼬마 애벌레 말캉이』는 어떤 과정을 거쳐 세상에 나왔을까? 우린 숲 속의 비밀 아지트에 초대받은 기분으로 작가님과의 대화에 빠져들었다.

자연과 놀이를 하나로 잇는 생태만화가

한국외대에서 일본어를 전공하셨는데 언제부터 만화가를 꿈꾸셨나요?

중학교 때 꿈이 화가였어요. 집으로 가는 막차를 탈 때까지 그림을 그릴 정도로 미술을 좋아했지요. 대학 시절 탈춤 동아리에 들어가 공연을 연출하며 동료와 갈등을 겪게 된 이후, 나 혼자만의 힘으로 이야기를 기획하고 보여줄 수 있는 방법을 고민했죠. 그때 생각한 방법이 바로 만화였어요. 만화는 배경, 배우 캐스팅, 스토리, 장면 모두 제가 원하는 대로 연출을 할 수 있으니까요.

대학교 4학년 때 마침 동아리 선배가 만화가 한 분을 소개해 주셨어요. 알고 보니 그분이 '우리만화연대협회'의 회장이었고, 전 그 협회에 가입한 뒤 매일 문턱이 닳도록 찾아가 청소와 잔심부름을 자청하며 일을 했어요. 결국 성실성을 인정받아 그곳에서 3년 동안 일하게 되었고, 얼마 뒤 만화가 박재동 선생님의 추천으로 「한겨레」 신문에 연재를 시작하며 만화가로 데뷔하게 되었습니다.

그때부터 생태만화를 그리신 건가요? 아니면 생태만화를 그리게 된 특별한 계기가 있으신가요?

처음부터 생태만화를 한 건 아니에요. 20대엔 일상을 다루는 에세이툰을 주로 그렸지요. 하지만 시간이 지나면서 '이런 작품들이 내 정체성, 작가 황경택의 색깔을 보여줄 수 있을까?' 하는 의문이 들기 시작했어요.

그럴 때면 시골에서 자란 제 어린 시절을 떠올렸어요. 덕분에 잊고 있던 나를 발견했죠. 자연에 귀를 기울이고 호기심을 가득 품은 소년 황경택을 말이에요.

그 뒤로는 동네 도서관에서 자연에 관한 책은 모두 찾아서 읽었어요. 그래도 부족해서 이곳저곳에서 정보를 찾다가 우연히 '숲을 사랑하는 사람들'이라는 카페를 알게 되었고, '숲 연구소'의 남효창 박사님을 만나게 되었어요. 그분 사무실을 매일 찾아가 일을 도와드리다 보니 어느새 숲 연구소의 교육팀장이 되어 있었고, 그것이 지금의 저를 있게 한 거죠.

작가님께선 매일 숲에서 그림을 그리고 생태놀이를 연구하시잖아요. 그러면서도 지치지 않는 원동력은 무엇인가요?

자연이 주는 행복함이겠죠. 숲을 그리다 보면 내가 생각보다 잘 그린다는 것을 알게 되고, 또 자연물을 그림에 담으면서 행복을 느낍니다. 처음엔 그냥 그리는 것 같지만 10분 정도 지나면 내 눈엔 오직 그 대상만 보여요. 광활한 우주에 그리는 대상과 나만 단둘이 있는 거예요. 그림을 그린다는 건 어떤 대상과 단둘이 대화를 나누는 거라고 생각해요. 이 느낌을 전하기 위해 『자연물 그리기』 책을 쓴 거예요. 잘 모르는 것이라도 그림으로 담다 보면 사랑하는 마음이 생기거든요.

작가님 작품 중에 『꼬마 애벌레 말캉이』라는 책을 읽었어요. 어린이 책이라고 생각했는데 읽다 보니 다른 독자층도 고려하신 것 같아요. 이 책은 어떤 독자를 생각하며 그리신 건가요?

만화를 그릴 땐 항상 조카들을 생각하며 작업해요. 어린이도 재밌게 볼 수 있는 만화를 만들고 싶으니까요. 자기 내면에 관심이 커지는 청소년을 위한 만화로도 보였으면 해요. 남녀노소 누구나 볼 수 있는 작품을 추구합니다. 초등학생은 제 만화를 보고 웃으면서 생태를 배울 수 있도록 자연물의 그림과 설명을 넣었어요. 한편으로 삶의 성찰을 담은 대사를 넣어 철학적으로 어른에게 다가갈 여지도 남겨 두었죠.

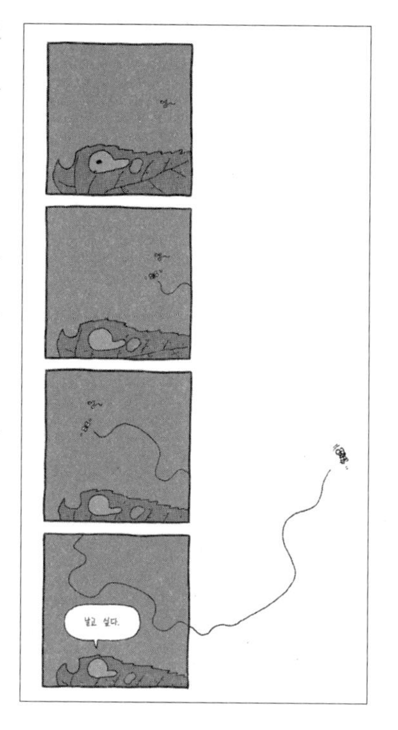

말캉이가 번데기를 거쳐 나비가 아닌 나방이 되는 결말이 약간 충격적이었어요. 어떤 의도로 그리신 건지 궁금해요.

내가 의도한 대로 봐 주셔서 다행이네요. 사람들은 대부분 나방을 싫어하죠. 자연에 대한 그릇된 편견을 깨 주고 싶었어요. 자연은 좋고 나쁜 게 없어요. 자연에서는 다 가치가 있는데 인간적인 판단으로 '나비는 좋고 나방은 해롭다' '다람쥐는 예쁜데 청설모는 불길해' 같은 편견을 만들죠. 열린 마음으로 자연을 바라보면 좋겠다는 의도로 『꼬마 애벌레 말캉이』를 창작했어요.

자연의 모든 것들에는 저마다의 가치와 역할이 있다고 하셨는데요. 생태계를 파괴하는 아카시아도 역할이 있을까요?

아카시아(아까시나무)는 생태계를 파괴하지 않아요. 그건 완전히 잘못된 정보지요. 1970년대 국토개발 당시 지반을 튼튼히 하기 위해 아카시아를 무분별하게 심어 놓고 그게 너무 급속도로 전국에 퍼지자 안 좋은 말들을 퍼트린 거예요. 아카시아는 양봉의 밀원으로 경제적 가치를 지니고 있고 토양을 비옥하게 해 주죠. 뿌리가 옆으로 뻗는 천근성 덕분에 산사태를 방지하고 지반을 튼튼히 해 주기도 합니다. 우렁이도 잡초 제거를 위해 들여와 놓고 관리가 안 되니까 자꾸 부정적인 인식을 심잖아요? 모든 걸 인간이 잘못해 놓고 매번 자연에 책임을 돌리는 겁니다.

작가님께서 쓰신 『만화로 배우는 주제별 생태놀이』라는 책에는 아이들과 활동할 때 기록지에 연연하지 말라는 조언이 있는데요, 저희는 현장체험 학습을 갈 때면 항상 기록지나 활동지에 내용을 적어서 검사를 받는 방식에 익숙해져 있거든요. 그래서 아주 새롭고 신선한 기분이 들어요. 기록지에 연연하지 말라고 하신 까닭이 무엇인지 알고 싶어요.

나는 기록지가 또 다른 '공부'를 하게 만든다고 생각해요. 자연은 공부하는 것이 아니라 느끼는 것이 먼저거든요. 먼저 경험하고 느껴야 하는데 기록지를 주면 아이들은 공부로 받아들여요. 기록이 무조건 나쁘다는 것이 아니라, 기록만 하다 보면 정작 중요한 것을 놓치게 되기 때문에 기록지에 연연하지 말라고 한 거예요.

나는 아이들이 자연을 느꼈으면 좋겠어요. 그래서 꽃 관찰 기록지를 주더라도 '꽃의 향기'와 '느낀 점'을 꼭 적게 해요. 그럼 다들 꽃에 다가가 향기를 맡아 보더라고요. 그러면서 꽃을 느끼는 거죠. 이런 것이 자연을 느끼게 하는 하나의 방법이 될 수 있어요.

멘토로서 청소년들에게 해 주고 싶은 이야기가 있다면요?

고민과 부정적인 생각에 대해서 죄책감을 가지지 말라는 얘기를 해 주고 싶어요. 청소년 때 이성에 대한 호기심도 많고 술도 마시고 싶고 하고 싶은 게 많잖아요. 당연한 거예요. 그런 것으로 죄책감을 가지면 삶이 꼬이기 시작해요.

나는 대학에 한 번 떨어졌어요. 그런데 낙담이 안 됐어요. 그냥 다른 학교에 가라는 건가 봐'라고 생각했지요. 늘 긍정적인 마음가짐을 가지세요. 세상엔 다 솟아날 구멍이 있고 다 갈 길이 있어요. 지금이 끝이 아니라는 거죠. 그러니 너무 고민할 필요 없어요. 청소년 시기엔 느끼고 경험할 게 무궁무진하고 주변에 흥미로운 일과 사람들이 많아요. 거기서 즐거움을 많이 느끼는 게 중요해요.

• **인터뷰 및 정리** : 경기 광주고등학교 안준, 김호빈, 박준수, 이정우, 차민준 (지도 교사 서은정)

최.재.천.

"알면 사랑한다"라는 신념으로 생물의 신비와 자연 사랑을 설파하는 과학자 겸 저술가. 미국 펜실베이니아대에서 생태학 석사를, 하버드대에서 박사 학위를 받았다. 서울대 생물학과 교수, 이화여대 에코과학부 석좌 교수를 거쳐 현재 국립생태원장을 맡고 있다. 인문학과 자연과학의 경계를 넘어 새로운 지식을 만드는 통섭원과 기후변화센터, 136환경포럼, 생명다양성재단 대표이기도 하다.

『통섭 : 지식의 대통합』을 국내에 소개하여 큰 반향을 일으켰고 『개미제국의 발견』 『생명이 있는 것은 다 아름답다』 외에 30여 권의 책을 쓰고 번역했다. 뛰어난 연구 업적으로 미국곤충학회 젊은 과학자상, 대한민국과학문화상 등을, 동강댐 건설 백지화에 기여한 공로로 국제환경상을 받았다.

어느 날 문득 신문을 봤다. 신문 1면엔 넓은 바다에서 자유롭게 헤엄치는 돌고래의 모습이 크게 담겨 있었다. 푸르른 자유와 행복이 물씬 느껴졌다. 입시에 찌든 일상에서 벗어나 돌고래처럼 자유롭게 세상을 누비고 싶었다.

기사엔 '생명다양성재단 최재천 교수 팀이 서울대공원에서 돌고래 쇼를 하던 제돌이와 춘삼이를 바다에 방생했다'는 내용이 담겨 있었다. 녀석들에게 자유를 선사한 그분이 바로 오늘 우리가 만날 그린 멘토다.

생명 사랑을 실천하는 생물학자

늘 우리 사회에 남다른 화두를 던지는 분을 만나 뵙게 되어 영광입니다. 교수님께선 언제부터 생물학자가 되고 싶으셨나요?

어려서부터 야외에서 노는 걸 무척 좋아했어요. 방학이면 항상 시골에 가서 개울과 바다, 산을 헤집고 다니며 고라니 똥을 가지고 놀았죠. 진로를 결정할 때쯤 '생물학을 하면 계속 지금처럼 놀 수 있겠구나' 생각했어요. 생물들을 연구하면 다른 사람들이 회사 갈 때 나는 개울에 갈 수 있잖아요. '생물학자' 하면 왠지 포근한 느낌이 들고요. 지금 생각하면 참 단순하고 웃기지만, 그땐 정말로 그렇게 생각했어요.

생물에 대한 애착이 지금의 교수님을 만든 거네요. 그렇다면 생물학자가 지녀야 할 가장 중요한 자질은 무엇인가요?

몇 년 전부터 영장류 연구를 시작했어요. 우리 연구팀은 연구 전에 선서를 합니다. '인간에게 할 수 없는 일은 영장류에게도 하지 않겠다'고요. 이 맹세만 아니라면 밝혀낼 수 있는 사실이 훨씬 많겠지만, 학문적인 욕심을 떠나서 동물도 생명체로 존중하며 연구하겠다는 의지의 표현이죠. 생물학자는 마음이 없는 무생물을 다루는 물리학자나 화학자와는 다릅니다. 아무리 하찮아 보이는 생물이라도 모두 하나의 생명체입니다. 생물학자는 근본적으로 생물을 존중하는 마음이 있어야 합니다. 너무 연구 업적에만 치우치는 건 생물학자답지 않아요.

교수님과 제인 구달 박사님이 굉장히 친하다고 들었어요. 생물학자로서 그분을 어떻게 생각하시나요?

제인 구달 선생님은 학문과 인격 모두 최고의 경지에 오른 훌륭한 생물학자예요. 친분이 있다는 것 자체가 영광으로 느껴지는 분이죠. 고령이신데도 1년 내내 세계를 누비며 자연보호를 말씀하세요. 세상에는 유명세로 자신의 욕심을 채우는 사람이 많은데, 제인 구달 선생님은 스스로를 낮추어 사람들에게 자신의 연구와 재능을 환원합니다.

그분이 운영하시는 '뿌리와 새싹'이라는 단체가 있어요. 젊은이를 위한 환경과 인도주의 교육 사업이 목적이지요. 현재 120개 이상의 나라에서 유치원생부터 대학생까지 수많은 젊은이들이 자연과 생명과 인간공동체를 보호하는 활동에 참여하고 있어요.

제인 구달 박사님으로부터 영감을 받아 '생명다양성재단'을 세우셨다고 들었습니다. 그 재단에 대해 소개해 주세요. 그런데 흔히들 '생물다양성'이라고 하지 않나요? '생명다양성'이라고 하신 특별한 이유가 있으신가요?

'뿌리와 새싹' 운동을 우리나라에 뿌리 내리기 위해 생명다양성재단을 만들었습니다. 아무리 작은 생명체라도 자유롭게 살 권리가 있습니다. 생물의 다양성을 지키는 활동은 곧 지구의 생존을 지키는 일이니까요. 생명다양성재단은 동물보호활동과 더불어 우리 주변 환경을 맑게 바꾸는 활동을 합니다.

영어권 사람들은 'Biodiversity(생물다양성)' 하면 지구에 사는 모든 생물을 떠올립니다. 반면 우리나라에선 '생물다양성' 하면 두꺼비 보호 정도로 좁게 생각해요. 우리 활동을 정확히 전달하는 이름을 고민하다 생물을 '생명'으로 바꾸니 의미가 한층 커지면서 원하는 어감이 나오더군요.

생명다양성재단에서도 힘을 합쳐 서울대공원 돌고래 춘삼이, 제돌이를 야생으로 돌려보내셨잖아요. 그때 기분이 어떠셨어요?

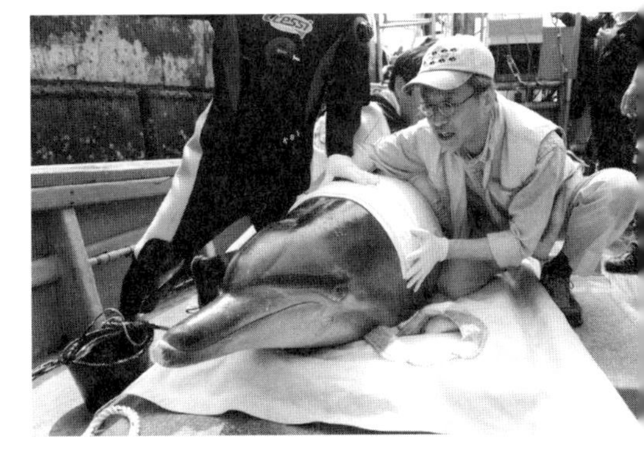

춘삼이, 제돌이 방사는 생명다양성재단의 첫 번째 활동이었어요. 우리는 야생동물보호를 최우선으로 생각하거든요.

좁은 공간에서 돌고래 쇼를 하던 제돌이와 춘삼이를 방사하던 날, 너무나 기쁘고 흥분되어서 밥 생각도 나지 않았어요. 정말 행복했죠. 혹시 신문에서 제돌이의 자유로운 모습을 보셨나요? 제돌이가 '츠워어-업' 하고 숨 쉬러 올라올 때 찍은 사진이에요.

돌고래 방사를 준비하는 과정에서 '안전한 곳에서 잘 살고 있는 동물들을 왜 저 위험한 바다로 내모느냐'라는 소리를 많이 들었어요. 그 사람들에게 얘기했죠. '만약 당신이 감옥에 갇혀 있는데 나가서 1년을 살지, 감옥에서 10년을 더 살지 선택하라고 하면 어떤 걸 선택하겠느냐? 난 하루를 산다 해도 자유롭게 살겠다'라고요. 자유라는 건 타협의 대상이 아니잖아요? 더욱이 돌고래는 하루에 10km 이상을 헤엄치며 자유롭게 사는 동물입니다.

다행히 녀석들을 방사할 즈음엔 사람들의 인식이 바뀌어서 응원해 주는 시민들이 많았어요. 자연과 생명에 대한 우리 국민들의 의식이 변한 것이 정말 뿌듯했답니다.

교수님 하면 떠오르는 단어 '통섭'에 대해 여쭤 보고 싶은데요. 통섭을 김치, 비빔밥에 비유하여 '서로 다른 것이 만나 새로운 것이 생기고 번식하는 것'이라 하며 그 중요성을 강조하셨잖아요. 통섭을 통해 사회에 하시고 싶은 말씀을 들려주세요.

통섭은 우리 시대에 굉장히 필요한 개념이자 덕목입니다. 원래 생물학적으로도 다양한 생명들이 공존하며 섞여야 건강하고 아름다운 법이거든요. 가령 조류독감이 발생했을 때, 새의 유전적 다양성이 풍부하면 일부가 죽더라도 인플루엔자 내성이 강한 닭이 나타나 그 자리를 메울 수 있어요. 그런데 현재 우리나라 닭들은 복제 닭이나 마찬가지여서 아주 허약하고 조류독감에 거의 무방비 상태입니다.

사회적으로도 이젠 어떤 문제를 하나의 분야만으로는 해결할 수 없습니다. 물리학에서 밝혀낸 과학현상을 사회에 적용하려면 경제학도 필요하고 사회학적 검토도 필요해요. 적용 과정에서 사회적 불균형이 발생하면 안 되니까요. 많은 사람들의 답이 합쳐져야 올바른 결론을 낼 수 있고, 학문의 경계를 뛰어넘는 통섭적인 사고를 해야 문제를 해결할 수 있는 시대가 온 것이지요.

이 시대의 좋은 과학자가 되려면 과학만 파지 말고 다양한 책과 경험으로 두루두루 공부하라는 말씀이지요?

잘 이해했네요. 좋은 과학자는 다양한 관점에서 사물을 볼 수 있는 통섭형 인재이지요. 그러니 개인적인 성공에만 매달리지 말고 사회문제에도 관심을 가지고, 공동체를 위한 의미 있는 일에도 뛰어들 줄 알아야 합니다. 생물학은 무엇보다도 생명을 이해하려는 학문이니 현상에 대한 분석도 탁월해야 하지만, 분석한 내용들을 종합하면서 결론에 담긴 의미를 찾아내는 능력도 갖춰야 합니다. 전체를 볼 수 있는 능력을 가진 통섭형 생물학자가 자기 분야에만 똑똑한 생물학자보다 훨씬 훌륭한 생물학자라고 생각해요.

부디 여러분들 중에서도 그런 인재가 꼭 나왔으면 합니다. 그럴 거라고 믿어요.

• **인터뷰 및 정리** : 김포 풍무고등학교 박제련, 고형섭, 박혜원, 이주영 (지도 교사 이소영)

동물보호 시민단체 '동물자유연대' 동물복지센터 국장. 동물보호 교육부터 동물 구조, 동물 입양, 보호동물 관리, 동물복지 캠페인 활동까지 두루 하는 에너자이저 동물보호 활동가다. 〈TV 동물농장〉의 유기견 구조 활동, 〈남자의 자격 : 유기동물 입양 편〉 등을 통해 대중적으로 널리 알려졌으며, 이젠 우리 사회에서 '동물보호' 하면 제일 먼저 떠오르는 인물이 되었다. 자신의 꿈이자 동물자유연대의 꿈은 세상의 모든 동물들이 인도적인 대우를 받는 것이다.

2010년, 〈남자의 자격 : 유기동물 입양 편〉을 보는데 낯익은 얼굴이 화면에 나왔다. 어디서 봤더라? 곰곰이 기억을 더듬었고 잠시 후 생각이 났다. 〈TV 동물농장〉에서 유기견 구조 현장마다 어김없이 달려왔던 바로 그 사람! 상처 입고 굶주린 동물들을 늘 따뜻하게 쓰다듬던 그분이 그린 멘토 중 한 분이라는 얘길 들었을 때 우리의 첫 반응은 "당연하지!"였다. 윤정임 국장님은 오래전부터 동물을 사랑하는 사람들의 마음속 멘토였으니까.

동물이 행복한 세상을 위해

동물자유연대에서 일을 하게 된 계기가 있으신가요?

친언니가 결혼을 하면서 부모님께 말티즈를 선물했어요. 강아지와 함께 살면서 동물도 감정이 있고 우리랑 똑같다는 걸 깨달았죠. 다른 동물들은 어떻게 사는지 궁금해져서 인터넷 검색을 했는데, 검색 결과에 뜬 동물보호단체가 바로 동물자유연대였어요. 인연이 닿으려고 그랬는지 단체 홈페이지에 들어가자마자 채용공고가 떠 있었어요. '어린이 동물 교육 간사'를 뽑는 공고였는데, 내 전공이 미술이라 미술학원에서 학생을 가르친 경험이 있었어요. 그게 계기가 되어 10년 동안 인연을 이어왔습니다.

동물자유연대에서 처음 한 일은 유치원에 찾아가서 아이들에게 동물을 어떻게 아끼고 보호해야 하는지 교육하는 것이었어요. 흔히들 하는 동물 체험이 아닌 생명존중 교육이었죠. 아이들이 직접 동물을 보고 만지는 '체험학습'이 아니라고 하면 교육을 거절하는 유치원도 있었지만, 너무 의미 있고 좋은 교육이라며 호응과 후원을 해 준 유치원 선생님들도 많았답니다.

〈TV 동물농장〉에서는 주로 구조 활동을 하시던데 구조만 하는 것이 아니었군요.

동물이 심하게 학대를 당했거나 상황이 위급한 경우에 한해 구조를

합니다. 동물자유연대에 들어오는 구조 요청은 하루에 20건 정도지만 직접 구조하러 갈 수 있는 경우는 하루에 한 건도 채 되지 않아요. 대부분의 시민단체가 그렇듯이 근무 환경이 좋은 편이 아니라서 인력이 부족하거든요. 센터에서 보호할 수 있는 동물은 제한적인데 구조해야 할 동물들은 너무 많아요. 우리가 구조한 동물들만이라도 입양될 때까지 또는 죽을 때까지 보호한다는 원칙 아래 책임질 수 있는 만큼만 구조합니다.

그렇지만 사람들의 생각이 바뀌지 않고 법이 개선되지 않는다면 아무리 많은 동물을 구조해도 그 이상의 동물들이 학대당하고 버려지겠죠. 동물자유연대는 동물보호법 개정과 사람들의 의식개선 캠페인에 초점을 맞추어 활동하고 있어요.

인력이 부족하다고 말씀하셨는데 동물자유연대의 직원은 얼마나 되나요?

동물자유연대는 정책을 기획하는 '정책기획국', 운영을 관리하는 '운영지원국', 동물자유연대를 알리는 '홍보국', 구조 동물의 쉼터인 '반려동물복지센터' 그리고 부산에서 활동하는 '동물자유연대 부산지부'로 나뉩니다. 총 직원은 20여 명이에요. 꽤 많은 것처럼 들릴지 모르지만 선진국의 경우 이 정도 규모의 반려동물복지센터에는 최소한 50명 정도의 직원이 근무합니다.

동물자유연대의 15년 역사 중 제일 큰 업적은 무엇이라고 생각하시나요?

저희는 대한민국 최초로 동물보호 교육을 시작했던 단체예요. 사실 외국에는 동물보호에 대한 교과목이 따로 있어요. 그런데 우리나라는 그렇지 않잖아요. 동물자유연대는 인터넷과 방송으로 동물보호의 필요성을 꾸준히 알려 왔습니다. 〈TV 동물농장〉과 협력하고 〈남자의 자격〉을 지원해 유기동물의 현실과 동물보호단체를 세상에 알렸죠. 보호소 동물은 더럽고 아프고 성격도 좋지 않을 것이라는 선입견을 깬 것이 큰 소득입니다. 유기동물도 사랑스럽다는 것이 알려진 뒤엔 보호동물 입양 신청이 급속도로 증가했어요. 〈남자의 자격〉을 통해 개그맨 김국진 씨 집으로 입양된 덕구는 지금 매일 어머니와 함께 산책도 하고 사랑을 받으면서 행복하게 살고 있지요.

제돌이 방사도 동물자유연대가 '생명다양성재단'과 함께 일궈 낸 소중한 성과입니다. 돌고래처럼 지능이 높은 동물들에게도 엄청난 폭력과 스트레스를 가하며 훈련을 시키고 있다는 걸 많은 시민들이 알게 되었고, 잔혹한 동물 쇼에 대한 반대 여론이 들끓었어요. 덕분에 제돌이가 꿈에 그리던 바다로 돌아갔고 국가적 이미지 또한 끌어올릴 수 있었습니다.

국장님의 동물보호 가치관을 말씀해 주신다면요?

동물은 욕심이 없고 거짓이 없어요. 주변의 동물들 덕분에 내 삶도 평온해지는 느낌을 받아요. '나에게 평온함을 주는 동물에게 나 역시 평온함을 주고 싶다'라는 생각을 많이 합니다. 사람과 동물이 조화롭게 살 때 평온이 온다고 믿어요. 은퇴하기 전까지 동물보호단체에서 일하면서 동물에게 조금이라도 더 평온함을 느끼게 해 주고 싶어요. 그게 내 가치

관이자 목표입니다.

동물이 주는 평온함을 어떤 때 느끼시나요?

동물보호단체에서 만나는 동물은 사람들이 생각하는 동물과 달라요. 이곳에는 심한 학대를 당하거나 버려져서 몸과 마음이 상한 동물이 옵니다. 상처받은 동물들이 우리의 손길을 거치면서 회복되어 가고 마음의 문을 열어 가는 과정 하나하나, 안아 달라고 다가오는 소소한 일상이 따뜻함을 줘요. 자연 속에 내가 있다는 것, 내 주변에 동물이 있다는 것 자체가 내게는 평온함과 안정감을 주죠. 우리가 동물을 해코지해서 얻는 것보다는 동물을 사랑할 때 얻는 것이 훨씬 더 많아요.

동물을 위해 저희가 할 수 있는 일이 있을까요?

거창하게 생각하지 말고 작은 것부터 하나씩 실천하세요. 예를 들어서 동물 쇼 관람하지 않기, 동물 실험을 하지 않은 화장품 사용하기, 고기 반찬 조금씩 줄이기, 모피나 가죽제품 사용하지 않기 등 찾아보면 아주 많지요.

따지고 보면 점퍼가 장식용 털 때문에 따뜻한 건 아니잖아요. 요즘 점퍼 털 중엔 라쿤 털이 많은데, 라쿤은 모피를 제공하기 위해 아주 작은 사육장에서 살다가 가죽이 벗겨진 채 죽어야 해요. 수요가 없으면 당연히 공급도 멈춥니다. 이런 점을 친구들과 나누고 생각을 바꿔 나갔으면 좋겠어요. 동물을 키우는 주변 사람과 동물보호 지식을 나누는 것, 유기동물보호소 봉사활동, 이런 작은 행동들이 모여서 세상이 바뀌는 거예요. 절대로 어느 순간 갑자기 평화로워지지 않아요.

마지막으로, 동물복지에 관심 있는 친구들의 진로에 대해 조언 부탁드립니다.

관심만 있다면 진로는 다양해요. 나처럼 동물보호 활동가가 될 수도 있고 수의사가 되어 유기동물들을 치료해 줄 수도 있죠. 변호사가 되어 불법적인 동물학대에 맞서 싸울 수도 있고요. 꼭 그런 직업이 아니더라도, 수입의 일부를 꾸준히 기부하는 것도 동물복지를 위한 훌륭한 방법이 될 수 있어요.

제일 중요한 건 나보다 약한 생명에 대한 배려심을 갖는 거예요. 동물을 배려하는 마음을 가지면 그게 점점 발전해서 사람에게까지 영향을 미치거든요. 동물이 행복해야 인간도 행복할 수 있다는 건 바로 그런 의미에서 나온 말이라고 생각해요.

• **인터뷰 및 정리** : 온양용화고등학교 홍유림, 채희원, 박인애 (지도 교사 최소영)

생태감수성 지수 100점, 기자 사명감 지수 만점인 SBS 환경전문기자. 32년차 고참 기자로 40대 중반에 부장으로 승진했지만 관리자 자리를 사양하고 현장 기자를 자청해 지난 10년 동안 환경 분야의 현장에서 발로 뛰며 4대강 사업 심층보도에 앞장섰다. 2005년부터 3년간 현장 르포 〈물은 생명이다〉를 진행했고 녹색언론인상, 한국방송대상 보도기자상, 교보 환경문화상 등을 받았다. 현재 한국환경기자클럽 회장으로 장기집권 중이다.

경제발전을 이룬 뒤에 환경이 심하게 오염되면 그 발전은 과연 의미가 있을까? 후세를 생각하지 않고 우리만 잘살려고 한다면 그 책임은 누가 질까? SBS 〈물은 생명이다〉 프로그램은 우리 사회에 그런 질문을 던졌다. 매주 한 번씩 3년간 전국을 누비며 대한민국의 환경불감증에 묵직한 돌직구를 날렸던 박수택 기자에겐 늘 '환경 파수꾼'이라는 명예로운 수식어가 따라붙는다.

권력과 맞짱뜨는 환경전문기자

SBS 〈물은 생명이다〉 프로그램을 오래 진행하셨는데 주로 어떤 내용을 다루셨나요?

지금은 후배 기자가 진행하고 있지만 주제는 예나 지금이나 똑같습니다. 급격한 산업화 시대에 수자원과 생태환경을 지키는 방법을 고민하고 있지요.

댐을 예로 들어 볼까요? 전문가들은 수자원 확보 측면에서 댐이 경제적이라고 말하지만 댐으로 인해 그 지역에 안개가 많이 생기면 과일 수확은 줄어들어요. 물의 흐름이 막히면 퇴적량이 감소해서 바닷가의 백사장이 줄어들 수도 있죠. 그럼 나중에 해수욕장이 사라져 버릴 수도 있어요. 내륙의 댐이 바다의 백사장에 영향을 줄 수 있다는 사실이 놀랍지 않나요? 그렇다면 어떻게 해결해야 할까요? 한 곳에 집중된 대형 댐보다는 지역마다 분산된 저수지가 필요합니다.

에너지도 마찬가지예요. 집중형인 원자력을 선택하면 밀양 송전탑 문제처럼 고위험이 발생하지요. 원자력이 정말로 깨끗하고 안전하다면 전기 수요가 많은 서울의 한강이나 대도시에 원자력발전소를 건설하는 게 논리에 맞을 거예요. 하지만 그런 얘기는 어느 누구도 하지 않죠. 이런 모순을 짚어 주는 것이 언론이에요. 그걸 설득력 있는 말과 글로 널리 퍼뜨리는 게 기자의 역할이고요.

<물은 생명이다>를 진행하면서 뿌듯했던 일과 힘들었던 일에 대해 말씀해 주시겠어요?

내가 취재했던 내용이 여론화되어 개선되는 것이 가장 보람 있는 일이죠. 충남 서천군 장항을 아시나요? 그 지역 제련소에서 나오는 폐기물로 오염된 갯벌을 살리긴커녕 그 소중한 갯벌을 매립해서 산업단지를 건설한다는 터무니없는 계획이 발표된 적이 있어요. 그 문제를 방송으로 내보낸 뒤 보존 여론이 전국적으로 확산되어 결국 매립이 취소되었고 갯벌을 지킬 수 있었죠. 지금은 서천 국립생태원을 개장하여 갯벌 보존과 지역 발전이라는 두 마리 토끼를 잡았습니다.

힘들었던 점은 개발 측과의 갈등이겠죠. 태안반도 위에 가로림만이라는 곳이 있습니다. 천연기념물인 물범이 다녀갈 정도로 소중한 곳인데 바다의 입구를 막아 초대형 조력발전소를 만든다는 계획을 듣고 즉시 취재에 나섰지요. 흔히 조력발전이 친환경에너지라고 생각하지만 해양생태계에 엄청난 악영향을 끼치고, 경제성도 생각보다 높지 않거든요. 선진국에서도 1970년대 이후엔 대규모 조력발전소는 거의 건설하지 않고 있어요.

아직까지도 가로림만은 갈등이 계속되고 있습니다. 개발 측에선 물범이 대체 서식지로 이동하면 된다고 하지만, 물범의 언어로 표지판을 만들기 전에는 그들은 계속해서 원래 자리로 돌아올 것입니다.

보람이 큰 만큼 어려움도 많을 것 같아요. 그런데 환경전문기자는 어떻게 되신 거예요?

2003년에 SBS에서 부장으로 승진했어요. 부장이라고 하면 기자의 꽃이죠. 취재의 방향도 정하고 후배 기자의 길도 제시하고…. 1984년 연합뉴스에서 기자 생활을 시작해 MBC 기자로 옮겼는데 동기들끼리 약속을 했어요. 끝까지 현장에 남아서 취재를 하자고요. 모름지기 기자라면 현장에서 뛰는 것이 최고이며 가장 보람 있는 일이라고 생각했거든요.

부장으로 승진하자마자 보도 책임자를 찾아갔어요. 관리자가 아닌 현장에서 뛰는 기자로 남고 싶다고 말씀드렸죠. 그러자 내가 원하는 환경 분야로 부서를 옮겨 주고 지원도 해 줬습니다. 2004년 2월부터 환경부 출입기자로 뛰었고 2010년부터는 논설위원으로 일하고 있어요.

환경 분야를 원했다고 하셨는데 어떤 계기로 환경에 관심을 갖게 되셨나요?

생태감수성은 어릴 때 형성되는데요. 나 역시도 소년 시절부터 환경에 대한 관심이 자라고 있었나 봐요. 우리 집은 원래 서울 마포구에 있었는데 새 도로가 나면서 중학교 때 영등포구 신길동으로 이사했어요. 그 동네에는 소주 공장이 있어서 매일 공장폐수가 마을 하천으로 흘러드는 거예요. 또 여름 집중호우 때에는 안양천이 범람해 수재민이 되기도 했어요. 그 당시 영등포 지역은 비가 오면 진등포, 날이 개면 먼지포라 불릴 만큼 환경오염 피해가 극심했지요. 그래도 그때의 서울 밤하늘은 은하수가 보일 만큼 맑고 낭만적이었습니다.

고등학교 어느 수업에서 선생님이 개발의 환상을 장밋빛으로 설명했어요. 나는 선생님께 당돌한 질문을 했죠. "쇠를 씹어 먹고 기름을 마시며 살 수는 없지 않나요?" 선생님은 뭐라고 대답하셨을까요? "외화를 벌어서 그걸로 식량을 사면 된다"고 했어요. 그 당시에는 중화학공업이 경제성장의 원동력이었거든요. 농촌 사람들은 일자리를 찾아 도시로 몰려왔고, 도시의 공업이 커지니 대기와 수질오염이 심해질 수밖에 없었지요.

국민소득이 높아진다고 행복한 것은 아닙니다. 공기와 물을 사서 마시는 시대가 정상은 아니잖아요? 대체 누가 자연을 사고팔 수 있겠어요?

4대강 사업에 대해 계속 심층보도하셨는데요. 유독 4대강 사업 비판에 앞장선 이유가 있으신가요?

한반도의 큰 강들을 죄다 틀어막아 '녹색성장'을 한다는 게 도무지 이치에 맞지 않는다고 봤어요. 사업의 효과(홍수와 가뭄 예방, 수자원 확보, 수변레저산업 육성)는 불투명한 반면 예상되는 부작용(생태계 파괴)은 너무도 확실했으니까요.

4대강 사업은 원래 이명박 대통령의 '한반도 대운하' 공약에서 시작됐어요. 반대 여론이 워낙 강해서 취임식 때 공개적으로 취소 발표를 했는데, 사실은 그때 이미 사업계획이 다 나와 있었어요. 대운하가 아닌 4대강 정비로 슬쩍 바뀌긴 했지만요. 그 계획이 담긴 문서가 공개되면서 온 나라가 시끄러워진 거고요.

높은 분들은 아마 내가 눈엣가시였을 거예요. 사사건건 물고 늘어지면서 토를 달았으니까요. 하지만 위험을 감수하고 사실을 알리는 게 기자의 본분이에요. 또한 국민이라면 우리나라 하천에 무슨 일이 벌어지고 있는지 제대로 알 필요가 있다고 생각했습니다. 사회가 계속 유지될 수 있도록, 다른 말로 하면 '지속가능한 사회'가 되도록 끊임없이 관찰하고 진단하고 대안을 제시하는 게 언론의 사명이니까요.

저희들 중엔 기자를 꿈꾸는 친구들이 많은데요. 유능한 기자가 되려면 어떤 능력이 필요한가요?

기자는 흩어진 정보들을 모으는 정보의 소매상입니다. 하지만 단순히 모으기만 해서는 안 되고, 그 분야의 지식이 충분해야만 올바른 뉴스가 나옵니다. 그러니까 기자는 끊임없이 공부를 해야 해요. 지식 못지않게 중요한 건 전달 능력이에요. 당나라 시인 백거이는 시를 지으면 우물가 노인들에게 먼저 들려주고, 그들이 이해할 만한 내용일 때 비로소 세상에 발표했답니다. 누구나 이해할 수 있을 만큼 쉽게 써야 좋은 글이 된다고 믿었던 거죠. 기자도 마찬가지입니다. 사회비판이라는 언론의 기능에 충실하려면 누구나 이해할 수 있는 쉬운 말과 글로 보도를 해야 합니다.

마지막으로, 청소년 독자들에게 한 말씀 해 주신다면요?

원자력 문제, 밀양 송전탑, 비정규직 청소노동자 같은 우리 사회의 여러 문제들에 대해 알고 있나요? 지속가능한 세상을 만드는 첫걸음은 인간과 자연에 대한 관심입니다. 세상에 대한 호기심을 키우고, 궁금한 것을 배우고, 배운 것을 실천하세요. 다른 건 몰라도 환경을 지키기 위한 실천에는 나이가 따로 없습니다.

• **인터뷰 및 정리** : 서울 숭문중학교 방성한, 홍인기, 이호욱, 우성원, 정민석 /
서울 숭문고등학교 김태완 (지도 교사 신경준)

강성호

극지연구소 극지해양환경연구부장. 공군이던 아버지의 영향으로 비행장 인근 냇가에서 물고기들을 관찰하며 자랐다. 수중 생태계 매력에 푹 빠져 학부와 대학원에서 해양학을 공부했고 미국에서 박사 학위를 받았다. 귀국 후엔 남극 세종기지와 북극 다산기지 활동을 총괄하는 극지연구소에서 일하며 청소년 북극탐험대, 그린캠프 등 다양한 극지 체험활동을 이끌었다. 2009~2010년엔 세종기지 23차 월동연구대 대장을 맡아 남극에서 겨울을 보냈다. 현재 국제북극과학위원회(IASC) 북극해양분과위원회 대한민국 대표를 맡고 있다.

'극지'라고 하면 어릴 때 동화책에서 읽었던 아문센과 스코트의 탐험 이야기가 맨 먼저 떠오른다. 뒤뚱거리는 펭귄들과 빙하 위에 올라앉은 북극곰의 모습이 떠오르기도 한다. 오랫동안 지구 최후의 오지였고 지금은 녹아내리는 빙하 때문에 지구 환경의 척도가 된 곳. 그곳에 대해 연구하는 극지연구가들은 어떤 분들일까? 그분들은 왜, 무엇을 하러 그 추운 얼음 땅과 얼음 바다를 찾는 걸까? 극지연구소의 강성호 박사님에게 재밌으면서도 심각한 극지 이야기를 들어 보았다.

* 강성호 멘토의 인터뷰는 뉴스특파원 보도 형식으로 바꿔 전합니다.

더워지는 지구가 가슴 아픈 극지 연구가

지구온난화로 북극과 남극의 얼음이 빠르게 녹고 있습니다. 남극 지역은 평화적 목적의 연구만 할 수 있도록 한 '남극조약' 덕분에 개발이 차단되어 있지만, 북극 지역은 여러 나라들이 소유권을 갖고 있어 훼손의 우려가 커지고 있습니다. 극지방의 현재 상황을 자세히 알아보기 위해 극지연구소 강성호 박사가 남극에 나가 있습니다. 강성호 특파원, 남극 피해 상황 전해 주시죠.

저는 지금 남극반도 넬슨 섬 인근 맥스웰 만 연안에 나와 있습니다. 육안으로도 눈이 녹는 것이 쉽게 확인됩니다. 몇 년 사이 남극해 수온이 상승하여 많은 수중식물들이 사라졌습니다. 해초를 먹고 사는 크릴새우가 사라졌고, 크릴새우를 먹는 해양 동물들도 사라져 가고 있습니다. 남극 빙하가 녹음으로써 2100년까지 해수면이 약 50cm 높아질 것으로 예측됩니다.

큰일이군요. 그런데 지구온난화의 원인이 과다한 석유에너지 사용 때문이라는 주장이 있고, 과거 지구의 기온 변화를 봤을 때 자연스러운 현상이라는 주장도 있는데 어떻게 생각하시는지요?

두 번째 주장에도 일리는 있다고 봅니다. 과학자들의 연구에 따르면, 빙하기가 오기 전에 항상 지구의 기온이 상승했다는 것을 알 수 있습니다. 하지만 그렇다고 안도했다간 피해는 더 커지게 될 것입니다. 자연현상에 인간의 환경 파괴가 더해져 온난화가 가속되었다고 봐야겠죠. 산업혁명 이후 배출된 대량의 온실가스가 지구온난화를 불러왔다는 데엔 논란의 여지가 없습니다. 2013년 하와이 마우나 로아 관측소에서 측정된 이산화탄소 농도가 사상 처음으로 400ppm을 넘어섰다는 게 그 증거입니다. 북극에 얼음이 없고 해수면이 현재보다 40m 높았던 3백만 년 전과 비슷한 수준이니까요. 당시 지구의 기온은 지금보다 3~4℃ 높았습니다. 참고로, 산업화 초기의 이산화탄소 농도는 280ppm이었습니다.

그렇군요. 그런데 남극과 북극의 가장 큰 차이점은 뭡니까?

북극의 얼음은 물이 얼어붙은 거고, 남극의 얼음은 땅 위에 수천만 년 동안 쌓인 눈이 얼어붙은 겁니다. 남극 얼음 속엔 눈이 내릴 당시의 공기 성분이 그대로 들어 있기 때문에 기후와 관련된 연구 가치가 매우 높지요. 한반도 면적의 62배가 넘는 남극대륙의 얼음 두께는 평균 2천m, 심지어 5천m 가까운 곳도 있습니다. 나무는 아예 없고, 꽃이 피는 식물은 남극좀새풀과 남극개미자리, 단 두 종뿐이죠. 그밖에 9백여 종의 식물들은 다 이끼류나 지의류예요. 겨울에도 얼음 아래쪽엔 조류가 자라고 있어서 동물의 먹이가 된답니다. 새우라 불리지만 사실은 플랑크톤인 크릴도 동물의 먹이가 되고요. 남극에는 펭귄을 비롯한 50여 종의 새들이 살고 있고 물개, 해표류, 고래들도 살고 있습니다.

북극은 남극보다 따뜻해서 원주민인 '이누이트' 외에도 여우, 늑대, 소, 쥐 등 다양한 동물들이 삽니다. 터줏대감은 아시다시피 북극곰인데, 요즘 얼음이 계속 녹아

서 큰 시련을 겪고 있지요.

최근 남극에 우리나라 연구기지가 새로 생겼죠?

그렇습니다. 2014년 2월에 동남극 테라노바 만의 장보고 과학기지가 준공식을 가졌죠. 1988년에 킹조지 섬에 건설된 세종기지에 이어 두 번째입니다. 앞으로 빙하뿐 아니라 빙원 아래쪽까지 연구 영역이 확장될 걸로 기대합니다. 북극에는 2002년 노르웨이 스발바르 군도에 건설된 다산기지가 있습니다.

지구온난화로 북극 바닷길이 열리면서 현재 세계 각국이 북극 항로 개척 경쟁을 벌이고 있죠. 우리나라도 국내 최초의 쇄빙선 '아라온 호'가 현지에서 해저 지형 탐사에 나서는 등 발 빠르게 움직이고 있습니다. 아라온 호는 남극에서도 일반 선박으로는 접근할 수 없던 기지에 물품을 보급해 주고, 극지 해양생물자원과 기후변화 연구를 수행합니다. 청정 지역을 오가는 쇄빙선이 화석 연료를 쓴다는 게 좀 문제이긴 한데, 바람이 많이 부는 극지의 특성을 이용해 풍력에너지로 배를 움직인다면 적절한 환경대책이 될 수 있습니다.

좀 바보 같은 질문입니다만, 그렇게 극지의 환경을 지켜야 하는 이유가 뭡니까?

극지는 기온이 낮아서 물질의 순환이 매우 느립니다. 한번 오염되면 회복에 아주 오랜 시간이 걸리죠. 극지의 특별보호구역 위로는 헬기도 다닐 수 없고, 사람과 차량도 지정된 코스로만 이동해야 합니다. 육지의 흙과 새 그리고 개도 데리고 갈 수 없습니다. 미생물들이 극지 생물들에게 어떤 영향을 미칠지 모르니까요. 연구자들이 머무는 기지에서 발생한 쓰레기는 모두 남극 바깥으로 가지고 나와야 합니다. 그래야 극지의 환경에 끼치는 영향을 최소화할 수 있습니다.

남극점에서는 밤과 낮이 각각 6개월 동안 계속되고 대기가 깨끗해서 천문 연구에 매우 유리합니다. 통신이나 자기 연구도 이뤄지고 있죠. 남극의 극저층류는 멀리 북태평양까지 영향을 미칩니다. 또한 남극의 기상은 온대 지방의 해양과 수산업에 영향을 줍니다. 바로 그런 이유 때문에 남극이 과학 연구의 중심지인 동시에 지구 환경의 척도가 되는 것입니다. 지구온난화로 인해 남극의 빙하가 녹으면서 세종기지 주위의 빙벽도 후퇴하고 있는데, 그 속도는 최근 들어 더욱 빨라지고 있습니다. 남극반도 주위의 기온은 지난 50년 동안 2.5℃나 높아진 것으로 측정됩니다. 이 모든 문제의 해결책은 단 하나! 이산화탄소를 내뿜지 않는 대체에너지를 이용하는 것뿐입니다.

박사님이라 그런지 아주 달변이시군요. 남극기지에서는 주로 어떤 일들을 하죠?

현재 남극기지에서는 기후변화, 생명, 지구의 시스템을 연구하고 있습니다. 남극은 지구에서 우주와 가장 비슷한 환경이라 우주 생활 연구도 하고 있지요. 이곳 빙하 밑에는 생명체의 진화 과정을 알아낼 수 있는 단서들이 묻혀 있기 때문에, 고대 생명체 연구를 통해 기후변화 적응 방법을 알아낼 수도 있습니다. 앞으로도 자연과 인간의 공생을 위해 필요한 연구들을 계속해 나갈 예정입니다.

남극에서 생활은 어떻게 하고 계시죠? 먹을 건 있나요?

남극에서는 1년 동안 먹을 음식을 냉동해서 보관합니다. 한국에서 음식을 보낼 때부터 냉동 상태이기 때문에 주방장의 역할이 아주 큽니다. 맛있는 음식을 만들려면 해동할 때 조직이 파괴되지 않도록 해야 하니까요. 다행히 2010년부터는 남극에서도 수경재배가 가능해져서 채소를 먹을 수 있게 됐습니다. 날씨는 엄청 춥지만 건물의 단열이 잘 되기 때문에 실내에선 견딜 만합니다.

마지막으로 청소년 시청자들에게 한 말씀 부탁드립니다.

남극 생활이 굉장히 힘들 거라고 생각하기 쉽지만, 저는 늘 즐거운 마음으로 떠났기 때문에 힘든 건 별로 없었습니다. 얼음 바다에서 쇄빙선이 덜컹거릴 때도 롤러코스터 탄 기분으로 재밌게 그 상황을 즐겼죠. 긍정적 마인드와 열정만 있다면 남극이라는 삭막한 공간도 놀이터가 될 수 있다는 뜻입니다. 청소년 여러분들에게도 "It's up to you(모든 것은 너에게 달렸다)!"라는 말을 꼭 전해 주고 싶어요.

지금까지 인류는 육지만을 삶의 유일한 공간으로 여겨 왔습니다. 이제 해양과 우주에서의 삶도 준비할 때가 되었어요. 오염이 아닌 보전의 관점에서 우리의 지구를 관찰해 봅시다. 아무것도 보이지 않는 극지방에도 환경의 숨소리가 전해지고 있답니다.

• **인터뷰 및 정리** : 김포 풍무고등학교 박지원, 최윤석 / 서울 숭문중학교 이준회, 서정재, 정민석, 김친혁 / 서울 숭문고등학교 임부재 / 서울 방배중학교 한지호 (지도 교사 신경준)

"자연을 알아야 지구를 구할 수 있다."

세상에는 신기하고 놀라운 이야기가 많다. 어릴 때는 소년 잡지에서 그런 이야기를 탐독했고 커서는 신문 귀퉁이의 해외토픽을 찾아 읽었다. 하지만 그런 이야기는 믿을 수가 없다는 약점을 지닌다. 믿거나 말거나 무책임한 이야기이고, 출처도 불확실해서 어디에 옮기기도 힘들다.

기자 생활을 하면서 복잡하고 딱딱한 내용을 흥미진진하게 전달하는 일이 얼마나 중요한지 깨달았다. 읽기도 전에 어렵다는 선입견을 갖는 독자를 붙잡으려면 최대한 재미있게 이야기를 끌어 가는 수밖에 없다.

그런데 놀랍게도 과학자들이 평생 논문 한 편 내기도 힘들다는 저명한 국제학술지에 신기하고 놀라운 이야깃거리가 무궁무진하게 숨겨져 있는 것을 알았다. 특히 자연과 생물에 관한 기초연구가 그렇다.

예를 들어 알프스 칼새는 번식지에서 한번 날아오르면 다음 번식

왼쪽)동남아 열대우림에 서식하는 날뱀은 몸통 단면이 비행접시처럼 생겨서 체공 시간을 늘릴 수 있다.
오른쪽)개구리를 공격하는 에포미스 딱정벌레

기가 올 때까지 2백 일 동안 땅으로 내려앉지 않는다. 태평양 한가운데엔 플라스틱 쓰레기가 한반도 2배 크기로 소용돌이치는 곳이 있으며, 기후변화로 지구의 바다는 점점 시큼해져 생태계가 뿌리부터 녹아 버릴지도 모른다. 한반도는 지난 빙하기 때 너구리 등 수많은 동물과 식물의 피난처였고, 더 먼 옛날 대멸종 사태로 지구의 바다에서 물고기가 사라진 뒤 그곳을 채운 것은 육지의 시내와 호수에 숨어 있던 민물고기였다.

이런 이야기들이 신기하고 재미있긴 해도, 당장 먹고사는 일에 바쁜 일반인이나 시험공부와 수업 준비에 허덕이는 학생들에게는 좀 한가하게 들린다. 언론도 흥밋거리 정도로만 다룰 뿐이다. 그런데 눈을 돌려 외국을 보면 우리와는 상황이 전혀 다르다는 걸 알 수 있다. 미국과 유럽 등 선진국은 물론이고, 가까운 중국만 봐도 자연에 대한 관심이 우리보다 훨씬 더 깊다.

'돈이 되지 않는' 기초연구를 우리가 얼마나 등한시하는지 실감할 수 있다. 이제 먹고사는 데 급급하지 않을 정도가 됐으면서도 우리 마음속엔 자연의 놀라운 아름다움과 신비를 탐구하고 즐길 여유도, 생물 진화와 지질학적 규모의 자연사를 더듬는 경이로움도, 내 자신만이 아닌 후손과 지구의 미래를 내다보는 통찰과 성찰도 들어설 자리가 없는 것일까.

자연에 대한 무관심은 학생 때부터 시작된다. 그날을 잊을 수 없다. 2009년 5월9일, 과학교사들이 숭문고 박정웅 교사(지질학 박사)의 지도 아래 경기도 연천군 전곡읍 일대를 답사하는 자리에 동행했다. 지질학 관련 기획을 하기 위해서였다. 중요한 학습 장소인 은대리의 풍천 관광농업 앞 계곡에서 일행이 멈췄다. 박 박사의 설명이 이어졌다. 27만 년 전 한탄강을 따라 거대한 용암의 물결이 흘러내렸을 때 이곳에서 강물이 부글부글 끓어오르는 엄청난 사건이 벌어졌다는 것이다.

그 흔적이 고스란히 남아 있었다. 옛 한탄강 바닥에 깔려 있던 4억 년 전 기반암 자갈층 위로 27만 년 전 용암이 굳은 현무암이 덮여 있고, 맨 위엔 최근의 퇴적층이 쌓여 있었다. 현생 인류가 출현하기도 전에 일어난 사건을 마치 타임머신을 타고 시간여행을 하듯이 살펴보고 만져 볼 수 있다는 게 신기했다.

그런데 아뿔싸! 이곳은 내가 대학 시절 동아리 모임 때문에 여러 차례 왔던 곳 아닌가! 당시엔 그저 신기하게 생긴 절벽 밑에서 장난을 치고 기념사진만 찍었지 그런 엄청난 의미가 담긴 장소일 줄은 꿈에도 생각하지 못했다.

환경과 과학 담당기자로 25년 이상 일하면서 국토의 구석구석을 꽤 돌아다닌 편이지만, 솔직히 누가 물어볼까 겁날 만큼 자연에 대해서는 모르는 게 너무 많다. 고등학교 때 지구과학 시간에 배운 것도 대개 시험에 나올 만한 계산 문제였던 것 같다. 그러니 자연에 대해 끝없는 상상력과 탐구력을 펼쳐 볼 틈이 어디 있었겠는가.

까다로운 법칙과 계산, 암기로 가득 찬 과학 수업은 신기하고 궁금하고 관찰하고 토론하는 시간으로 바뀌어야 한다. 그래서 학생들이, 나아가 국민 모두가 땅과 그 위에 살아가는 뭇 생물, 그리고 지구와 우주의 신비에 흠뻑 빠질 수 있어야 한다고 생각한다. 앞으로 우리가 헤쳐 나가야 할 가장 심각한 문제는 기후변화, 식량위기, 대규모 생물 멸종, 큰 전염병 등이다. 모두 자연을 알지 않으면 해결할 수 없는 것들 아닌가.

조홍섭 「한겨레」 환경전문기자. 환경과 과학 분야에서 20년 넘게 기사를 써 온 우리나라 전문기자 1세대로서 생태 보전과 공해, 에너지 등 폭넓은 주제들을 깊이 있게 다루고 있다. 「한겨레」의 환경 전문 웹진 「물바람숲(ecotopia.hani.co.kr)」을 운영하며 인간과 자연의 관계를 성찰하는 주옥같은 글들을 쓰고 있다. 2005년 교보생명환경문화상 환경언론부문 대상을 받았다. 『한반도 자연사 기행』(2011) 『자연에는 이야기가 있다』(2014) 등 여러 권의 책을 펴냈다.

2장 Rescue

"환경에 대해 제대로 알지 못하는 것을 '생태맹'이라고 해요.
달리 말하면 자연의 아름다움을 감상할 능력이 없는 거예요.
지금 살고 있는 세상이 어떤 상황인지 모르면
인간으로서 기본 자각이 없는 거라고 생각합니다."

윤호섭 국민대학교 교수, 그린디자이너

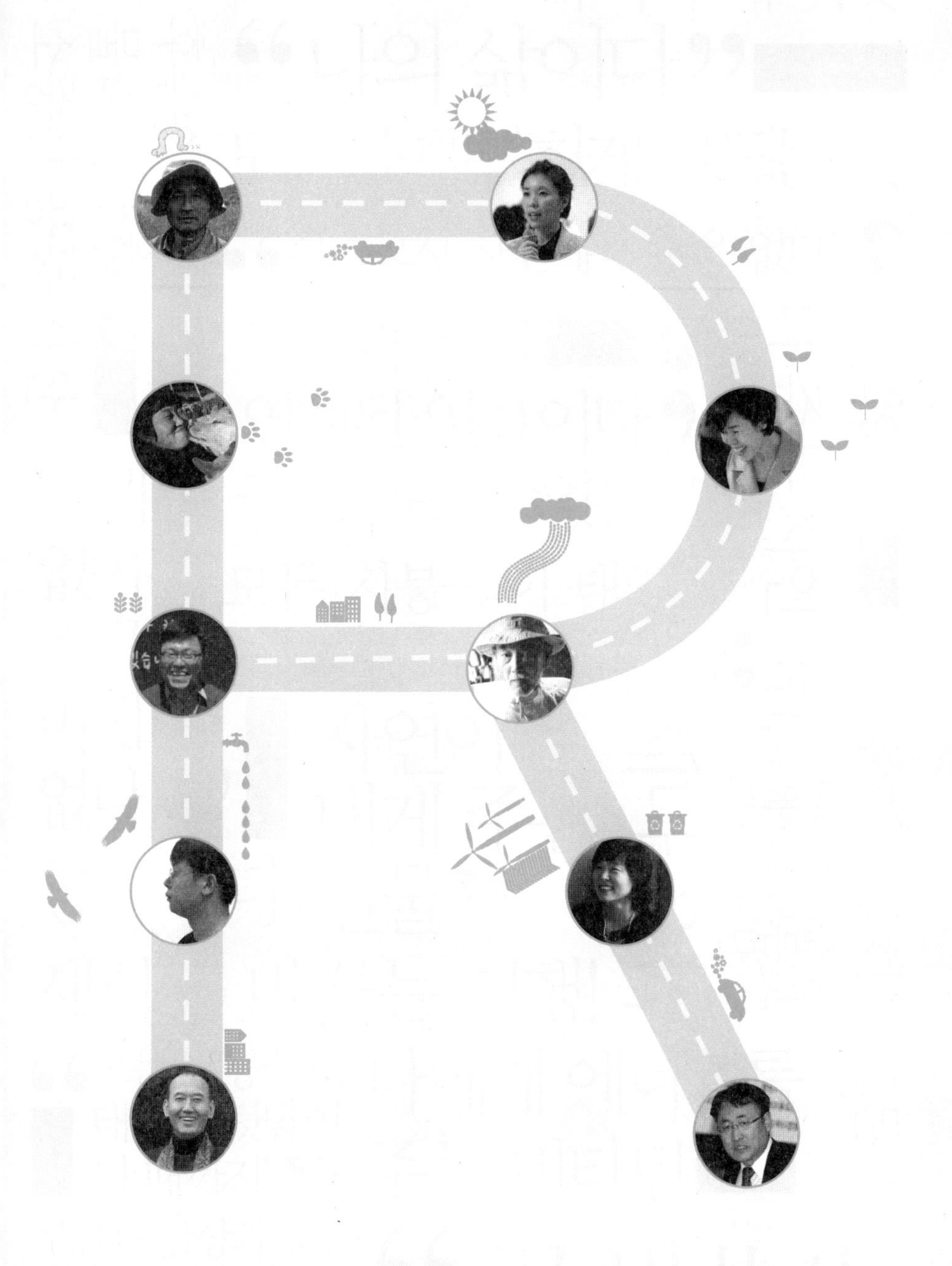

이인식

1980년대 말 전교조 창립에 앞장서다 해직된 후 환경운동가로 변신하여 25년간 외길을 걸어온 우포늪 보존운동의 산 증인. 2008년 경남 창녕에서 열린 람사르 총회 때 민간추진위원회를 이끌었으며, 지금은 '따오기 복원추진위원회' 위원장이다. 230만 평방미터(70만 평. 용인 에버랜드 크기)에 이르는 우포늪을 매일 새벽마다 모니터링하고 결과를 페이스북에 올린다. '따오기 학교' 를 설립하여 아이들에게 자연과 습지의 소중함을 가르치고 있다.

우포늪. 우리나라에서 가장 크고 오래된 내륙 습지. 우리나라 전체 식물의 10%인 435종의 식물과 수많은 곤충과 물고기가 살고 있는 철새들의 보금자리. 이런 정보들은 책이나 인터넷에 얼마든지 나와 있다. 학교와 멀지 않은 곳이라 다들 한두 번씩 들러 본 적도 있지만 그곳의 속살을 제대로 본 적은 없었다. 이인식 선생님과 함께 우포의 새벽길을 걷고 밤하늘을 올려다본 건 우리에게 너무나 큰 행운이었다.

* 이인식 선생님의 인터뷰는 페이스북 대화 형식으로 바꿔서 전합니다.

아름다운 공생을 꿈꾸는 우포늪 지킴이

첫 번째 대화, 왜가리 할아버지와 따오기

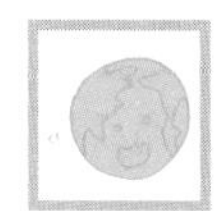

우포사랑

따사로운 햇살이 내리쬐는 여름 새벽. 이인식 선생님과 함께했던 우포늪 새벽 모니터링. 너무 좋았지?

128명이 좋아합니다.

힘들었지만 그래도 재밌었지? 소풍으로는 여러 번 가 보았지만, 이번처럼 우포늪을 자세히 들여다본 적은 없었던 거 같아.

그렇게 느꼈다니 다행이네. ㅎㅎ

선생님, 다른 친구들에게도 들려주고 싶어요. 어떤 계기로 교사에서 우포늪 지킴이로 변신하셨어요?

1980년대 말에 전국교직원노동조합을 탄생시킨 참교육운동이 있었는데, 거기 동참했던 교사 1천5백여 명이 권력에 의해 강제로 교단을 떠나야 했지. 나도 그중 하나였어. 그때부터 환경운동가의 길을 걷기 시작했고, 1991년부터 우포늪에 본격적으로 관심을 갖게 되었지.

우포늪에서 지금 맡고 계신 일은요?

'따오기 복원추진위원회' 위원장을 맡고 있단다. 아직까지는 따오기들이 복원센터 안에서 보호를 받고 있지만, 개체 수가 더 늘어나면 3년쯤 뒤부터 야생 방사를 시작할 거야.

그런데 따오기 복원사업은 왜 하는 건가요? 그리고 왜 굳이 우포늪에서 하는 거죠?

따오기가 천연기념물이자 멸종위기종인 건 다들 알고 있겠지? 예전엔 동요에 등장할 만큼 친숙한 새였지만 언젠가부터 한반도에서 완전히 사라져 버렸어. 그래서 2008년에 중국으로부터 야생 따오기 한 쌍을 기증받아 우리의 자연환경에 복귀시키는 사업을 시작한 거야. 생물다양성을 확보하면서 사람과 자연이 공생할 수 있는 환경을 조성하는 상징적인 사업이란다. 다행히 복원이 성공적으로 진행되어 지금은 30여 마리로 늘었지.

하필 왜 우포늪이냐고? 이곳은 무려 1억 4천만 년 전에 생겨난 우리나라 최대의 자연 늪지고 세계적으로도 중요한 습지거든. 전 지구 차원에서 물새들을 보호하기 위한 '람사르 협약'이라는 국제협약이 있는데, 우포늪은 1998년에 한국에서 두 번째로 '람사르 습지'로 등록된 곳이야. 희귀 야생동·식물을 비롯한 수많은 생물들의 서식처이기도 하고. 그래서 따오기 복원의 최적지로 꼽히게 된 거지.

그럼 선생님의 하루 일과는 어떻게 되세요?

새벽에 일어나자마자 우포늪 모니터링을 하러 가지. 그건 따오기가 야생에서 스스로 생존할 수 있도록 도와주는 일이기도 해.

그냥 둘러보기만 하는 게 따오기들에게 어떤 도움을 주는지 이해가 잘 안 가요.

〈마당을 나온 암탉〉이라는 애니메이션 알지? 그 배경이 우포늪인데, 거기 보면 상위 포식자인 삵이나 족제비들이 청둥오리를 잡아먹으려고 하잖아. 바로 그런 것 때문에 내가 모니터링을 하는 거야. 야생동물이 많이 출몰하는 지역에는 따오기가 못 가도록 줄이나 울타리를 쳐서 보호를 해야 하니까. 그리고 지금 늪 주위에 미꾸라지나 민물고기 등 따오기의 먹잇감이 풍부한 깨끗한 농경지를 조성 중인데, 그런 먹이터들도 위험한 지역에 만들면 안 되겠지?

역시 왕년의 선생님이시라 설명이 머리에 쏙쏙 들어오네요.

두 번째 대화, 우포의 밤

따오기

우포늪의 야경, 정말 끝내주지 않았니? 새벽 해돋이도 너무 멋있었고.

158명이 좋아합니다.

선생님도 밤에 우포늪에 가셔서 멋진 야경을 즐기시나요?

당연하지. 밤과 새벽엔 낮과는 또 다른 우포늪의 모습을 볼 수 있거든. 귀뚜라미 소리라든지, 늪에 비친 별들이라든지……. 마치 카멜레온처럼 시시각각 변하는 모습을 보고 있자면 경이로움을 감출 수가 없단다.

혹시 우포늪의 밤에 얽힌 재밌는 에피소드는 없나요?

언젠가 한밤중에 물가에서 너구리처럼 웅크리고 있는 청년을 발견한 적이 있어. 우리 집 사랑채로 데려와서 며칠 머물게 해 줬지. 사연을 묻진 않았어. 너무 슬퍼 보였으니까. 3일째 새벽에 모니터링 동행을 권했더니 대뜸 따라 나서더구나. 그러고는 묻지도 않은 사연을 줄줄이 털어놓는 거야.

그 사람은 평생 아버지가 시키는 대로 살았대. 의과대학을 나와서 전문의 과정을 하고 있는데, 문득 '내가 지금 뭐 하고 있나' 회의가 들더래. 그래서 무작정 병원을 뛰쳐나와 우포늪으로 왔다는 거였어. 나는 "돈만 버는 의사가 되지 말고 남을 도와주는 사람이 되세요"라고 말해 줬는데, 나중에 편지가 왔어. 그날 새벽 우포늪에서 나눈 대화가 큰 힘이 되었다고. 덕분에 아버지와 화해하고 새 출발을 준비하고 있다고. 그땐 얼마나 뿌듯했는지 몰라.

와! 감동의 물결 ㅠㅠ

자연의 힘은 정말 대단한 거 같아요. 그분도 우포의 아름다운 자연 속에 머물다 보니 마음을 정리할 수 있었던 거겠죠? 저희들도 가끔이나마 자연을 느낄 수 있으면 훨씬 행복해질 텐데요.

공부하다 지치면 언제든 와서 자고 가렴. 돗자리 위에 누워서 우포의 밤하늘을 하염없이 바라보면 마음을 차분히 정리할 수 있을 거야.

감사합니다! 꼭 갈게요. 친구들 잔뜩 데리고요.

Talk 세 번째 대화, 소통과 감동

이인식

이번엔 내가 질문 하나 할까? 다들 우포늪에 와 본 느낌이 어때?

551명이 좋아합니다.

천천히 걸어 다니면서 보니까 상상했던 것보다 더 예쁜 것 같아요. 우포가 정말 소중한 생명의 터전임을 새삼 깨달을 수 있었고요.

저희는 하루 종일 학교에서 생활하니까 자연을 느낄 시간이 거의 없어요. 그런데 상쾌한 마음으로 새벽에 우포늪을 걸으니까 힐링이 되는 것 같았어요.

그런데 참, 우포에 도서관을 짓는다면서요?

우포늪을 찾는 학생들을 위해 생태관 뒤쪽에 작은 도서관을 만들 생각이야. 퇴직금으로 마을 창고를 사서 도서관 터를 마련했는데, SNS를 통해 그 얘기를 들은 서울의 젊은 건축가 두 명이 수천만 원짜리 설계를 무료로 해 주기로 했지. 유명한 디자이너 한 분도 따오기 디자인 옷을 판매해서 번 돈으로 도움을 주기로 했고.

대박! 그러고 보니 선생님은 SNS를 아주 좋아하시나 봐요. 글도 엄청 올리시던데.

SNS는 단순한 취미가 아니야. 한 주제를 가지고 오랫동안 활동을 하면 사람들의 마음을 움직일 수 있지. 내가 받은 감동을 남에게 전해 줄 수도 있고. 이게 바로 공감이야. 그래서 지금 만드는 도서관 이름도 '우포 감동 공간 도서관'이란다.

멋지네요. SNS가 감동을 주는 공간이 될 수도 있다니. 저희는 수다만 떠는데.

마지막으로, 페북을 보는 친구들에게 한 말씀 해 주신다면요?

자연에서 살아가는 건 참 아름다워. 서로 시기하거나 업신여기지 않고, 나는 나대로 너는 너대로 주어진 삶을 열심히 살아가잖아. 필요할 땐 서로 도우면서 말이야. 요즘 수달과 왜가리를 50년간 관찰한 사람이 쓴 책을 읽고 있는데, 그 동물들의 삶에서 제 모습대로 즐겁게 살아가는 모습을 배우고 있어. 이래서 자연이 최고의 교과서야.

자연은 무한한 상상과 감동의 공간이야. 자연 속에서 자란 아이는 자살 확률이 낮지. 그런데 현대인들은 그러지 못하잖아. 꽉 막힌 온실에서 평생을 남들과 경쟁하며 살아가니 스트레스를 받는 거야. 그런 사람들은 벽이 나타나면 절대 넘지 못해. 하지만 자연 속에서 자란 사람들은 그런 벽을 얼마든지 뛰어넘을 수 있지.

저희 같은 과학도들에게 정말 필요한 말인 것 같아요. 자연 속에서 살아가는 것이 가장 큰 배움이라는 것! 좋은 이야기 들려주셔서 감사합니다. 우포늪에 꼭 한번 다시 가 보고 싶어요.

• **인터뷰 및 정리** : 창원과학고등학교 고영경, 서지유, 이상진, 노승욱, 김경훈, 유민정, 황채빈 (지도 교사 황경미)

고통에 귀 기울이는 큰 귀와 따뜻한 가슴을 지닌 영화감독. 〈세 친구〉 〈소와 함께 여행하는 법〉 〈날아라 펭귄〉 등을 통해 우리 주변 사람들의 소박한 이야기들을 영상에 담았으며 데뷔작 〈우중산책〉(1994)으로 제1회 서울단편영화제 대상 및 젊은비평가상, 〈와이키키 브라더스〉(2001)로 백상예술대상, 〈우리 생애 최고의 순간〉(2007)으로 청룡영화상을 받았다. 2009년부터 동물보호 시민단체 '카라'의 대표를 맡아 동물들의 권익 보호에 앞장서고 있다.

우리 학교 근처 모란시장은 개고기로 유명하다. 꺼림칙하긴 하지만 나와는 상관없다고 생각했다. 학대 받는 동물들을 TV에서 보면 가엾긴 했지만 그걸로 끝이었고, 동물들을 위해 내가 할 수 있는 일도 딱히 없었다. 감독님을 만나기 전까지는 그랬다.
하지만 이젠 알 것 같다. 동물들의 삶과 내 삶이 아주 가까이 연결되어 있다는 것을. 나의 작은 실천이 큰 변화로 이어질 수 있다는 것을. 〈미안해, 고마워〉라는 영화 제목에 담긴 의미까지도.

사람과 동물의 교감을 영상에 담는 영화감독

영화감독이 되려면 남다른 계기와 열정이 필요할 것 같은데요. 영화를 만들고 싶다는 생각을 언제 처음 하셨어요?

내가 고등학생이던 1970년대 중반엔 예술영화관이나 영화제가 없었어요. 그래서 성룡 주연의 홍콩 영화나 할리우드 영화 같은 오락 영화를 많이 봤죠. 영화를 좋아하기는 했지만 영화감독을 꿈꿀 정도는 아니었어요.

대학생 때 프랑스 문화원에서 하루 네 편씩 프랑스의 고전 흑백영화를 상영했는데, 그걸 보면서 예술영화에 큰 감명을 받았죠. 영화에 재미뿐 아니라 삶의 고민과 철학을 담을 수도 있다는 것을 깨달았답니다. 이때 처음으로 영화감독이 되고 싶다는 생각을 했어요. 이후 대학원에서 영화를 공부하고 프랑스 파리 제8대학교 대학원으로 유학을 갔지요.

감독님의 영화 〈미안해, 고마워〉는 인간과 동물의 관계에 대한 이야기를 담고 있는데요. 어떤 계기로 동물보호 활동을 시작하셨어요?

어린 시절부터 동물을 좋아했어요. 집에서 키우던 강아지를 업고 다닐 정도였죠. 우리 집뿐만 아니라 온 동네 개들이 저를 따랐어요. 학교 갔다 오면 동네 입구에서부터 개들 수십 마리가 반갑게 짖어서 우리 엄마가 "순례 오는구나" 하실 정도로요. 고등학교 때 연탄가스에 중독됐을 때도 우리 집 강아지가 제 방문을 낑낑대며 긁어서 내 목숨을 구했습니다.

결정적인 계기는 2004년에 내가 키우던 백구를 잃어버려 찾으러 다니면서부터였어요. 유기견과 버림받은 동물들의 실상을 너무나 생생히 알게 되었거든요.

우린 반려동물로부터 정서적 안정감을 얻어요. 인간이 농경생활을 시작한 이후 수천 년간 동물들을 길들여 왔기 때문에, 앞으로도 끝까지 그들을 책임져야 합니다. 그런 생각으로 동물의 아픔을 대변하는 '카라(KARA. Korea Animal Rights Advocates)'를 만들고 대표를 맡았지요. 우리가 동물로부터 받은 사랑을 환기시키는 〈미안해, 고마워〉도 그 연장선상에서 만든 거고요.

카라 대표를 하시는 동안 어려움도 많았을 것 같은데요.

많이 힘들죠. 동물보호단체들의 상황이 열악하기도 하지만, 더 힘든 건 사회적 인식이에요. 동물 학대에 대한 한국인들의 인식은 아직까지 후진국 수준이거든요. 인간과 동물의 공존에 대해 우린 한 번도 제대로 교육을 받아 본 적이 없어요. 카라에서 동물보호 교육센터를 만들고 「더

불어 숨」이라는 동물보호 잡지를 펴내는 이유이기도 해요.

동물의 권리와 복지에 대해 사람들은 대부분 냉랭해요. 사람도 먹고살기 힘든데 무슨 동물보호냐 이거죠. 그럼에도 어려운 순간들을 이겨낼 수 있었던 건 희망 덕분이에요. 노예제도나 여성참정권 문제처럼 영원할 것 같던 비윤리적 문화들도 결국은 사라지잖아요. 약자인 동물에게 일방적으로 고통을 주고 학대하는 문화도 상식적인 목소리들이 점점 커지면 언젠가는 없어지리라 믿어요.

동물보호의 필요성은 알겠지만 막상 행동에 옮기려면 뭘 해야 할지 막막할 때가 많은데요. 저희가 할 수 있는 실천이 뭐가 있을까요?

반려동물을 키운다면 잘 보살펴 주는 것이 최고죠. 화장품을 구매할 때 동물 실험을 하지 않은 제품을 사는 등 작은 실천도 큰 힘이 돼요. 동물 해부나 동물 실험을 하는 수업의 경우 모형이나 컴퓨터 가상 영상으로 대신하자고 학생들이 뜻을 모아 학교에 건의를 할 수도 있고요.

사실 가장 중요한 부분이 식습관인데요. 우리 식탁에 우유와 달걀, 고기를 올리는 과정에서 동물들이 굉장히 많은 고통을 겪어요. 모두가 채식을 하기는 어렵겠지만 '일주일에 하루 고기 안 먹기' 처럼 조금이라도 육식을 줄이려는 노력을 했으면 좋겠어요.

다행스러운 건, 카라를 처음 만들었던 10년 전에 비해서 활동의 폭이

많이 넓어졌다는 거예요. 지지와 격려를 보내 주시는 분들도 많고요. 특히 청소년들 중에 그런 친구들이 많아서 종종 힘을 얻고 있어요.

영화감독이라는 직업이 동물보호 활동에 얼마만큼 도움이 되는지 궁금해요.

영화감독은 그 어떤 직업보다도 강력한 대중적 영향력을 발휘할 수 있어요. 영화는 많은 사람들이 보는 매체이기 때문에, 한 편의 영화가 갖는 힘은 비슷한 주제의 책이나 강연보다 훨씬 크지요.

중요한 건 전달 방식이에요. 아무리 좋은 주제라도 설교하듯 전달하면 관객들은 금방 지루해하고 위화감을 느끼거든요. 환경에 관한 메시지를 전달하고 싶다면 이러쿵저러쿵 대사를 넣는 것보다 자연스럽게 그런 장면들을 연출하는 게 훨씬 효과적이랍니다.

가령 여러분이 좋아하는 김수현이 아이스크림을 먹고 봉지와 막대기를 분리수거한다고 생각해 봐요. 어린 학생들에겐 그 모습이 멋있게 보이고, 닮기 위해 노력하지 않겠어요?

영화감독이 되고 싶은 친구들에게 한 말씀 부탁드려요.

영화는 종합예술이기 때문에 정치, 역사 등 모든 분야에 관심이 많아야 해요. 삶의 이야기를 담는 것이니까 사람에 대한 애정도 당연히 필요하고요. 많은 사람들과 함께 일해야 하니까 소통 능력도 필수예요. 책과 영화를 많이 보고 여행도 자주 다니면서 창의력을 키우고 다양한 경험들을 쌓도록 하세요.

가장 중요한 건 영화를 만들고자 하는 분명한 동기와 감독으로서의 철학이지요. 그래야만 힘든 일들을 꿋꿋이 이겨 낼 수 있답니다.

마지막 질문입니다. 감독님에게 환경이란?

환경은 공기 같은 게 아닐까 해요. 공기가 없으면 살 수가 없잖아요. 아기가 엄마 뱃속에 있는 동안에는 자궁 속의 조건들이 전부이듯이, 환경은 지구에 살고 있는 모든 인간과 동물들의 자궁 같은 거예요. 그걸 해치는 건 자기 자신을 해치는 것과 같지요. 무엇으로도 대체할 수 없는 유일한 삶의 공간! 바로 그게 환경이라고 생각해요.

• **인터뷰 및 정리** : 성남 숭신여자고등학교 김서현, 전예나, 최정연, 권효민 (지도 교사 김강석)

동물 때문에 눈물 흘려 본 친구, 동물과 깊은 눈맞춤을 해본 친구, 동물 문제에 더 많은 사람들이 나서야 한다고 생각하는 친구라면!

카라 홈페이지(www.ekara.org)에 놀러 오세요.
청소년을 위한 프로그램 'Young KARA(생명공감 청소년 프로그램)'와 '찾아가는 카라 동물보호교육'이 있습니다. 2014년 6월부터는 청소년을 위한 강좌가 개설될 예정이니 많은 기대 부탁드려요.

하승수

'행복하려면 녹색'이라는 소신으로 온갖 현장을 누비는 맹렬 변호사. 공인회계사로 활동하다가 사회적 약자를 위한 삶을 살고자 변호사로 변신했다. 10년 동안 재직하던 제주대 교수직을 2009년에 그만두고 시민운동과 풀뿌리 운동에 매달려 왔으며, 2011년 일본 후쿠시마 원전 사고 이후 탈핵과 녹색정치에 온몸을 던지고 있다. 녹색당 공동운영위원장으로서 밀양 송전탑 문제를 현장에서 알리고 있는 중이다. 저서로는 『행복하려면, 녹색』(공저, 2014)이 있다.

모든 현장에는 항상 그분이 있었다. 부안 핵 폐기장, 제주 강정 해군기지, 밀양 송전탑. 개발 논리와 보존 논리가 충돌하는 곳마다 동에 번쩍 서에 번쩍 나타나는 환경전문 변호사! 존경스러우면서도 한편으론 궁금했다. 그분은 왜 법정이 아닌 시위 현장에 있을까? 변호사로서 그분이 추구하는 건 무엇일까? 무엇보다도, 그분은 대체 왜 변호사가 된 걸까?

미래 세대를 위해 싸우는 변호사

안녕하세요, 변호사 님. 공익변호사가 되신 계기가 궁금합니다.

대학에서 경영학을 전공했어요. 원래 경영학은 기업의 이익을 추구하는 학문이지요. 그런데 사실 나는 공익을 위한 일을 하고 싶었어요. 어릴 때부터 우리 사회의 약자들에게 관심이 많았거든요. 그래서 대학 졸업 후 사법고시에 응시했고, 2년 만에 합격을 했습니다.

사법고시 합격자들은 2년 동안 사법연수원 과정을 거치며 여러 기관에서 실무 경험을 쌓게 돼요. 나는 그때 시민단체에서 자원봉사를 했었는데, 법률가로서 어려운 사람들을 위해 일해야겠다는 생각이 들었어요. 드라마 〈너의 목소리가 들려〉에 나온 변호사들처럼요. 그래서 공익변호사가 된 겁니다.

법이라는 방패로 힘없는 사람들을 지키기 위해 변호사가 되신 거군요. 변호사가 된 뒤엔 어떤 일을 하셨나요?

사회적 약자들을 보호하는 법률 제정을 위해 시민단체와 함께 공익소송을 하기도 했지만, 가장 기억에 남는 건 2004년의 부안 핵 폐기장 반대 운동이지요. 당시 '부안 주민투표 관리위원회' 위원장이었던 박원순 현 서울시장과 함께 그 운동을 이끌어 결국 핵 폐기장 건설을 막아낼 수 있었습니다.

하지만 그것도 근본 해결책은 아니었어요. 폐기장이 경북 경주로 넘어

갔으니까요. 주민들이 어떤 시설을 반대하면 권력과 언론은 으레 '이기적 님비 현상'이라는 말을 덧씌우고 그 시설을 다른 곳으로 옮기는데, 이건 아주 심각한 문제입니다. 우선 님비라는 말 자체가 틀렸어요. 원래 님비(NIMBY. Not In My Backyard)는 자기 동네에 혐오 시설이 들어오는 걸 반대한다는 뜻이죠. 하지만 핵 폐기장이나 원자력발전소 같은 건 단순히 좋고 싫고의 문제가 아닙니다. 주민들의 생존과 직결되는 문제이고, 넓게 보면 지구 전체의 환경과 관련된 문제인데 그걸 님비로 설명하는 것 자체가 말이 안 되는 거예요. 요즘 문제가 되고 있는 밀양 송전탑만 해도 원자력발전과 전력 수송이라는 근본적 문제를 봐야지, 무작정 님비로 몰아붙이면 곤란합니다.

그런 식으로 우리 공동의 문제를 특정 지역만의 문제로 국한시키면 한 곳에서 막아내도 다른 곳에서 똑같은 문제가 발생합니다. 가령 동강댐은 막아냈지만 4대강 공사는 강행되었고, 영양댐 건설 계획이 다시 등장했죠. 이렇게 여기저기로 계속 옮아 가는 문제들은 미래 세대에 엄청난 짐이 될 수밖에 없습니다.

저희에겐 밀양 송전탑 문제가 좀 막연하게 느껴지는데요. 더 자세히 말씀해 주시겠어요?

정부의 논리는 이렇습니다. 전력난을 해결하려면 울산 울주군 신고리 원전 3호기에서 생산되는 전기를 대도시로 수송해야 하고, 그러려면 경남 밀양에 송전탑을 세워야 한다는 거예요. 하지만 원전에 들어가는 위조부품 문제가 아직 해결되지 않았고, 3호기에 대한 안전성 검토도 제대로 하지 않았습니다. 이런 상태에서 섣불리 원전 가동을 했다간 치명적인 사고가 발생할 수도 있지요.

원자력발전을 안 하면 당장 심각한 전력난이 생길 것 같지만 그렇지 않습니다. 원전을 멈춰도 얼마든지 살 수 있어요. 비용이 더 들긴 하겠지만요. 일본은 전체 전력의 27%를 차지하던 원전을 후쿠시마 사고 이후 모두 멈췄고, 2014년부터 바다에 띄우는 초대형 풍차를 건설할 예정이에요.

그래도 여전히 궁금증이 남는데요. 원전을 멈췄을 때의 대안은 뭔가요?

우리나라에서 원자력의 에너지 비중은 약 31%입니다. 그중 15%는 에너지 절약을 통해 감축할 수 있고, 나머지는 대형건물의 자가발전 시설로 확보가 가능합니다. 조금만 노력하면 원전 23기를 모두 멈춰도 전력 수급에 문제가 없다고 봐요.

원자력은 근본적으로 안전할 수가 없습니다. 1950년대 미국을 시작으로 전 세계에 570개의 원전이 생겼고, 6건의 대형 핵 사고가 터졌어요. 만약 자동차 570대 중 6대가 폭발했다면 그 자동차가 안전하다고 얘기할 수 있을까요? 1979년 미국 쓰리마일 원전 사고는 아직도 수습이 덜 되었고, 수만 명의 사망자를 낸 1986년의 체르노빌 사고 역시 원전을 콘크리트로 덮어 놨을 뿐입니다. 그 지역의 방사능이 안전한 수준까지 감소하는 데 1천 년이 걸려요. 2011년의 후쿠시마 원전 사고를 보면서 "우리 원전은 안전하다"고 말하는 건 오만입니다. 가장 안전한 방법은 원자력에서 벗어나는 게 아닐까요?

정부 계획대로 원전을 현재의 23기에서 최대 41기로 늘려 동해안 원자력 클러스터가 완성된다면 우리나라는 원전 밀집도 세계 1위가 됩니다. 아찔하지 않나요? 지금 당장 원전 늘리는 걸 멈춰야 합니다.

원자력을 대체할 우리나라 친환경에너지는 어느 정도 수준인가요?

정부는 시화호에 이어 강화도와 가로림만(태안반도 북부)에 세계 최대 규모의 조력발전기 건설을 계획하고 있어요. 흔히 조력발전을 친환경에너지로 알고 있지만 실상은 그렇지 않습니다. 해수의 흐름이 막혀서 갯벌이 사라져 버리고, 발전 효율도 높지 않거든요. 프랑스에서는 조력발전을 아예 하지 않아요. 독일 역시 대형 수력발전을 줄여 가며 2030년까지 모든 에너지를 재생에너지로 전환하는 정책을 시행하는 중입니다. 우리에게도 그런 변화가 필요해요. 서울시의 '원전 하나 줄이기' 운동이 전국적으로 확대되어야 합니다.

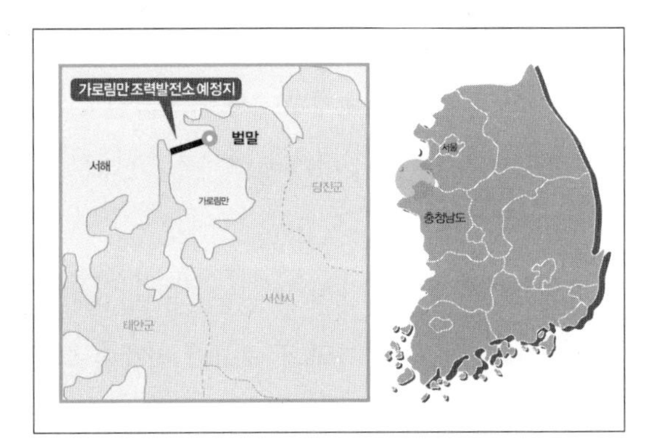

우리나라는 조선 산업이 발달했기 때문에 풍력에너지로의 전환이 용이합니다. 선박의 스크류 만드는 기술이 풍력발전에도 쓰이거든요. 제주도와 서해안이 풍력발전에 적합하고, 태양광 발전도 반도체 기술을 결합하면 충분히 경쟁력을 가질 수 있습니다. 일조량이 적은 독일이나 유럽보다 훨씬 유리하지요.

우리 집 전기가 과연 어디서 오는지 한번 생각해 보세요. 더 이상 온 나라를 고압선으로 뒤덮지 말고, 마을 가까이에서 전력을 생산하는 지역 분산형 전원이 필요합니다. 집집마다 태양광 시설을 설치하면 원자력과 송전탑 문제는 얼마든지 해결할 수 있어요.

마지막으로 청소년들에게 건네고 싶은 말씀이 있나요?

나는 법률가로서 사회적 약자, 환경 그리고 미래 세대를 위한 법을 만들기 위해 노력해 왔습니다. 사회로부터 부당한 피해를 당한 분들을 돕는 일에도 열정을 쏟았고요. 그건 내가 원하는 삶이었고, 당연히 늘 행복했지요. 여러분은 어떨 때 행복하세요? 자신이 뭘 원하는지 찾아내고 거기에 맞는 활동을 열심히 하면서, 그 경험을 바탕으로 진로를 고민해 보기 바랍니다.

지금은 융합적 사고가 필요한 시대입니다. 전공이 같아도 진로는 얼마든지 다를 수 있습니다. 의학을 공부했다면 의사뿐 아니라 의학 전문기자가 될 수도 있고, 의료복지 분야에서 일할 수도 있고, 환경성 질환 컨설턴트가 될 수도 있지요. 환경문제에 관심이 많다면 이공계에서 공부한 뒤에 로스쿨에 진학해서 환경전문 법률가가 될 수도 있고요. 미래를 좁게 보지 말고 다채로운 꿈의 지도를 그려 나가기 바랍니다.

• **인터뷰 및 정리** : 서울 숭문중학교 이원재, 이상훈, 최진영, 임재호, 이호욱 (지도 교사 신경준)

김영준

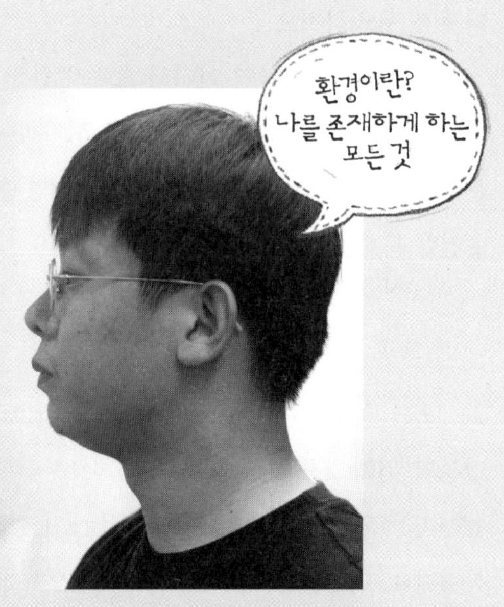

야생동물 전문 수의사. 대학에서 대동물 임상(소, 말 등 축산업 동물 의학)을 전공했지만 KOICA(한국국제협력단) 해외봉사단으로 방글라데시에 갔을 때 약자를 위해 살겠다고 결심한 뒤 생태계의 약자인 야생동물 분야로 전공을 바꿨다. 미국 오마하 동물원, 미네소타 맹금류 센터(The Raptor Center)에서 야생동물의학 및 재활 치료 훈련에 관한 지식을 연수했다. 한국야생동물유전자원은행에서 연구원으로 일하며 야생동물 진료 및 재활 치료 지원, 야생동물 유전자 시료 수집 일을 하고, 충남야생동물구조센터에서 선임수의사로 일하며 다친 야생동물들을 살리는 일을 했다. 2014년부터 국립생태원 동물병원팀장으로 일하고 있다.

"어이구! 살아 있네!"
충남야생동물구조센터로 들어가자마자 내지른 첫마디다. 문을 열자 당연히 박제일 거라 생각한 매가 푸드득거렸고 야생동물의 냄새가 확 밀려들었다. 복도에는 매 말고도 척추를 다친 까마귀, 눈을 다친 어린 소쩍새가 웅크리고 있었다. 그 복도 끝에 황조롱이의 부러진 부리를 치료하는 김영준 수의사가 있었다.

* 이 인터뷰는 김영준 멘토가 충남야생동물구조센터에 재직하고 있을 때 진행되었습니다.

가장 약한 존재들을 돌보는 수의사

야생동물이 가장 약자라고 생각해서 야생동물 의학으로 전공을 바꾸셨다고 들었어요. 왜 그렇게 생각하셨나요?

보호자가 없는 야생동물은 치료비를 낼 수 없습니다. 돌보는 사람이 없으니 다쳐도 걱정해 주거나 책임져 줄 사람이 없는 거죠. 야생동물이 다양하고 건강해야 우리도 잘 살 수 있는 건데 사람들은 야생동물에 대해 관심도 없고 잘 몰라요. 그래서 나라도 소외된 야생동물을 지켜 주자고 생각했지요.

센터 입구에서 여기까지 오는 동안 다친 동물들이 많이 보였어요. 그 동물들은 어떻게 이곳에 왔는지, 또 어떤 치료를 받게 되는지 궁금합니다.

전국 각지에서 다친 동물을 구조한 뒤 이곳으로 데려와 치료합니다. 건강을 회복하면 다시 야생으로 돌아갈 수 있도록 재활 훈련을 하지요. 야생으로 보낼 땐 경우에 따라 추적기를 달기도 합니다. 야생에서 잘 적응하는지 모니터링하기 위해서죠.

여기 계신 분들은 모두 수의사인가요? 아니면 다른 직업도 있나요?

재활사와 함께 일을 합니다. 재활사는 치료가 끝난 동물이 빨리 건강을 회복해 야생으로 돌아갈 수 있도록 재활 치료를 하죠. 동물을 돌보는 일은 다들 같이 합니다. 각 동물의 상태에 따라 필요한 먹이는 무엇인지 연구하고, 사육장을 쾌적하게 청소하고, 그밖에도 할 일이 아주 많아요. 사람들에게 이곳에 있는 야생동물을 알리기 위해 블로그와 페이스북을 운영하고 외부 강연을 나가기도 해요. 센터의 인원은 5명+α인데 재활사 3명, 수의사 2명, 자원봉사자로 꾸려집니다. 적은 인원으로 굉장히 많은 일을 하지요?

센터에 가장 많이 들어오는 건 어떤 동물인지, 주로 무슨 이유로 다쳐서 오는지 궁금합니다.

포유류 사고 중 가장 많은 것은 '로드킬'입니다. 도로를 건너다 차에 치이는 거죠. 가장 많이 다치는 동물은 고라니인데, 3년 동안 우리 센터에만 약 4백 마리가 들어왔어요. 살아서 이송되어 온 숫자가 그렇다는 거고, 죽은 고라니까지 합치면 4백 마리는 겨우 1~2일치에 불과합니다. 전국에서 1년에 무려 10만 마리의 고라니들이 로드킬로 목숨을 잃고 있어요.

정말 엄청나네요. 그렇게 로드킬이 많은 이유가 뭔가요?

간단해요. 도로가 많기 때문이죠. 동물들이 먹이를 구하려면 이동을 해야 하는데, 건너야 할 도로가 너무 많아요. 불필요한 도로 건설을 줄여야 합니다. 여러분은 로드킬이 주로 어디서 일어난다고 생각하세요?

동물들이 산에 사니까 주로 산에서 일어나지 않을까요?

산에 있는 도로는 구불구불해서 사고가 잘 안 일어나요. 차량 속도가 느려서 웬만하면 피할 수 있으니까요. 오히려 잘 닦인 지방도나 국도에서 훨씬 많은 사고가 발생합니다. 물론 고속도로에서도 사고가 나지만

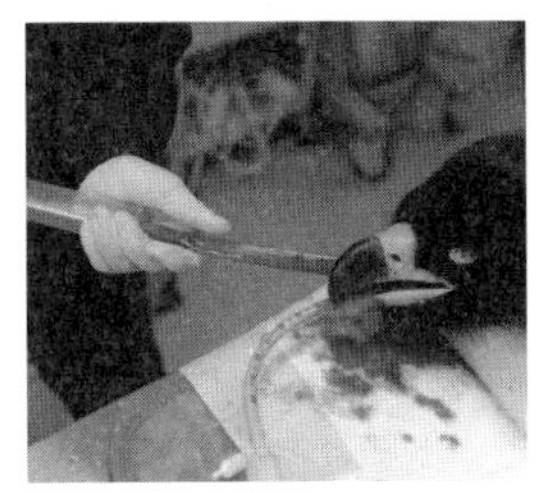
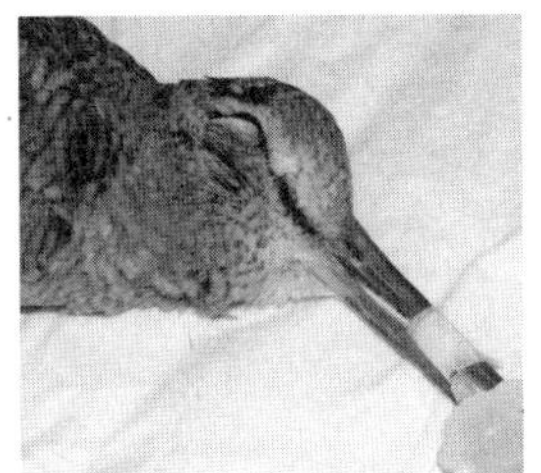

전체의 10%에 불과하죠. 대부분의 야생동물 교통사고는 지방도와 국도에서 난다고 보면 됩니다. 이쯤에서 하나 물을게요. 여러분이 차에 치인다면 시속 60km에 치일래요, 100km에 치일래요?

윽! 둘 다 죽을 것 같은데요.

그런가?(웃음) 그래도 굳이 따지자면 시속 100km에 치일 때 죽을 확률이 월등히 높겠죠? 그러니까 그렇게 쌩쌩 달릴 수 있는 도로는 꼭 필요한 경우에만 만들어야 해요.

야생동물 생태통로 알죠? 이거 하나 만드는 데 20~30억 원이 들어요. 하지만 야생동물은 생태통로를 잘 이용하지 않아요. 극소수만 생태통로로, 그것도 4일에 한 번 꼴로 건너고 대다수 동물들은 생태통로가 있는지도 모른 채 도로를 건너다 죽어요. 생태통로는 교통사고 당한 사람에게 반창고 붙이고 나을 거라고 하는 거랑 비슷합니다. 임시방편에 불과하죠. 생태통로 만들 돈으로 땅을 사서 그곳을 개발금지구역으로 만드는 게 훨씬 더 효과적이고 합리적이에요.

포유류 말고 조류에게 가장 많이 일어나는 사고는 뭔가요?

새들은 주로 유리창이나 도로의 방음 유리에 부딪혀서 다쳐요. 새는 투명한 물체를 분간하지 못하거든요. 사람들의 눈길이 닿지 않는 곳에서 벌어지는 일이라 정확히 파악할 순 없지만, 매년 전 세계에서 약 10억 마리의 새가 이렇게 목숨을 잃는 걸로 추정됩니다.

이곳에서 많은 일들을 겪으셨을 텐데 그중 가장 뿌듯했던 일과 가장 마음 아팠던 일을 말씀해 주세요.

내가 가르쳤던 어린 학생이 수의사가 되어 야생동물보호 일을 하게 되었을 때 굉장히 감격했어요. 구조센터 소식을 접한 사람들이 야생동물에 대해 많은 관심을 가질 때도 뿌듯함을 느끼고요. 하지만 센터에서 건강해진 야생동물이 방생된 지 얼마 되지 않아 죽은 채로 발견될 때는 몹시 마음이 아프죠. 가장 마음이 아팠을 때는 산탄총에 맞은 흰꼬리수리가 센터에 들어온 뒤 8일 만에 숨을 거둔 순간이었습니다. 천연기념물이자 멸종위기종인 흰꼬리수리는 무척 멋진 새인데 밀렵꾼이 그저 재미로 이 새를 산탄총으로 쏜 거예요. 그때를 잊을 수가 없어요.

혹시 수의사가 된 것을 후회한 적 있으세요?

있죠. 생명을 다루는 직업이니까요. 죽음에 책임을 진다는 건 쉬운 일이 아닙니다. 집을 짓다가 무너지면 다시 지으면 되지만 죽음은 돌이킬 수 없어요. 수의사 손에서 동물이 죽으면 주인들은 그나마 위안을 받습니다. '수의사를 불러도 안 되는구나. 그래도 나로선 할 만큼 했어'라고 생각하니까요. 하지만 수의사는 그 죽음을 오롯이 감당합니다. 그게 너무 힘들어서 후회한 적이 있어요.

조류독감이나 구제역이 발생하면 그 지역의 동물들을 살처분하잖아요. 살처분에 동원된 수의사들 중 상당수가 수의사를 관둡니다. 심지어 자살한 사람도 있어요. 멀쩡한 동물을 죽이고 싶은 사람이 어디 있겠습니까?

죽음의 무게가 그토록 힘겹긴 하지만, 그래도 한 생명을 살린다는 것이 말할 수 없이 기쁜 일이라서 계속 수의사를 하고 있는 것 같아요.

수의사가 되고 싶어 하는 친구들에게 한 말씀 부탁드려요.

수의사가 되는 게 중요한 건 아니라고 말해 주고 싶어요. 중요한 건 어떤 가치를 가지고 내 삶을 살 것인가에 대한 고민입니다. 고민 끝에 "나는 동물을 지켜 주는 수의사가 되고 싶다"는 답을 얻었다면, 수의사 면허로 만족하지 마세요. 동물의 삶에 대해 끊임없이 고민하고, 생명의 의미와 가치에 대해서도 성찰을 멈추지 말아야 해요.

야생동물구조센터에서 청소년도 할 수 있는 일이 있던데 소개해 주시겠어요?

중학생은 아직 어리고, 고등학생부터 참여할 수 있어요. 야생동물에 관심이 많고 다섯 번 이상 센터를 방문할 수 있다면 문은 항상 열려 있습니다. 동물 구조와 치료, 사육과 재활 치료 모두 여러분의 도움이 필요하니까요.

충남야생동물구조센터 자원봉사 신청 : http://cafe.daum.net/cnwarc.supporters

• **인터뷰 및 정리** : 온양용화고등학교 정재영, 정기영, 이태형, 임환철, 김선동 (지도 교사 최소영)

호서대학교 식품공학과 교수. <초록교육연대> 상임대표. 노래하는 환경운동가로 더 잘 알려져 있다. 1998년 음식물 쓰레기로 생균 사료를 만들어 천주교 환경상을 받았고, 특기인 작곡과 노래로 환경운동을 하며 지금까지 10장이 넘는 음반을 냈다. 대표곡으로 '한강은 흐른다' '김치, 된장, 청국장' 등이 있고 초·중등 교과서에 실린 노래도 여러 곡이다. 지금은 우리나라의 토종 선인장인 천년초 연구에 푹 빠져 있다.

"한강은 흐른다, 산과 들 사잇길로, 복숭아 진달래 꽃망울 터뜨리며 ♪ 오늘도 무지개로 소리 없이 흐른다~. 눈보라 휘날린들 멈출 수 있으랴 ♬"
기타 메고 멋지게 자작곡 부르는 분이 교수님이라니! 위 노래 '한강은 흐른다'는 교과서에도 실린 곡이다. 음식물 쓰레기로 사료를 만드는 연구도 이분이 하셨다고 한다. 싱어송라이터? 과학자? 환경운동가? 이분의 정체는 대체 뭘까?

노래하는 환경운동가

교수님은 환경음악가로 유명하신데요. 직접 작곡하신 곡이 교과서에까지 실렸다고 들었습니다. 노래를 환경운동에 접목하신 계기가 궁금합니다.

'김치, 된장, 청국장'과 '지구를 위하여'는 초등학교 바른생활 지도서에 실려 있어요. '한강은 흐른다'는 중2 음악 교과서에 실렸고요. 모두 자연 사랑에 대한 노래예요. 사람들에게 환경의 소중함을 더 쉽게 알려 줄 수 있는 방법이 없을까 고민하다 '지구를 위하여'를 처음으로 만들었죠. 노래만큼 쉽게 배울 수 있는 게 없잖아요.

언제부터 음악에 관심을 갖게 되셨어요?

어릴 적에 한강가 행주산성에 살았는데 어부인 아버지를 따라다니며 황복을 잡았어요. 아버지가 황복 뱃가죽으로 북을 만들어 주시면 그걸 두드리면서 노래를 불렀죠. 보이는 게 한강인지라 노래도 한강에 대한 거였어요. 그때부터 음악에 흥미가 생겨서 기타도 독학으로 배웠지요. 독학이라서 지금도 기타 칠 때 두 손가락으로 쳐요.

작곡에 필요한 음악적 영감은 주로 어디서 얻으시는지?

가사가 좋으면 멜로디는 쉽게 만들어져요. '한강은 흐른다' 가사를 오세영 시인이 써 주셨는데, 너무 느낌이 좋아 행주산성에서 한강을 바라보며 순식간에 작곡했죠. 지금도 나는 행주산성에서 찍은 한강 사진을 앞에 놓고 녹음 작업을 합니다. 음악은 느낌이 중요하거든요.

다른 질문을 드릴게요. 음식물 쓰레기로 동물 사료를 만든다는 생각이 참 기발합니다. 혹시 특별한 계기가 있었나요?

어린 시절 우리 집 앞마당에 돼지우리가 있었어요. 어머니는 새벽장에 채소를 내다 파신 뒤 여러 식당을 돌며 남은 음식물들을 모아 머리에 이고 오셨죠. 이걸 '구정물'이라고 했는데, 여기에 방앗간에서 가져온 쌀겨를 섞으면 훌륭한 사료가 됐어요. 이렇게 키운 돼지는 맛이 담백하고 쫄깃쫄깃해 비싸게 팔 수 있었고 그 돈은 내 등록금이 되었지요. 부모님을 도와 농사를 지으며 자랐던 경험 때문인지, 어른이 된 뒤에도 사람들이 함부로 음식을 버리는 것을 이해할 수 없었어요. 그래서 음식물 쓰레기로 생균 사료를 만드는 연구를 시작하게 되었습니다.

우리 음식은 서양과 달리 발효식품이 많아요. 또 국물이 많이 섞이면 pH가 4 이하로 낮아지면서 부패를 막죠. 구제역 바이러스도 pH 4.5 이하의 강한 산성에선 살 수 없답니다. 발효균은 냄새를 먹고 자라기 때문에 축사의 악취를 없애 주고, 장을 청소해서 가축의 위장을 튼튼하게 해요. 이런 연구 결과를 토대로 음식물 사료를 만든 거예요. 2005년에 전국적으로 구제역이 퍼졌을 때도 음식물 사료를 먹인 축사에선 단 한 번도 구제역이 발생하지 않았어요. 하지만 농림부가 구제역과 음식물 사료의 연관성을 의심해서 지금은 음식물 사료 공장이 많이 줄어들었습니다.

식품공학자로서 보시기에 우리 식단의 가장 큰 문제점은 무엇인가요?

요즘엔 과일이 포장되어 나와요. 봉지에 담긴 과일은 항산화제가 10%로 줄어요. 보기에 좋고 달기만 할 뿐 몸에 좋은 향기, 맛, 성분 등 면역 물질은 하나도 없지요. 또 다른 문제는 육식 위주의 식습관이에요. 육식은 지구온난화의 주요 원인들 중 하나입니다. 고기를 얻기 위해 기르는 가축 수는 지구상에 약 5백억 마리인데, 그들이 뿜어 내는 이산화탄소도 만만치 않고 그들을 키우느라 파괴되는 숲의 면적도 갈수록 늘고 있어요. 개인의 건강을 위해서나 지구를 위해서나 육식을 의식적으로 줄여 나갈 필요가 있습니다.

그래서 유기농에 관심을 갖게 되신 건가요?

유기농에 관심을 갖게 된 건 독일 유학 시절부터예요. 독일 음악가 할아버지 댁에서 살았는데, 유기농 식품만 드셨고 아주 건강했어요. 자연의 순리대로 만든 음식이 바로 유기농 음식이라는 걸 그분에게 배웠지요. 우리나라에선 하우스에서 키워도 농약만 안 쓰면 다 유기농인 줄 알아요. 하지만 햇볕과 바람을 맞으며 자연에서 자란 진짜 유기농 식품은 고유의 향과 색 그리고 맛이 무척 진해요. 유기농 깻잎은 코도 못 댈 정도로 향이 진하고 먹으면 입이 얼얼해요. 그게 바로 깻잎의 면역 성분입니다.

유기농 식품을 먹으면 마음도 가라앉고 집중도 잘 돼요. 영국 소년원에서 하루 한 끼 유기농 음식을 섭취하게 했더니 폭력적인 아이들이 눈에 띄게 온순해졌다고 해요.

요즘엔 천년초에 푹 빠져 계시다는데, 천년초의 매력이 뭔가요?

나는 항산화제 연구를 하는 식품생화학자예요. 내가 세계 최초로 2000년대 초에 천년초를 연구했어요. 어느 대학에서 환경 강연을 마치고 나니 스님 한 분이 찾아오셨는데 유명한 혜민 스님이었어요. 그분이 권해서 천년초 연구를 시작하게 된 거죠.

천년초는 수천 년 전부터 한반도에서 자생해 온 토종 선인장입니다. 식물 중 항산화제가 가장 많이 들어 있는 게 바로 천년초예요. 일반 식물에 항산화제가 100g당 50mg 정도 들어 있다면 천년초엔 그 100배인 5천mg이나 들어 있어요. 뿐만 아니라 비타민, 칼슘, 미네랄, 식이섬유 등도 풍부하고요. 이런 탁월한 성질을 이용해서 어떤 상품을 만들까 고민하다가 천년초 치약을 만들었습니다. 잇몸이 붓거나 피가 나는 잇몸병 예방에 좋아요.

천년초를 국수나 빵 같은 밀가루 음식에 넣으니 더부룩함, 설사 등 밀가루 알러지가 없어지고 대사가 촉진돼 아주 좋은 음식으로 변하더군요. 짜장면과 탕수육도 개발했고 지금은 천년초를 넣은 라면도 개발 중이에요. 천년초를 상품화해서 전 세계인의 건강을 지켜 주는 사회적기업으로 키워 나가는 게 내 꿈이에요.

다시 음악 얘기로 돌아갈게요. 교수님께서 노래하시는 무대는 주로 어떤 곳들이에요?

내 무대는 그렇게 특별한 곳이 아니에요. 집회나 모임에서도 하고, 강의를 하다가 분위기가 처진다 싶으면 곧바로 노래를 하죠.(웃음) 물론 가끔은 정식 음악회를 열기도 해요. 2012년엔 다산 정약용 탄신 250주년을 맞아 다산음악회를 열었지요.

환경음악 활동을 하면서 제일 보람을 느끼실 때는 언제인가요?

즐겁게 노래한 뒤 앙코르 요청이 나올 때 제일 기쁘죠. 인기가수 공연 때처럼 사람들이 "오빠!"를 외치고 사인해 달라고 줄을 설 때도 행복하고요. 그렇게 공감을 이끌어 내는 게 음악의 가장 큰 힘이라고 생각해요. 앞으로도 사람과 사람, 또는 사람과 자연 사이에 공감이 필요한 곳이라면 어디든 기타를 메고 달려갈 생각입니다.

• **인터뷰 및 정리** : 온양용화고등학교 인미나, 이경미, 이슬예 (지도 교사 최소영)

박.미.현.

버려지는 광고물로 디자인 상품을 만드는 소셜벤처 '터치포굿' 대표. 2008년 아이디어 공모전에서 받은 1천만 원으로 사업을 시작한 이후, 동대문에 가서 직접 가방 제조 기술을 배워 가며 새로운 시장을 개척했다. 주위의 반대와 오해를 무릅쓰고 꾸준히 사업영역을 넓혀 2010년에 처음 손익분기점을 넘겼고, 2011년에 서울시 '더 착한 기업'으로 선정되었다. 2012년엔 대선 후보들에게 선거 현수막을 재활용하겠다는 약속을 받아 낸 뒤 직접 재활용하기도 했다. 2013년 '서울시 환경상' 대상을 수상했다.

터치포굿을 방문했을 때 세 번 놀랐다. 처음엔 대표님이 너무 젊어서, 두 번째는 제품들이 너무 예뻐서, 마지막으론 이 회사의 창립 취지와 이름에 담긴 의미가 너무 훌륭해서! 재활용(recyling)은 알아도 새활용(upcycling)은 몰랐던 우리는 이번 인터뷰를 통해 '환경'에 대한 판에 박힌 생각을 바꿀 수 있었고, 좀 더 다양한 관점으로 자연을 바라보게 되었으며, 새로운 시각으로 진로를 고민할 수 있게 되었다.

없어지고 싶은 회사 '터치포굿'의 대표

안녕하세요. 먼저 '터치포굿'이 어떤 회사인지 간단히 소개해 주시겠어요?

버려지는 쓰레기의 단순한 재활용에 그치지 않고, 거기에 디자인적 가치를 더해서 새로운 제품으로 탄생시키는 디자인 브랜드 회사입니다. 저기 보이는 제품들처럼요.

와, 가방들이 너무 예뻐요. 폐현수막으로 만들었다는 게 믿기지 않을 정도예요. 어떻게 이런 멋진 회사를 만들 생각을 하셨는지 궁금해요.

사실 처음엔 가볍게 시작했어요. 중고등학교 때 걸스카우트 활동을 했었고 대학 때도 걸스카우트 행사를 돕는 활동을 했거든요. 행사 때마다 현수막을 만들었는데, 워낙 행사가 많다 보니 버려지는 현수막도 엄청났죠. 이걸 어떻게 해결하면 좋을까 친구들과 고민을 하다가, 재활용품을 만들어 보자는 의견이 나왔어요. 그래서 현수막과 광고판 등 폐기된 쓰레기들 20여 가지를 재활용해서 가방, 신발, 액세서리, 문구 등을 만들어서 판매하기 시작했지요.

그때 우리가 아주 중요하게 생각했던 게 있어요. 이왕 재활용하는 거라면 기존의 재활용품처럼 그저 그런 제품을 만드는 '다운사이클링(downcycling)'에 그치지 말고 오히려 그전보다 더 쓸모 있는 제품을 만들자는 거였죠. 바로 그게 재활용을 넘어서는 새활용, 즉 업사이클링(upcycling)이에요. 업그레이드(upgrade)와 리사이클링(recycling)의 합성어랍니다. 그래서 회사 이름도 '업사이클링 기업, 터치포굿'으로 정했어요.

'터치포굿(touch for good)'은 사람들의 손길이 닿는(touch) 재활용품을 뜻하는 동시에, 환경을 생각하는 우리의 마음이 사람들의 마음에 닿았으면 좋겠다는 의미예요. '굿(good)'은 아시다시피 '좋다'는 의미와 '제품'이라는 의미를 동시에 지니죠.

그렇게 깊은 뜻이! 그런데 회사 홈페이지를 보니까 터치포굿은 제품 생산 외에도 굉장히 다양한 활동을 하던데요.

일을 하다 보니 우리가 아무리 열심히 업사이클링을 해도 폐현수막이 생기는 근본 원인을 해결하는 데는 한계가 있다는 생각이 들었어요. 그래서 우선 현수막 생산 과정의 쓰레기를 줄이기 위해 제작 과정에 참여하기 시작했고, 제작하시는 분들에게 환경교육도 실시하고 있어요. 여러분 같은 미래 세대 청소년들을 위한 환경교육도 꾸준히 하고 있고요.

대부분의 사람들은 '친환경적인 삶'을 굉장히 부담스럽게 받아들여요. 예쁜 옷도 포기해야 하고, 갖고 싶은 게 있어도 절제해야 하고, 거적때기를 쓰고 산으로 들어가야 할 것 같고……. 그러다 보니 실천하는 걸 꺼리게 되고 오히려 외면하게 되는 거거든요. 우리가 환경교육을 하는 이유는, 그렇게 구질구질하게 살지 않아도 얼마든지 친환경적으로 살 수 있다는 걸 널리 알리기 위해서예요.

그래서 회사 이름도 '컬러풀 에코 브랜드(colorful eco brand), 터치포굿'으로 바꿨어요. '친환경' 하면 다들 초록색이나 나뭇잎, 뭐 이런 것들만 생각하잖아요. 그런데 알고 보면 자연은 굉장히 다양한 색깔들을 가지고 있어요. 나뭇잎만 해도 처음엔 연두색이었다가 짙은 초록색이 되고, 나

중엔 빨갛거나 노랗게 바뀌잖아요. 우리가 너무 자연의 일부만 보고 있으니까, 진짜 자연은 생각보다 훨씬 컬러풀하다는 것을 알리고 싶었어요. 자연만 그런 게 아니라 환경을 지키는 방법 또한 아주 다양하고 컬러풀하다는 걸 알리는 게 우리 회사의 또 다른 목표랍니다.

그럼 대표님은 회사에서 구체적으로 어떤 역할을 맡고 계세요?

우리 회사는 기획팀, 영업팀, 제작팀, 디자인팀으로 나뉘어져 있어요. 나는 대표로서 각 부서가 협동하여 일을 진행할 수 있도록 다리 역할을 합니다. 요즘엔 주로 외부에서 사업 발굴을 하고 있어요. 참신한 아이디어를 갖고 있는 사업 파트너를 찾고, 신생 디자이너 그룹을 지원하기도 해요. 우리 회사의 사업 수익금 일부는 환경성 질환을 앓고 있는 저소득층 아이들을 위해 쓰입니다. 기업 이익을 사회에 환원한다는 점과 창의적인 생각으로 환경문제를 해결한다는 점에서, 터치포굿은 사회적기업이고 소셜벤처(social venture)지요.

폐현수막으로 가방을 만든다고 했을 때 주변의 반대가 심했다고 들었어요. 회사를 운영하면서 제일 힘들었을 때는 언제였나요?

현수막을 재활용하는 회사라고 하니까 우릴 쓰레기 수집상 정도로 생각해 이상하게 접근하는 사람들이 많았어요. 무턱대고 전화해서 "내 현수막도 가져가라. 내가 너희를 도와주겠다"는 식으로 얘길 하는 거예요. 그럴 때마다 우리가 열심히 일한 결과가 기껏 쓰레기 처리인가 하는 생각에 너무 힘들었어요.

바로 그게 현수막 제작자 교육을 비롯한 새로운 솔루션 사업, 즉 근본적으로 폐현수막 문제를 해결하기 위한 활동을 시작하게 된 계기였어요. 가장 힘들었던 일이 오히려 새로운 기회가 된 거죠.

그럼 제일 인상 깊었던 일은요?

사람들이 폐현수막으로 만든 제품들을 산다는 건 우리가 뭔가 새로운 변화를 만들어 낸다는 뜻이잖아요. 그런 게 아주 매력적이었어요. 처음엔 "진심으로 안 될 것 같다"며 빨리 포기하라던 사람들도 조금씩 변하고 있고요. 그렇게 조금씩 변해 가는 모습을 보는 것이 즐겁기도 하고, 보람 있기도 하고, 이 일을 계속할 수 있는 힘이 되는 것 같아요.

터치포굿이 지향하는 목표는 무엇인가요?

맨 처음 창업했을 때나 지금이나 우리 회사의 목표는 똑같아요. 현수막을 멸종시켜 우리 회사가 없어지는 거예요(웃음). 현수막뿐만 아니라 세상엔 쉽게 만들어지고 쉽게 버려지는 게 너무 많잖아요. 우린 폐현수막의 새활용이라는 재미있고 신선한 방법을 통해 환경문제에 접근하고 있습니다. 사람들로 하여금 자기의 행동이 어떤 결과를 가져오는지 알게 하는 게 우리의 궁극적 목표예요. 그러다 보면 뭔가를 만들고 소비하고 버릴 때 한 번 더 생각하게 되고, 자원을 꼭 필요한 곳에 쓸 수 있을 테니까요. 얼마 전엔 '한국 업사이클 디자인 협회'를 창설하고 전시회도 열었어요. 업사이클링을 하나의 산업으로 키워 나가기 위해서예요. 아직은 20여 곳에 불과하고 매출 규모도 크지 않지만 빠른 속도로 성장할 수 있을 거라고 믿어요.

마지막으로, 직업 선택의 기로에 서 있는 청소년들에게 한 말씀만 해 주세요.

고등학교가 직업 선택의 기로는 아니라고 생각해요. 여러분이 지금 희망하는 직업은 아마 요즘에 '뜨는' 직업일 거예요. 하지만 실제로 취업을 하려면 앞으로 5~6년이 걸릴 텐데, 그동안 많은 사람들이 그 분야로 몰려서 정작 여러분이 사회에 나갔을 땐 더 이상 일자리가 없을 수도 있어요. 대세를 좇지 말고 자신의 적성을 찾으세요. 진로를 미리 정해 놓고 모든 것을 거기에 맞추기보다는, 다양한 상황 속에서 자기 자신을 찾을 필요가 있어요.

내가 어떤 삶을 살면 좋을지 자신의 가치관에 대해 많이 고민하고 삶의 방향을 정하는 게 우선입니다. 직업은 그다음이에요.

나도 내가 사업을 할 거라고는 단 한 번도 생각하지 않았어요. 남들 앞에 나서는 걸 별로 좋아하지 않거든요. 이 일이 재밌을 거 같다는 생각이 워낙 컸기 때문에 시작할 수 있었던 거죠. 삶의 가치관이 명확하면 직업은 자연스레 따라옵니다. 불안해하지 말고, 스스로가 중요하다고 생각하는 것을 지키세요.

• **인터뷰 및 정리** : 청주여자고등학교 김예지, 신지수, 진아현, 함은주 (지도 교사 허진숙)

환경교육 전문기관 '에코맘코리아' 대표. 서울시의회 의원을 거쳐 2009년에 본격적인 환경운동의 길에 들어섰다. 건강하고 행복한 가정이 건강한 지구를 만든다는 믿음으로 어린이 녹색소비 교육, 에코 가족캠프, '도전! 그린벨', 에코맘 장터 등 다양한 지구 사랑 프로그램들을 기획하고 있다. 현재 세종대 환경에너지연구소 부소장, 세종대 기후변화센터 운영위원장, 국회 기후변화포럼 이사 등으로 활발하게 활동 중이다.

"얼른 일어나서 아침 먹어" "공부 안 하고 뭐 하니?" "안 씻고 그냥 잘 거야?"

하루 종일 끊이지 않는 엄마의 잔소리. 엄마를 피하고 싶은 이유는 한두 가지가 아니다. 그런데도 나가면 보고 싶고, 집에 들어서면 맨 먼저 엄마를 찾게 되는 건 왜일까? 언제나 나를 생각하고 응원해 주는 영원한 내 편! 바로 그게 세상 모든 엄마들의 공통점이다. 엄마가 나를 사랑하듯 환경을 사랑한다면 지구는 더 이상 아프지도, 망가지지도 않을 것이다.

엄마의 마음으로 지구를 품는 에코맘

환경교육 전문기관 '에코맘코리아' 대표이신데, 언제부터 환경에 관심을 가지셨어요?

여러분과 같은 청소년 때였어요. 중학생 때 삼촌이 환경연구소에 계셔서 환경 이야기가 늘 생활 가까이에 있었고, 환경을 위한 실천도 자연스럽게 몸에 배었지요. 본격적으로 환경운동을 시작한 건 서울시의원이 된 다음부터예요. 2006년부터 4년 동안 시의회에서 환경 분야 일을 했었거든요.

그때의 경험들이 에코맘 활동에도 영향을 끼친 건가요?

맞아요. 시의원으로서 주로 했던 일은 정책을 만드는 거였는데, 정책이 아무리 좋아도 사람들의 마음이 준비되어 있지 않으면 무용지물이더군요. 훌륭한 정책은 훌륭한 시민의식이 밑바탕이 되어야만 실현될 수 있어요. 시민들이 나서서 행동하지 않으면 환경문제는 절대 해결되지 않는다는 걸 절실히 느꼈습니다. 그래서 모두가 함께할 수 있는 운동을 고민하게 되었고, 그게 에코맘코리아 설립으로 이어졌죠.

'에코맘'이라는 이름이 참 친숙한데요. 단체 이름을 그렇게 지은 이유가 궁금해요.

친근하고 편안한 이름을 고민하다가 엄마의 마음을 떠올렸어요. 에코맘코리아 설립 당시 나는 초등학교 1학년 아이를 둔 엄마였죠. 아이에게 좋은 것만 주고 싶은 엄마의 마음처럼 사람들이 환경에 관심을 가지면 좋겠다는 생각에서 그런 이름을 지었어요.

가정에서 엄마가 바뀌면 아빠도 바뀌고 아이도 바뀌잖아요. 그러다 보면 모두의 마음을 바꿀 수 있다는 생각이었지요.

엄마의 마음으로 에코맘에서 맨 처음 했던 일은 무엇인가요?

시의회에서 했던 일들 중 어린이 놀이터 환경개선 사업이 있었어요. 당시 대부분의 놀이터 바닥은 고무매트였어요. 그런데 고무매트는 화학물질이라 시간이 지날수록 마모되면서 중금속 가루가 나와 아이들 몸에 쌓이게 됩니다. 게다가 폐기할 때 환경에도 안 좋은 영향을 끼치게 되죠. 그래서 놀이터 바닥을 안전하고 창의적으로 놀 수 있는 모래로 바꾸고, 놀이터 녹지를 30% 이상으로 늘리는 정책을 추진했어요.

그런데 막상 일을 해 보니까, 시설만 바꾼다고 되는 게 아니었어요. 시민들이 주인의식을 갖고 관리를 하지 않으면 놀이터는 금방 엉망이 되어 버리거든요. 온갖 쓰레기가 쌓이고, 그네 줄도 걸핏하면 끊어지고……. 그래서 나부터 주변 환경에 관심을 갖고 관리하자는 생각으로 몇몇 엄마들과 함께 놀이터를 청소하고 꽃도 심기 시작했어요. 바로 그게 에코맘의 시작이었습니다.

대표님 말씀을 들으니 환경 수업 때 배운 '자기환경화(자신의 주변 환경에 관심을 갖고 주변 환경을 내 것이라고 생각하는 것)'가 생각나네요. 그럼 현재 에코맘코리아가 주로 하는 활동은 어떤 것들인가요?

사업을 진행하다 보니 어릴 때 습관이 중요하다는 걸 절실히 느꼈어요. 그래서 가정에서 시작하는 지구 사랑 교육에 중점을 두고 있습니다.

대표적인 교육 프로그램으로는 학생을 대상으로 하는 '글로벌 에코 리더'와 부모님 대상의 '에코맘 스쿨'이 있어요. 학교, 유치원, 어린이집 교사 환경교육도 하고 있고요. 또 독거노인이나 소년소녀가장 등 취약계층의 집을 방문해 상담하고 친환경 먹을거리를 제공하는 사업도 하고 있습니다.

이 일을 하시면서 가장 보람 있었던 때를 꼽으신다면요?

아이들이 친환경적으로 바뀌는 모습을 봤을 때죠. 그럴 때 정말 큰 기쁨과 에너지를 받아요. 게임 중독이었던 한 아이는 에코맘 교육 프로그램에 참여하면서 '환경전문가'라는 새로운 꿈을 갖게 되었어요. 그토록 공부를 싫어했던 아이가 이젠 스스로 공부하는 모습을 보고 다들 깜짝 놀라요.

스마트폰을 만들 때 필요한 '콜탄'이라는 광물 때문에 전쟁이 일어나고 고릴라 서식지도 파괴된다는 수업을 한 적이 있어요. 이 수업을 들은 청소년들이 직접 '스청모(스마트폰을 반대하는 청소년들의 모임)'를 만들고 스마트폰의 폐해를 알리는 캠페인을 하는 걸 봤을 땐 얼마나 감격스러웠는지 몰라요.

정말 인상적인 사례들이네요. 역시 실천이 중요한 것 같아요. 저희는 학교에서 점심시간에 불을 끄거나 평소 사용하지 않는 플러그를 뽑고 있는데, 대표님께서는 가정에서 어떤 실천들을 하고 계신지요?

특별하거나 거창한 건 없어요. 일단 일회용품 안 쓰고, 가능하면 로컬 푸드나 농약 안 쓴 음식을 먹어요. 빨래할 때도 양말 같은 건 비누로 문질러서 빨고 꼭 세제를 써야 한다면 친환경 세제를 쓰지요. 또 전기밥솥을 안 쓰고 냄비에 밥을 해요. 냉장고 사용도 가급적 줄이고요. 찾아보면 소소하게 할 수 있는 일들이 엄청나게 많아요. 가능한 한 에너지 사용을 줄여 나가는 게 가족의 건강을 위한 일이고 지구를 위한 일이에요.

청소년들에게 환경교육이 중요한 이유를 짚어 주신다면요?

환경은 철학의 문제입니다. 철학이 바뀌면 삶 자체가 변해요. 독일 하이드베르 광장 포장마차엔 일회용품이 하나도 없어요. 모두 머그컵이에요. 그건 철학이 다른 거예요. 우리에게도 그런 마인드가 필요합니다. 그래서 교육이 중요한 거예요.

우리나라에선 환경 사고가 터질 때마다 수습하기에 바빠요. 이런 문제를 해결하려면 청소년기에 제대로 된 가치관을 심어 주는 교육이 반드시 필요합니다. 녹색 가치관을 가진 청소년들이 훗날 경영을 하고 정치를 하고 선생님이 된다면 모든 것이 달라지고, 궁극적으로 세상이 달라져요.

환경을 사랑하는 청소년들에게 한 말씀 부탁드립니다.

청소년들이 입시에 너무 시달리다 보니 '성적을 잘 받는 게 행복의 지름길'이라고 생각하는 경향이 있는데, 그건 옳지 않아요. 점수에만 급급한 경쟁 속에서는 협동과 배려를 배울 수 없거든요. 그런 사람들이 회사에 들어가면 할 수 있는 게 아무것도 없어요. 팀워크가 뭔지를 전혀 모르니까요.

환경에 눈을 돌리면 배려하는 법을 배우게 돼요. 사람들과 대화하면서 성장해야 진정한 리더가 되고 사랑받는 인간이 되지, 일등만 한다고 무조건 행복해지진 않아요. 그래서 함께 사는 사회가 중요한 거랍니다. 특히 자연과 함께하면 마음이 넉넉해지고 편안해져요. 부디 자연과 사람을 사랑하는 마음이 행복의 지름길이라는 걸 깨닫게 되길 바랍니다.

• **인터뷰 및 정리** : 성남 숭신여자고등학교 김민선, 서영진, 유재빈, 최보윤 (지도 교사 김강석)

국민대학교 시각디자인과 교수. 일찍이 한국 최고의 광고디자이너로 명성을 날렸고, 1990년대엔 대학의 학부와 석사 과정에 '환경'이라는 주제를 최초로 도입했다. 2002년부터 인사동에서 헌 티셔츠에 친환경 페인트로 환경 관련 그림을 그려 주는 퍼포먼스를 하고 있다. 외국 여러 대학에서 초청 강연과 전시를 했고, 지구온난화를 주제로 국제적 작품 교류를 하기도 했다. 2008년부터 매년 개최하고 있는 '녹색 여름전'엔 청소년들의 참여가 날로 늘어나고 있는 중이다.

교수님의 작업실은 모든 게 신기했다. 산더미처럼 쌓여 있는 책들, 여기저기 걸려 있는 멋진 작품들. 아늑하면서도 신비롭고 흥미로운 그 공간에서 우린 다들 눈길을 떼지 못했다.
그린디자이너의 진면목은 우리에게 내어 주신 물건들에서 또렷이 드러났다. 교수님은 평범한 의자 대신 널빤지들을 묶어서 만든 특별한 의자를 내어 주셨다. 그리고 냉장고 속 탄산음료 대신 차가운 물수건을 건네주셨다.

매일매일이 지구의 날! 실천하는 그린디자이너

교수님께선 냉장고를 안 쓰신다고 들었는데, 이유를 여쭤 봐도 될까요?

방금 물수건으로 팔을 닦으니 한결 시원하시요? 팔에 닿은 물이 기화하면서 몸의 열을 뺏어 가잖아요. 이처럼 자연적인 냉각 기능들이 많은데 왜 먹지 않는 음식들을 넣어 놓고 24시간 냉장고를 틀어 전기를 소비하는지 의문이 많았어요. 그러다 냉장고를 아예 안 쓰게 된 거죠.

저기 벽에 걸린 티셔츠의 돌고래가 제돌이인가요?

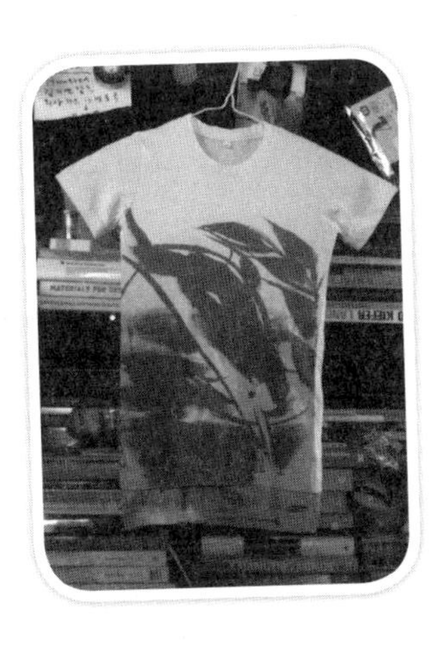

맞아요. 제돌이 방사 계획이 발표된 뒤에, 내가 가까이에서 좀 볼 수 있겠느냐고 서울대공원 관계자들에게 물었더니 허락하시더군요. 장화를 신고 물에 들어가 제돌이 바로 앞에서 티셔츠에 그림을 그렸어요. 다 그린 뒤에 제돌이에게 보여 줬더니 녀석이 스르르 헤엄쳐 와서 티셔츠에 입맞춤을 하더군요. 자기를 그렸다는 걸 알아본 건가 싶어서 정말 감개가 무량했지요.

오래전부터 인사동에서 사람들 티셔츠에 그림을 그려 주셔서 '인사동 할아버지'라는 별명을 얻으셨잖아요. 그건 어떤 계기에서 시작하신 일인가요?

인사동에서 그림 그리고 있으면 "그거 한다고 세상이 달라지겠냐"는 사람들이 있었어요. 차라리 에너지를 아끼자는 포스터를 여기저기 붙이는 게 더 효과적이지 않겠냐는 거였죠. 그런데 난 그런 식의 캠페인은 별로거든요. 나는 광고 일을 했었기 때문에 어떻게 해야 사람들의 마음이 움직이는지 잘 알아요. 지구를 위하는 열 가지, 백 가지…. 그런 거 많죠. 하지만 보는 사람의 마음에 울림이 없으면 모두 물거품에 불과합니다. 나는 내 그림이 담긴 티셔츠가 사람들 마음에 스몄으면 하는 생각으로 그 일을 시작한 거예요. 바람과 물이 우리에게 뭔가를 강요하지 않잖아요. 바람과 물처럼 자연스레 사람들 마음을 움직이고 싶었어요.

교수님은 원래 유명한 광고 디자이너셨는데, 왜 친환경 디자이너로 변신하신 거예요?

사람들은 우리가 얼마나 자원을 낭비하는지를 의외로 잘 몰라요. 환경문제가 점점 심각해지는 상황에서 내가 먼저 환경보호에 앞장서야겠다는 생각이 들더군요. 하지만 아무리 내가 교수라도 대학의 교과 과정을 내 마음대로 바꿀 수는 없었어요. 그러다가 1994년에 학장이 되면서 '환경과 디자인'이라는 교양 과목을 만들었고, 그걸 수강해야만 졸업할 수 있게 했죠. 2003년엔 대학원에도 그린디자인 전공 과정을 개설했고요. 교과목을 처음 만들었을 땐 환경 분야의 디자인을 전문적으로 해 온 교수가 없었어요. 그래서 책을 보기 시작했죠. 거의 1천 권 정도 본 것 같아요. 그때 읽은 모든 책들이 머릿속에 들어와 내 삶과 작품으로 나타나고 있습니다.

교수님 작품 중에 태아의 초음파 사진을 이용한 탈핵 포스터가 있던데, 어떻게 그런 독특한 포스터를 만드셨는지 궁금해요.

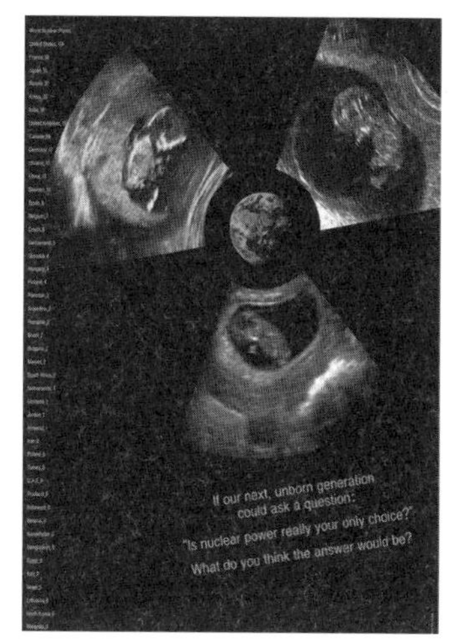

그 태아들은 모두 우리 대학원생의 아이들이에요. 지금은 셋 다 세상에 태어났지요. 핵 문제가 날로 심각해지는데 우리 후손들은 과연 안전하게 살아갈 수 있을지, 그런 의문을 담은 작품입니다.

훗날 그 아이들이 "원자력만이 최선이었나요?"라고 묻는다면 우린 과연 어떤 대답을 할 수 있을까요?

핵 문제가 그 정도로 심각한가요?

구 소련 정부기관의 필름 자료를 모아 만든 〈배틀 오브 체르노빌Battle of Chernobyl〉이라는 다큐멘터리가 있어요. 원전 사고가 터졌는데 대통령에게 보고가 안 됐습니다. 그런데 스웨덴에서 소련 대통령에게 연락을 했어요. 체르노빌에서 무슨 일이 일어났느냐, 뭐가 자꾸 날아온다, 라고요. 대통령은 KGB(국가안보위원회)에 "발전소 관계자와 과학자들의 대화를 몰래 녹음하라"는 지령을 내렸죠. 그래서 군인들이 아무런 안전장비도 없이 현장에 뛰어들었어요. 당시 공식 보고서엔 희생자가 56명이었지만 실제로는 수습 작업 참가자들 중에서만 2만여 명이 죽었죠. 민간인 피해는 더 엄청나서, 그린피스에선 사망자를 약 20만 명으로 추정하고 있어요.

〈영원한 봉인〉이라는 다큐멘터리도 있는데, 스웨덴에서 지하 동굴을 파는 내용입니다. 핵폐기물이 담긴 드럼통을 땅에 묻겠다는 거예요. 그러고는 3백 년 뒤에 동굴 입구를 봉쇄한다는 법을 최근에 제정했지요. 지반이 단단하고 사고 위험이 없는 곳에 묻는다고는 하지만, 독일에서도 똑같은 동굴을 파다가 지하수가 콸콸 쏟아졌던 사례가 있어요. 설령 무사히 묻는다 해도, 그 뒤엔 어떻게 하죠? 그 지역을 폐쇄하나요? 5만 년쯤 뒤에 누군가가 땅속에서 핵폐기물을 우연히 찾아내거나 건드리면 어쩌죠? 세계 최고의 핵 전문가들도 이런 질문 앞에선 말을 잇지 못하고 서로 얼굴만 쳐다봐요. 3백 년 뒤에 어떤 일이 생길지 그들이, 또는 우리가 알 수 있을까요? 당장 50년 뒤엔? 아무도 모르지요.

그런데도 우린 계속 핵 발전소를 세우고 있죠. 에너지를 아껴 쓰면 원자력 없이도 얼마든지 살 수 있는데 말이에요.

결국 절약하지 않는 우리에게도 책임이 있다는 말씀이네요.

물론이죠. 기업이나 정부의 책임도 물론 크지만 자원을 절약하지 않는 사람들에게도 책임이 있어요. 남 탓만 하지 말고 자기가 앞장서서 자원을 아끼려 노력한다면 환경문제는 지금보다 훨씬 줄어들 거예요.

가끔은 이런 의문이 들어요. 환경문제가 언젠가는 해결될 수 있을까요?

글쎄요. 그건 사람들 스스로가 이미 잘 알고 있다고 생각해요. 본인이 어떻게 행동하는지에 따라 환경문제의 해결 여부가 결정되는 거니까요. 모두가 환경을 지키기 위해 제대로 실천하고 노력하면 언젠가는 해결되겠지요. 나는 해결될 수 있다고 믿고 싶네요.

저희도요. 그런 의미에서 청소년들에게 한 말씀 해 주신다면요?

환경에 대해 제대로 알지 못하는 것을 '생태맹'이라고 해요. 생태학적 지식의 결여를 뜻하는 개념인데, 자연과 화합하면서 함께 살아가는 데 필요한 정서와 가치를 옳게 인식하지 못하는 상태를 말하지요. 달리 말하면 자연의 아름다움을 감상할 능력이 없는 거예요. 영어 단어 많이 알고 수학 공식 많이 아는 것도 중요하지만, 지금 살고 있는 세상이 어떤 상황인지 모르면 인간으로서 기본 자각이 없는 거라고 생각합니다. 여러분들은 그런 생태맹이 되지 말고 환경에 눈을 떠 주면 좋겠어요.

그리고 또 하나! 자기보다 약한 존재를 짓누르는 건 비겁한 행동입니다. 더불어 사는 세상이 되려면 반드시 약자를 보호하고 배려해야 해요. 청소년 때부터 '나만 괜찮으면 돼'라고 생각하며 자기 세상에만 갇혀 살면 세상은 더 차갑고 각박해질 거예요.

좋은 말씀 감사합니다. 마지막으로, 혹시 앞으로의 계획이 있으면 말씀해 주세요.

계획은 따로 없어요. 난 언제나 'Every Day Earth Day'니까요.

• **인터뷰 및 정리** : 안양 동안고등학교 강지원, 고수현, 염유진, 정선화 / 안양 인덕원고등학교 정지환 (지도 교사 서은정)

환경재단 사무총장. 평범하게 직장생활을 하다가 두 번의 우연과 한 번의 결단에 의해 환경운동에 발을 들였다. 2002년 어느 날 버스에서 우연히 들은 환경재단 창립 소식, 그리고 우연히 환경재단으로부터 회사로 날아든 인재 추천 요청. 거기에 '본인 추천'이라는 결단이 곁들여져 재단 창립 멤버가 되었고, 남다른 능력과 열정으로 환경재단을 이끌며 아시아 환경운동의 중심으로 성장시켰다. 환경운동이란 나 아닌 것들에 대한 고마움과 존중이며, 성공이란 누군가에게 도움이 되는 삶을 사는 것이라고 믿는다.

초등학교 5학년 때까지 기차를 타면 창밖의 나무들에게 인사를 하던 소녀가 있었어요. 『나무를 심는 사람』이라는 책의 주인공을 닮고 싶어 했던 그 소녀는 지금 아시아에서 생명의 우물을 파고, 태양광의 나무를 심고 있네요. 평범한 회사원이었다가 서른을 훌쩍 넘긴 나이에 환경운동을 시작해 이제는 아시아 환경운동의 중심인 '환경재단'의 사무총장이 된 여자. 제 이야기 한번 들어 보실래요?

* 이미경 총장과의 인터뷰는 강연회 형식으로 각색하여 전합니다.

녹색의 아시아를 꿈꾸는 환경재단의 지휘자

삶의 전환점

내 사회생활의 시작은 평범했어요. 남들처럼 대학을 졸업하고, 결혼해서 아이도 낳고, 회사원들에게 '성공하는 습관'을 교육하는 컨설팅 회사를 5년 동안 다녔지요.

단조로운 일상이 반복되던 2002년의 어느 날, 해 저문 한강 다리를 달리는 버스 안에서 향기로운 음악과 함께 인터뷰가 흘러나오더군요. 최열이라는 분이었는데, '환경재단' 발기인 대회를 연다는 거였어요. 미국엔 2만 개의 환경단체가 있고 그들을 지원하는 재단이 7백여 개나 되는데 우리나라에는 그런 재단이 하나도 없다며, 재단 창설을 준비한다는 내용이었죠. 훌륭한 사람이라는 생각이 들었지만, 그냥 흘러가는 소식들 중 하나였어요.

그런데 얼마 후 회사로 전화가 한 통 걸려 왔어요. 환경재단에 필요한 인재를 소개해 달라는 거였죠. 우리 회사 업무 중에 인재를 연결해 주는 일도 있었거든요. 그 순간, 거기에 가장 적합한 인물로 제가 떠올랐어요. 왠지 환경재단에서 일하면 마음의 부자가 될 거 같다는 생각이 스치더군요. 곧

바로 이력서를 썼는데 나중에 회사 후배가 말하길, 제가 그렇게 행복해 하는 모습은 처음이었다고 하더군요. 그렇게 환경재단과 인연을 맺은 지 벌써 11년이 흘렀습니다.

첫 발걸음

컨설팅 회사에서 환경재단으로 갈 때 많은 사람들이 반대했어요. 그때 우리 사회에선 벤처 붐이 한창이었고, 내가 갈 수 있는 자리는 아주 많았거든요. 지금과는 비교도 되지 않을 만큼 많은 연봉을 제시한 곳도 있었고요. 하지만 사람이 모두 똑같은 이유로 마음이 움직이는 건 아니잖아요. 그럴 때 첫 번째 기준은 자기가 좋아하는 일입니다. 돈도 무시할 수 없고 장래성도 중요하지만 제일 중요한 건 내 마음이에요.

삶은 예측 불가능해요. 예측 가능한 건 하나도 없죠. 그렇기 때문에 가능하면 즐겁게 낙천적으로 사는 것이 중요하다고 생각했어요. 다른 사람과 비교하지 말고 내 안에서 행복의 의미를 찾자고 마음먹었지요.

환경재단은 이제 막 시작하는 단체라 할 일이 너무나 많았어요. 처음엔 사무실도 없어서 환경운동연합 한 귀퉁이에 책상을 놓고 일을 했답니다. 하지만 세상에 첫발을 내딛는 아이처럼 모든 것들이 새로운 기쁨으로 다가서는 시기였어요.

나와 함께 자라는 환경재단

환경재단을 만든 최열 대표는 1980년대에 민주화운동을 하다가 투옥

된 적이 있어요. 감옥에서 환경 관련 도서를 읽고 환경문제에 눈을 떴죠. 4년 뒤 출소하자마자 곧바로 '공해문제연구소'를 세웠는데, 대부분의 NGO들이 그렇듯 초기에는 심각한 재정난에 시달렸어요. 그런데 독일의 '인간의 대지' 재단에서 아무 조건 없이 3년 동안 매년 5만 달러의 지원금을 보내 줬대요. 그 재단은 순수한 목적의 민간 지원 단체인데, 아시아의 가난한 환경단체들을 적극적으로 지원했어요. 바로 그 돈이 대한민국 환경운동의 기초가 된 거죠.

지금은 거꾸로 환경재단이 도움을 필요로 하는 아시아 각국의 환경단체들을 후원하고 있어요. 환경문제가 발생한 현장에 학생들과 NGO 활동가들을 보내고, 단체별로 일정 금액을 지원해 줘요. 대표적인 국외 사업으로는 생명을 살리는 우물 사업과 태양광 지원 사업이 있어요. 전기 혜택을 받지 못하는 아시아 빈곤 지역 사람들에게 태양광 전등을 지원해서 삶의 질을 끌어올리는 거죠. 이렇게 아시아의 환경을 함께 지키고 공동 번영을 추구하는 것이 환경재단의 설립 이유이자 비전입니다.

국내 사업들 중 대표적인 건 '환경영화제'예요. 가장 대중적인 매체인 영화를 통해 환경문제의 심각성을 알리고 실천 계기를 만들어 주는 환경영화제를 10년째 하고 있어요. 때로는 백 마디 말보다 한 편의 영화가 사람을 더 감동시키고 마음을 움직일 수 있으니까요. 처음엔 환경영화가 그리 많지 않았지만 요즘은 매년 130여 개 나라에서 1천여 편 가까운 작품이 들어오고 있어요. 사람들의 삶 속에 환경 의식이 스며들어 일상 속에서 구체적인 행동이 나올 수 있도록, 앞으로도 콘서트나 전시 등 편안하고 익숙한 매체로 환경 메시지를 전달하는 일을 확대해 나갈 생각이에요.

환경재단의 재정은 기업 후원과 개인 후원으로 충당돼요. 환경단체들 중 기업과 파트너십을 맺은 최초의 단체가 바로 우리랍니다. 사실 설립 초기만 해도 NGO가, 특히 환경단체가 기업과 협력한다는 게 사회적으로 쉽게 받아들여지지 않았어요. 기업의 문제점을 비판하고 환경 파괴를 고발하는 게 우리의 역할이니까요.

하지만 조금만 달리 생각해 봐요. 돈을 많이 버는 곳에서 환경을 위해 돈을 내는 게 더 자연스럽고, 어쩌면 당연하잖아요. 그래서 매출액의 1만분의 1을 환경을 위해 기부하는 기업들의 모임인 '만분(萬分) 클럽'을 만들었죠. 현재 130여 회사가 참여하고 있어요. 단, 최근 3년 이내에 환경사고를 일으켰거나 담배처럼 해로운 상품을 파는 기업의 돈은 절대 받지 않아요.

최근엔 개인 회원도 모집하기 시작했어요. 현재 가입된 회원은 약 5만 명이고, 그중 일부가 연회비를 내는 유료회원이지요. 청소년들도 당연히 환경재단 회원이 될 수 있답니다.

성공적인 삶이란

환경재단 사무총장으로서 많은 분들을 만나는 동안, 사회에서 존경받는 분들에겐 세 가지 공통점이 있다는 걸 깨달았어요. 첫째, 그분들은 녹색 정신에 입각해서 삶을 살아왔어요. 둘째, 자신의 부족함을 타인들의 넉넉함으로 채워요. 셋째, 그분들에게 '성공'이란 남들과 뭔가를 나눌 수 있는 삶을 의미해요.

요즘엔 '성공'이라고 하면 대부분 돈과 권력을 떠올리죠. 교육도 그런 식으로 흘러가고 있고요. 하지만 참된 성공이란 누군가에게 도움이 되는 삶인 것 같아요. 자기가 하고 싶은 일을 하면서 남도 도울 수 있다면, 바로 그게 성공한 삶이고 행복한 삶 아니겠어요? 여러분들도 남에게 도움이 되는, 이 세상에 도움이 되는 성공을 하세요.

나눔을 실천할 때는 그중심에 미래 세대가 있어야 한다고 생각해요. 아이들이 훗날 어떤 세상에서 살아갈지 고민하고 배려하는 건 현 세대에게 부여된 몫이죠. 환경을 망가뜨려 이익을 취하는 건 미래 세대의 삶을 도둑질하는 것과 같아요.

내게 환경운동이란 나 아닌 것들에 대한 고마움과 존중을 의미해요. "나는 나 아닌 것들로 이루어져 있다"는 틱낫한 스님의 말씀처럼요. 현대인들은 자기가 아주 위대하다는 오만한 착각에 빠져 살아요. 하지만 환경재단에서 매년 아시아의 연대와 평화를 위해 운항하는 '피스앤그린 보트'를 타고 망망대해로 나가서 풍랑을 만나면, 인간이 자연 앞에서 얼마나 하찮은 존재인지 깨닫게 되고 저절로 겸손해진답니다. 여러분들 역시 겸허한 마음을 잃지 말고 자연을 존중하며 살아갔으면 해요.

• **인터뷰 및 정리** : 김포 장기고등학교 이보빈, 박정은, 허지명, 조은한 / 서울 숭문중학교 이호욱, 우성원, 임재호 (지도 교사 안재정, 신경준)

충청북도 도의회 의원. 대학에서 농생물학을 전공하고 산림학과 석사 과정을 수료했다. 청주 지역에서 오랫동안 시민운동과 환경운동을 했고 2003년 '원흥이 방죽 살리기 운동' 때는 「산남 두꺼비마을 신문」의 초대 편집장을 역임했다. 충북숲해설가협회 사무국장 출신으로, 주말엔 생태공원 방문객들을 위해 직접 숲 해설을 하기도 한다. 도의회에서 학교 환경교육에 관한 조례를 통과시켰고 지금은 학교숲 조례 제정을 추진하고 있다. 2014년에 전국 시도의회의장협의회가 주관한 '제1회 의정대상'에서 우수의원으로 선정되었다.

찌는 듯한 한여름에 의원님을 만났다. 에너지 절약을 위해 그 더위에도 선풍기 하나에 의지한 채 업무를 보시는 모습이 인상적이었다. 친근한 동네 아저씨 같은 모습으로 웃으시며 우리에게 건네주시던 시원한 아이스티 한 잔! 외람된 표현이지만 참 귀여우신(!) 그 미소가 지금도 또렷이 기억난다. 도의회에서 환경교육에 대한 조례를 제정하셨을 정도로 환경교육에 관심이 많으신 이광희 의원님과의 만남을 친구들에게 소개한다.

두꺼비와 청소년을 사랑하는 도의원

환경의식이 투철한 도의원님이라고 들었어요. 언제부터 그렇게 환경에 관심을 가지셨나요?

도의원이 되기 전에 오랫동안 시민운동을 했어요. '마을 만들기 운동'을 시작하면서부터 환경에 관심이 생겼고, 나중엔 숲 해설가 자격증까지 땄지요. 가장 많이 열정을 쏟았던 건 두꺼비 산란지인 '원흥이 방죽 살리기 운동'이었고요.

그런데 왜 환경단체에서 활동하시지 않고 도의원이 되신 거예요?

내 생각을 알리고 뜻을 펼치는 데 정치가 큰 도움이 될 것 같아서요. 환경운동가, 선생님, 지킴이 활동 등 환경 관련 직업들이 많이 있지만 정치를 통해서 하는 게 가장 영향력이 크다고 생각했거든요. 새로운 환경정책은 지방의회나 국회에서의 입법을 통해 비로소 실현되는 거니까요.

정치인이 되어 이룬 주요 성과들을 소개해 주시겠어요?

제일 대표적인 건 2013년에 '학교 환경 조례'를 통과시킨 거예요. 학교에서 환경교육을 하고자 하는 선생님들에게 예산을 요청할 수 있는 권한을 드림으로써 환경교육 여건을 개선하는 내용을 담고 있지요. 지금은 '학교숲 만들기 조례'를 추진하는 중인데, 학교에 숲이나 연못, 호수 등을 만들어서 학생들이 자연스럽게 자연체험을 할 수 있도록 만드는 거예요.

아까 말씀하셨던 원흥이 방죽은 어떤 곳인가요?

청주시 흥덕구 산남동에 위치한 작은, 하지만 원래는 굉장히 거대했던 방죽입니다. 그 근처에서 1999년부터 한국토지공사가 산남지구 택지개발을 했어요. 그런데 본격적인 공사가 시작되기 직전인 2003년에 수많은 두꺼비들이 알을 낳으러 방죽으로 몰려가는 모습이 시민들에게 목격된 거예요. 그때부터 지역사회에서 대대적인 개발 반대 운동이 일어났죠. 그곳은 구룡산이라는 산으로 둘러싸여 있는 외진 곳이라서 환경단체들도 그런 대규모 서식지가 있다는 걸 전혀 모르고 있었어요.

다행히 주민들의 요구가 어느 정도 받아들여져 원흥이 방죽은 그대로 보존이 됐어요. 지금은 여러 개의 연못과 생태문화학습관으로 이루어진 총 3만 6천 제곱미터 규모의 아담한 생태공원으로 바뀌었지요. 학습관에서는 다양한 교육 프로그램을 운영하고 있고, 양서류들의 알과 올챙이를 관찰할 수 있는 생태수족관도 만들어 놨어요. 2009년부터는 '두꺼비친구들'이라는 환경단체가 청주시로부터 위탁을 받아 운영하고 있습니다.

원흥이 방죽을 살리기 위해서 어떤 활동을 하셨어요?

우선 원흥이 방죽이 왜 보존되어야 하는지, 두꺼비 산란지가 생태적으로 어떤 의미가 있는지 알리는 일부터 시작했어요. 마을신문에 기사를 싣고 호외까지 발행해서 지역사회에 보존 여론을 일으켰지요. 또 당시로서는 아주 파격적인 방법이었는데, 온 동네 어린이들이 충북대 주위에 원흥이 방죽을 지켜 달라고 호소하는 현수막을 붙이기도 했죠. 서명운동도 열심히 했고, 어린이와 청소년들이 직접 견학할 수 있도록 두꺼비 방죽 생태 안내 프로그램도 진행했습니다. 가능한 모든 방법들을 총동원한 거지요.

말씀을 들어 보니까 환경교육에 대한 남다른 철학을 갖고 계신 것 같아요.

장기적으로 보면 교육이 가장 중요하니까요. 환경교육의 첫 번째 목적은 생태적 감수성을 키워 주는 거라고 생각해요. 생태적 감수성이란 자연으로부터 자신의 정체성을 발견하고 확인하고 회복하는, 쉽게 말하면 자연을 사랑하는 감성입니다. 그걸 키워 주는 제일 좋은 방법은 아이들이 숲 속에서 뛰놀게 해 주는 거예요.

내 또래에선 어릴 때 학교에 갔다 오면 산으로 들로 쏘다니는 게 일이었기 때문에 생태 감수성이 발달할 수밖에 없었습니다. 요즘 아이들은 경쟁적인 교육환경 속에서 많은 스트레스에 시달리고 있고, 사회적으로도 물질주의가 대세여서 자연을 경시하는 경향이 있죠. 바로 그런 이유 때문에 아이들에게 생태적 감수성이 필요한 거예요.

하지만 환경 과목이 있는 학교는 굉장히 적고 그나마도 계속 줄어들고 있잖아요.

참 안타까운 일이에요. 지구온난화에 지금보다 더 심하게 노출될 사람들이 바로 여러분 같은 청소년들인데, 그런 위기에 대비하려면 당연히 체계적인 교육이 필요하지 않겠어요? 환경교육은 미래 세대인 청소년들의 필수 교육과정이 되어야 마땅합니다. 정치인으로서 나는 환경교육이 모든 학교에서 일상적으로 이루어지길 소망하고 있고, 그걸 위해 노력할 거예요.

그 말씀은 책에 꼭 넣을게요. 혹시 덧붙이고 싶은 말씀은 없으세요?

앞서 말했듯 여러분들이 살아갈 새로운 시대엔 생태적 감수성이 무엇보다도 중요합니다. 좀 더 많은 시간을 자연 속에서 보내고 자연과 교감하면서 녹색의 감성을 키워 보세요. 여러분들이 미래를 살아가는 데 꼭 필요한 중요한 자산이 될 거예요.

산업화시대의 특징은 도심의 혼잡한 교통, 소음과 미세먼지, 빠른 속도감과 과중한 업무였죠. 하지만 여러분들의 시대는 쾌적하고 안전하고 편안한 자연을 삶의 공간으로 옮겨 놓는 시대가 될 것입니다. 자연에 익숙해지지 않으면 달라지는 세상에 제대로 적응할 수 없어요. 귀찮다고 산에 가기 싫어하고 새소리, 바람소리, 물소리에 귀 기울이지 못하면 앞으로의 삶이 굉장히 힘들어질 수도 있습니다.

학생들에게 꼭 추천해 주시고 싶은 유익한 자연체험 프로그램이 있나요?

그런 프로그램들이야 뭐든 다 유익하죠. 그중에서도 난 '충북을 걷다'라는 프로그램이 참 인상 깊었습니다. 충북 영동군 추풍령부터 단양군 도담삼봉까지 천천히 걷는 프로그램인데요. 그러고 보니 여러분들이 다니는 충북고등학교의 선생님들과 함께 갔었네요.

어떻게 보면 가장 핵심이 되는 질문인데요. 의원님께 환경이란 무엇인가요?

환경이란 등산과 같다고 생각합니다. 올라가는 동안 숨이 차고 힘들지만 어느 순간 뒤를 돌아보면 "아, 내가 이만큼 와 있구나!"라는 생각을 하게 되고, 자신이 가야 할 길을 더욱 확실히 알게 해 주죠. 환경이란 등산이다! 말해 놓고 보니 꽤 멋있는 대답인데요?(웃음)

마지막 질문입니다. 환경을 사랑하는 독자들에게 환경문제에 대한 의원님의 생각을 말씀해 주세요.

어느 날 갑자기 더워지고 어느 날 갑자기 추워지는 날씨, 지난겨울 같은 폭설, 하루 수백 밀리미터씩 쏟아져 큰 피해를 입히는 폭우 등은 모두 인간에게 보내는 자연의 경고입니다. 한때 전국에서 제일 맛있었다는 충주 사과보다 고산지대인 소백산 자락의 사과가 더 맛있게 된 현실, 대부분의 토종벌이 하루아침에 죽어 버렸다는 보도 등도 자연이 인간에게 보내는 옐로카드임에 틀림없습니다. 경고를 무시하면 다음엔 뭐죠? 레드카드! 퇴장입니다.

어쩌면 이미 늦었을지도 모르는 환경문제를 해결하는 길에 모든 사람들이 나서야 합니다. 지금은 아이들이 살아갈 미래의 안전을 위해 기성세대가 결단해야 할 시점이에요. 그걸 이끌어 내는 일에 도의원으로서, 그리고 한 사람의 지구촌 시민으로서 최선을 다하겠습니다. 일단 학생들이 교과서에 나오는 나무와 풀들을 학교에서 다 만날 수 있도록 학교숲 조례 제정에 최선을 다해야겠죠. 꼭 통과시킬 수 있도록 많이 응원해 주시기 바랍니다.

• **인터뷰 및 정리** : 충북고등학교 황태연, 이원근, 이산성, 손동연 (지도 교사 남윤희)

3장 Earth

"무성하던 풀숲을 걷어 내고 멋진 꽃밭을 가꿨다고 해서
그걸 '친환경'으로 여기면 안 돼요.
로봇을 제아무리 사람과 비슷하게 만들어도 그건 로봇일 뿐 사람이 아니잖아요?"

김종욱 서울대학교사범대학장

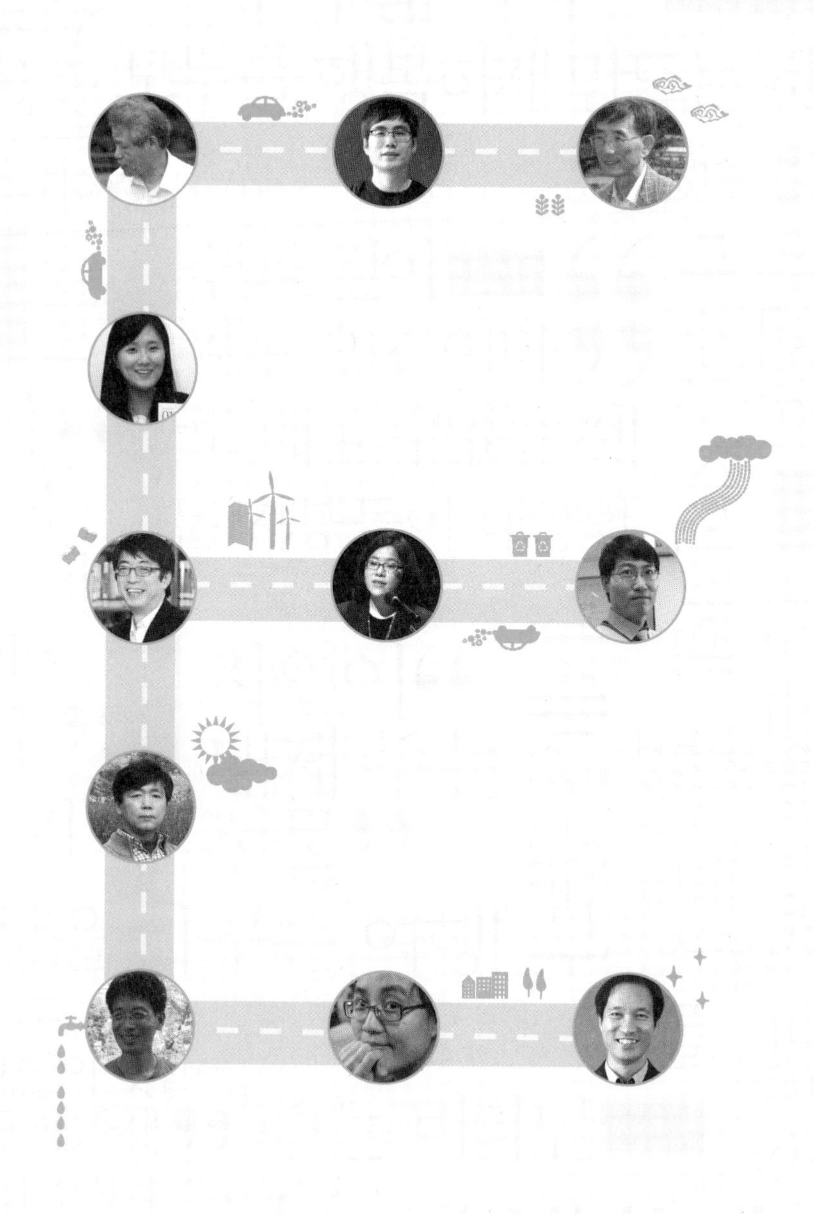

장회익

서울대 물리학과 명예교수. 한국 물리학계를 대표하는 석학으로서 오랫동안 학문 간 통합과 소통에 깊은 관심을 갖고 과학철학 연구에 주력했으며, 폭넓은 인문학적 주제들을 연구해 왔다. 그의 '온생명' 이론은 물리학과 철학과 생태학의 융합을 통해 자연과 생명의 본질을 성찰함으로써 현대 문명의 앞길을 제시한 혜안으로 평가받는다. 2003년 경남 함양 지리산 자락에 국내 최초의 대안대학인 녹색대학을 설립하고 총장을 역임했다.

스승! 장회익 교수님에게 이보다 더 어울리는 표현은 없을 것이다. "남에게 뭔가 가르치고 싶다면 자신이 먼저 본보기를 보이는 것이 해답"이라는 소신을 평생 실천해 오신 분. 누군가의 따스한 도움이나 시원한 그늘에 의존하지 않고 스스로 거친 길을 닦아 자신만의 길로 만들어 오신 분. 그분이 설파하는 '온생명론'은 과연 어떤 내용일까? 인터뷰를 시작한 지 겨우 몇 분 만에, 우린 교수님의 드넓은 우주에 풍덩 빠져 버렸다.

* 장회익 교수님 인터뷰는 스승과 제자들의 대화 형식으로 꾸몄습니다.

온생명을 보듬는 우리 시대의 참 스승

녹색 꿈을 품고 모여든 제자들이 교수님께 물었다.

그간 평안하셨는지요.. 스승님께 가르침을 받고자 먼 길을 찾아왔습니다.

잘 왔다. 내 너희에게 원하는 답을 줄 수 있다면 그렇게 하겠노라.

감사합니다. 요즘은 무얼 하고 지내셨는지요?

생명의 이해에 관한 쉽고 재미있는 책을 쓰고 있었다. 너희는 생명을 뭐라 생각하느냐?

숨 쉬는 모든 것들이 다 생명이 아닙니까?

그렇다면 숨 쉬는 것은 무엇이라 생각하느냐?

살기 위해서 공기를 들이마시고 내쉬는 것입니다.

그렇지. 공기와 물이 없으면 우린 죽을 수밖에 없다. 이렇듯 공기나 물 같은 비생명체에게 전적으로 의지하는 생명체가 독자적으로 살아 있다고 할 수 있겠느냐?

혼자선 살지 못합니다. 혹시 이것이 스승님의 '온생명'과 관련이 있는 것인지요?

보기보다 똑똑하군. 잘 들어 보게. 자네 치아에 불이 난 걸 보니 김치와 고추장을 먹은 듯한데, 그 고추장이 앞으로 어떻게 될 것 같나?

스승님께 예를 갖추지 못해 송구합니다. 김치는 위장에서 소화되어 제 몸을 이루고, 몸에 흡수되지 못한 것은 배설되겠지요.

그럼 소화는 어떻게 시키나?

소화액이 김치를 분해하고, 위장 운동으로 영양분을 흡수합니다.

맞다. 소화를 도우며 생명활동에 영향을 주는 위장 속 미생물이 없다면 우린 절대 스스로 생존할 수 없지. 모든 생명들의 관계가 이와 같다. 내가 이 진리를 깨달은 후 세상 만물에 낱생명, 보생명, 온생명이라는 이름을 붙였느니라. 그들의 상호관계에 관한 설명이 바로 '온생명론'이다.

그게 다 무엇입니까?

낱생명은 개별적인 생명들 하나하나를 일컫는 말이고, 보생명은 우리를 둘러싼 모든 생명들을 뜻하지. 낱생명은 독자적으로는 살 수 없고, 낱생명들끼리 또는 보생명과 영향을 주고받으며 공존하는 것이다. 수많은 낱생명과 보생명이 촘촘히 짜인 관계사슬 전체가 바로 온생명이고, 거기엔 사람과 동식물뿐 아니라 물, 공기, 태양 등이 모두 포함되느니라.

생명을 논할 때는 하나의 낱생명이 아닌 전체 온생명을 봐야만 한다.

그렇다면… 우리 몸에서 버려진 배설물까지도 온생명의 일부로 여겨야 합니까? 다른 건 몰라도 그건 낱생명들과 상호작용할 수 있을 것 같지 않은데요.

배설물은 더럽고 쓸모없는 것이라 생각하는가?

배설물이 유쾌한 건 아니지 않습니까? 불교에서는 화장실을 근심을 푸는 장소, 즉 해우소(解憂所)라 합니다. 그렇다면 배설물 또한 근심 아닙니까?

배설물이 근심이 아니라, 아랫배가 묵직해서 일상에 몰두하지 못하는 것을 근심이라 보는 것이다. 그런데 요즘엔 다들 양변기에 배설물을 떨어뜨린 뒤 얼른 물을 내려 버리지 않는가? 우리 몸에서 나온 것인데 어두컴컴한 곳에 가두고 온갖 화학약품으로 못살게 구는 것이 최선의 처우라 생각하느냐? 배설물도 개성을 잘 살려 주면 땅을 살리고 생명을 키우는 비료가 될 수 있다. 자, 녹색대학의 생태 뒷간을 보거라. 저기에선 똥도 오줌도 모두 왕겨와 섞여 햇빛과 공기를 받아들이며 기름진 거름으로 바뀐다. 생태 뒷간을 둔 이유는 우리가 더럽고 쓸모없다고 여기는 배

설물도 온생명의 일부가 될 수 있음을 일깨우기 위해서이니라.

그런 깊은 뜻이! 이 학교에선 뭔가 특별한 걸 배울 수 있을 것 같습니다.

녹색대학에 대해 알고 있느냐?

한국 최초의 대안대학이라고 알고 있습니다만…….

녹색대학은 자신이 진정으로 하고픈 공부를 할 수 있는 곳이다. 기존 학교는 인삼을 키우는 곳이지. 비료와 농약을 주고 빛과 비를 가려 줘야 가까스로 자라는 인삼 말이다. 그 밭에서 벗어나야 산삼이 될 수 있느니라. 척박한 땅에서 스스로 뿌리내리고 영양분을 흡수하며 자라야 건강하고 행복하지 않겠는가? 그렇게 스스로 공부할 줄 아는 사람, 즉 산삼을 키우는 게 녹색대학의 목표이니라. 학생들이 자신과 온생명을 두루 사랑할 수 있도록.

지금 많은 사람들이 천상천하 유아독존, 하늘 아래 오직 나만 존재한다는 생각으로 자연을 망가뜨리고 있습니다. 저 참혹한 환경 파괴 속에서 저희가 어찌해야 하겠습니까?

생명에 대한 이해가 깊어져야 한다. 지금 우리의 온생명은 병이 깊다. 인간의 욕심을 위해 자연을 파괴하고 다른 낱생명들의 보금자리마저 빼앗고 있으니 말이다. 병든 온생명을 제대로 치료해 줄 전문가가 필요한 바, 이것은 녹색대학의 취지와도 맞닿아 있다. 온생명을 살리려면 무분별한 개발을 중단하고, 그것이 꼭 필요한 일인지 열 번 스무 번 생각해야 하느니라.

혹시 이제라도 문명을 거부하고 원시시대로 돌아가야 하는지요?

무슨 뚱딴지 같은 소릴 하느냐? 그건 현실적으로 불가능하지 않느냐. 문제는, 수십억 년 동안 써야 할 자원을 몇 년 안에 바닥 내려 한다는 것이다. 이대로 가다간 온생명의 파괴가 더욱 심해질 터, 자원 사용을 최소로 줄이는 삶을 살아야 한다.

명심하겠습니다. 마지막으로, 스승님처럼 여러 분야에 능통할 수 있는 공부 비법 좀 전수해 주시렵니까?

비법 같은 건 없다! 어떤 학문이든 그 본질은 모두 같으며 궁극적으로는 모두 연결되는 것이다. 중요한 건 진정으로 공부하려는 태도인 것이다. 공부는 어렵고 추상적인 것을 머리에 구겨 넣는 것이 아니다. 나의 호기심을 발전시키고 세상의 이치를 터득해 나가는 것이 바로 공부라는 말이다. 그러니 눈앞의 성적에 민감해하지 말고, 달성할 수 있는 목표를 세워 차근차근 이뤄 가는 것이 최선의 방법이니라.

• **인터뷰 및 정리** : 창원과학고등학교 김종명, 조정호, 이원중, 류준하, 조다현 (지도 교사 황경미)

세계자연기금(WWF)에서 설립한 'Earth Hour' 한국사무소 대표로서 지구 살리기에 앞장서고 있으며, 그밖에도 여러 국제기구와 NGO에서 활발히 활동 중이다. WFUNA(유엔협회세계연맹)의 'The Millennium Project' 한국 주니어 대표, 유엔과국제활동정보센터(ICUNIA) 대표, 유엔 공식잡지인 유엔크로니클(UN Chronicle) 한국어판 제작자, 환경부 UNDP/GEF 국가습지보전사업관리단 홍보위원장 등 다채로운 경력으로 무장한 청년 국제활동가.

파리의 에펠탑, 로마의 콜로세움, 이집트의 피라미드 등 세계적 도시를 대표하는 건물들에서 한날한시에 불빛이 사라진다면? 매년 3월 마지막 토요일마다 실제로 벌어지는 마술쇼 같은 풍경이다. 지구를 위한 한 시간, 어스 아워(Earth Hour)! 1년에 1시간이나마 지구촌의 모든 전등을 꺼서 지구에게 휴식을 주자는 이 아이디어를 앞장서서 전파하고 있는 어스 아워 한국 대표를 만났다.

지구를 위한 한 시간! 불을 끄고 미래를 켜다

안녕하세요. 우선 어스 아워에 대해 간단히 설명해 주시겠어요?

어스 아워는 기후변화의 심각성을 알리기 위해 시작된 캠페인입니다. 매년 3월 마지막 토요일에 1시간 동안 실시되는 '지구촌 전등 끄기'를 통해, 지속가능한 지구 환경을 만들겠다는 인류의 의지를 확인하고 실천을 촉구하는 거죠.

2013년에는 전 세계 154개 나라에서 7천여 개의 도시와 마을이 어스 아워에 참여했습니다. 우리나라에서도 7만 5천여 개 공공기관 건물과 270만 세대의 주택, 그리고 6천5백여 개의 국내외 기업들이 1시간 동안 전등 스위치를 내리고 어둠과 친구가 되었지요. 1년 전보다 훨씬 많은 학생들과 시민들이 행사에 동참했답니다. 다른 나라들도 비슷해서, 해가 갈수록 굵직한 지구촌 행사로 자리매김되고 있습니다.

어스 아워 캠페인을 처음 고안해 낸 건 세계 최대의 환경단체들 중 하나인 WWF(World Wide Fund for Nature)입니다. 지금은 어스 아워 국제본부가 따로 있고, WWF는 모단체 역할을 하고 있지요.

어스 아워가 지구 전체로 빠르게 확산될 수 있었던 비결은 뭘까요?

어스 아워는 지구를 위해 쉽게 실천할 수 있는 방법을 제안합니다.

그리고 무엇보다도, 시민들의 자발적인 참여에 의해 이루어집니다. 154개 나라 7천여 도시가 참여한다는 건 정말 엄청난 일이에요. 자발적인 의지가 모여서 커다란 변화를 이끌어 낸다는 것! 바로 그게 어스 아워의 가장 큰 의미이자 강력한 힘이라고 생각합니다.

저희 역시 2013년 어스 아워 행사 때 플래시몹을 하며 참여했어요. 2천 명이 광화문 광장에 모여서 '강남 스타일' 춤을 췄는데, 보셨어요?

당연히 봤지요. 그날 학생들의 즐거운 몸짓을 보면서 내 마음도 희망으로 가득 찼어요. 자발적인 참여로 전국에서 2천 명이 모였다는 건 참 대단한 겁니다. 그런 즐거움들이 모여서 지구를 살리는 실천이 확대되어 나가는 거라고 생각해요.

그런데 대표님은 언제부터 환경에 관심을 가지셨어요?

특별히 환경에만 관심을 가졌던 건 아니에요. 다만 어려서부터 자연

을 벗 삼아 공부하고 운동하는 시간이 많았어요. 국제기구 활동을 하고 있으니까 학교 때 공부를 아주 잘했을 거라고 오해들을 하시는데, 나는 우등생과는 거리가 멀었습니다. 대신 다양한 친구들을 두루두루 사귀었고, 색다른 경험을 하는 걸 주저하지 않았어요. 개인보단 '우리'에 관심이 많아서 이런저런 봉사활동도 많이 했고요. 지구촌, 인류, 세계평화 등에 관심이 많아서 어스 아워 외에도 다양한 국제기구 활동을 하고 있지요.

요즘 대부분의 학생들이 시계추처럼 집과 학교만 오가는데, 선배로서 참 안타까워요. 참고서나 문제집만 보지 말고 시야를 넓혀서 우리가 사는 세계를 보라고 권하고 싶습니다.

국제기구 활동을 하게 된 특별한 계기가 있었나요?

거창하게 들릴지 모르겠지만, 세계평화와 인류복지 향상을 위해 일할 수 있는 곳이라서 국제기구를 선택했어요. 지구촌의 모든 사람들이 행복한 미래를 꿈꿀 수 있는 세상을 만들고 싶었거든요. 지금도 그 생각엔 변함이 없어요.

활동하신 국제기구들이 굉장히 다양한데요. 그런 곳에 들어가려면 어떤 준비가 필요한가요?

첫째, 자신의 관심사를 정확히 알고 있어야 합니다. 국제기구는 분야와 역할이 굉장히 다양하기 때문에 막연한 희망만 갖고는 안 되고, '난 왜 국제기구에서 일하고 싶은가'라는 질문에 분명하게 답할 수 있어야 해요. 그러기 위해서는 평상시에 본인이 어떤 주제에 관심이 있는지, 뭘 재미있어 하는지 스스로를 관찰하는 태도가 반드시 필요하지요.

둘째, 다른 나라의 문화를 이해하는 게 중요합니다. 국제기구에서는 다양한 국적을 가진 사람들과 함께 일을 해야 하니까요. 외국어 실력 못지않게 중요한 게 바로 외국 문화를 이해하는 능력입니다.

셋째, 다양성을 받아들이고 타인을 이해하는 자세를 필수적으로 갖춰야 합니다. 국제기구는 세계 각국의 인재들이 한데 모인 곳이기 때문에 문화, 종교, 언어 등 살아온 배경이 저마다 다르죠. 그런 만큼 문화적 충격과 갈등이 빈번합니다. 또 근무지를 자주 옮기기 때문에 주변환경 변화에 대한 스트레스를 받을 수 있습니다. 본인이 그런 일들을 잘 견딜 수 있고 잘 받아들일 수 있는지 꼭 생각해 봐야 합니다.

넷째, 국제기구에서 일하는 것에 대해 이런저런 환상을 가진 젊은 친구들이 많은데, 그런 태도는 버려야 해요. 화려해 보이는 겉모습과 달리 국제기구는 다양한 갈등과 위험을 감수해야 하는 치열한 일터입니다. 때로는 생명의 위험을 무릅쓰고 오지와 분쟁 지역을 누벼야 하고, 거대 조직이다 보니 효율성이 떨어지거나 관료주의가 심한 경우도 있지요.

바로 그런 현실적 이유들 때문에 세계평화나 인류애에 대한 굳은 신념이 뒷받침되어야 하는 겁니다. 안 그러면 고달픈 직장에 불과해요. 나아가, 그게 자기의 삶의 지향점과 일치하는지도 깊이 생각해 봐야 합니다.

마지막으로, 이 책을 읽을 청소년 독자들에게 한 말씀 부탁드립니다.

나는 "천 년을 살 것처럼 준비하고 하루 살다 죽을 것처럼 행동하라"는 좌우명 아래 국제기구 활동을 하고 있어요. 그런 마음가짐을 실천하기 위해 노력해 왔고, 그 결과들 하나하나가 지금의 나를 만든 밑거름이 되었던 것 같습니다.

세상을 살아가려면 공부도 물론 필요해요. 하지만 내가 원하는 삶이 어떤 모습인지 깊이 고민해 보는 과정은 더더욱 중요합니다. 국제기구를 예로 든다면, 자기가 꿈꾸는 자리에 오르기까지 과정이 굉장히 길기 때문에 도중에 초심을 잃기 쉬워요. 원하던 직업을 가졌다 해도 예상치 못한 어려움들을 종종 만날 거예요. 그럴 때 꿋꿋이 버티기 위해서라도 내가 정말로 원하는 게 뭔지 반드시 알아야 합니다.

원하는 게 뭔지 모르겠다면 좋은 책을 많이 읽으세요. 그리고 다양한 경험을 통해 내가 하고 싶은 일이 무엇인지 파악하세요. 또 하나 명심할 것은, 인기 있는 분야라고 해서 막연한 환상을 갖는 건 아닌지 스스로를 돌아보는 시간을 반드시 가져야 한다는 거예요. 그렇게 진지한 고민을 거듭하면서 자신의 꿈에 도전해야만 훗날 스스로의 선택에 대해 당당해질 수 있습니다.

• **인터뷰 및 정리** : 한국교원대학교 부설 미호중학교 민미선, 여윤민, 여채은, 이재윤, 지수빈 (지도 교사 육혜경)

김종욱

서울대학교 사범대학 학장이자 지리교육과 교수. 대학 졸업 후 교사로 근무하다가 늦깎이로 대학원에 진학했고, 독일 유학을 거쳐 교수가 된 뒤엔 예비 교사들에게 우리 국토와 자연의 소중함을 전하기 위해 서울대에 환경교육과를 만들었다. '대운하 건설을 반대하는 서울대 교수 모임' 회원으로서 운하 건설이 초래할 한반도 지형 변화와 생태계 교란 등 심각한 부작용들을 세상에 널리 알렸다.

예전엔 꽃밭이나 녹지를 보면 당연히 친환경적 풍경이라고 생각했다. 하지만 교수님을 만나 뵙고 난 뒤 생각이 조금 바뀌었다. 그 화려한 꽃밭은 어쩌면 '자연'을 없앤 자리에 대신 들어선 모조품일 수도 있기 때문이다. 자연의 본래 모습을 제대로 이해해야 한다는 걸 가르쳐 주신 분. 자연은 그냥 내버려 둘 때 가장 아름답다는 걸 깨우쳐 주신 분. 김종욱 교수님과의 만남은 '스스로(自) 그러하다(然)'라는 자연의 의미를 새삼 깨닫게 된 시간이었다.

환경교사들의 선생님, 우리 땅의 파수꾼

안녕하세요. 저희 선생님이 예전에 교수님께 강의를 들었다면서요? 선생님의 선생님을 만나 뵙게 되어 영광입니다.

그래요. 나도 제자의 제자들을 만나니까 아주 반갑고 흐뭇하네요.

청소년들 중엔 장래 희망이 대학교수인 친구들이 많은데요. 교수님은 어떤 계기로 지금의 직업을 선택하게 되셨어요?

나는 여러분들 같은 학생들을 위해서 교수가 됐어요. 사람들은 내가 처음부터 대학교수를 목표로 공부를 한 줄 아는데, 사실은 그렇지 않아요. 맨 처음에 공부를 시작한 건 교사로서 학생들을 잘 가르치기 위해서였거든요.

내가 1971년에 대학생이 됐는데, 당시는 이틀이 멀다 하고 시위가 벌어지던 시절이라 휴강이 잦았어요. 당연히 공부를 제대로 못 했죠. 졸업 후에 교사가 되어 학생들을 가르치다 보니까 내가 너무 실력이 부족한 거예요. 나도 잘 모르는 걸 가르치려니 뜻대로 될 리가 없잖아요? 그래서 다시 대학원에 들어가 결사적으로 공부를 하기 시작했어요. 낮엔 교사로 일하고 밤에는 내 공부를 했지요.

결사적으로 공부한다는 게 구체적으로 어떤 건가요?

말 그대로 죽기 살기로 하는 거지요. 한창 불이 붙었을 때는 퇴근 후

집에 와서 잠깐 눈 붙이고 밤 12시에 일어나 새벽 6시까지 공부한 다음에 출근을 했어요. 교무실에 영어 원서를 갖다 놓고 쉬는 시간마다 읽었고, 버스를 타면 주머니에서 단어장을 꺼내 독일어와 영어 단어를 외웠죠. 그러다가 독일 유학을 가게 되었고요.

내가 대학원에 입학한 건 결혼해서 큰아이를 낳은 뒤였어요. 동기들보다 6년이나 늦은 출발이었는데 박사 학위는 더 일찍 받았어요. 사람이 현재에 충실하다 보면 내가 뭘 해야 하는지, 뭐가 더 필요한지 알게 돼요. 한 단계를 넘으면 또 다음 단계가 있어요. 그렇게 차근차근 단계를 밟아서, 공부를 시작한 지 10년 만에 서울대 교수가 되었습니다.

진짜 대단하시네요. 유학 생활도 뭔가 특별하셨을 거 같아요.

특별하다기보다, 독일 사람들이 자연을 얼마나 소중하게 생각하는지를 생생히 체험했죠. 한번은 인근 지역의 실개울을 조사하러 간 적이 있었어요. 폭도 재고 모래도 채취하고……. 그런데 상류 지역으로 가니까 그 일대가 온통 물바다가 되어 있더군요. 가까이 가 봤더니 나무로 얼기설기 엮어 놓은 댐이 개울을 가로지르며 물길을 막고 있는 거예요. 그래서 물이 계속 주위로 흘러넘치고 있었던 거죠.

누가 이런 짓을 했나 하면서 그 댐을 밟으려는데, 자전거를 타고 둑 위를 지나가던 어린애 하나가 황급히 나를 말렸어요. 그건 비버가 지은 댐이니까 부수면 안 된다는 거예요. 나한테 왜 왔냐고 물어서 하천 조사하러 왔다고 했더니, 비버가 사는 곳은 절대 훼손하지 말라고 신신당부를 하더군요. 어른도 아니고 겨우 초등학생 정도의 어린이가 말이죠.

기특하기도 하고 호기심도 생겨서 둑으로 올라가 이야기를 나눴어요.

얼마 전에 비버 가족이 이곳에 자리 잡고 댐을 만들었는데, 그것 때문에 마을 회의가 열렸다는 거예요. 안건은 '개천 상류 목장이 비버 때문에 물바다가 됐는데 어떻게 할 것인가'였죠. 그 결과 '주민들이 돈을 모아서 목장 주인에게 보상을 하고 양해를 구한 뒤 비버의 서식지로 내버려 두자'라고 의견이 모아졌대요. 어때요? 참 놀라우면서도 부러운 얘기죠?

만약 우리 마을에 그런 일이 생겼다면 어떻게 되었을까? 야생동물을 위해 선뜻 자기의 땅과 재산을 내어 줄 사람들이 있을까? 교수님의 말씀을 들으면서 우리 스스로를 다시 한 번 되돌아보게 되었다.

서울대에 환경교육과를 처음 만든 분이 교수님이라면서요?

맞아요. 환경을 지키려면 우선 환경의 중요성을 깨달아야 하는데, 그건 체계적인 교육을 통해서만 가능하다고 생각했거든요. 사범대학은 교육자가 되고자 하는 사람들이 모인 곳이에요. 누구보다도 그들이 먼저 확고한 환경의식을 갖는 게 중요하다고 생각해서 환경교육 전공 과정을 만든 거죠. 우리나라의 모든 학생들이 자연의 참맛을 제대로 느끼는 사람이 되는 게 교육자로서 나의 소망입니다.

저희가 요즘 자주 듣는 얘기들 중에 '지속가능한 개발'이 있는데, 그 의미에 대해 설명해 주셨으면 해요.

쉽게 말해서 불필요한 개발을 하지 않는다는 거예요. 꼭 필요한 것을 중심으로 개발을 최소화한다는 거지요. 최근 몇 년 사이에 대운하니 4대강이니 하면서 큰 강들을 여기저기 틀어막았죠? 하지만 선진국에선

낙동강 고령교 부근. 공사 전(왼쪽)과 공사 후(오른쪽)

정반대로, 친환경적이고 지속가능한 방법으로 하천을 복원하고 있어요.

'친환경'이라는 건 강이 구불구불 휘돌아 흐르고 강가에 풀숲과 나무들이 그대로 있는 자연스러운 모습을 뜻해요. 제방을 쌓고 하천의 모래를 긁어내는 건 강을 망가뜨리는 행위일 뿐이죠.

지속가능한 개발을 하려면 자연의 본래 모습을 제대로 이해할 필요가 있어요. 무성하던 풀숲을 걷어 내고 멋진 꽃밭을 가꿨다고 해서 그걸 '친환경'으로 여기면 안 돼요. 그건 사람이 인위적으로 만든 거니까요. 로봇을 제아무리 사람과 비슷하게 만들어도 그건 로봇일 뿐 사람이 아니잖아요? 자연 그대로의 모습이 많이 남아 있어야만 지속가능한 세상이 가능한 겁니다.

자연을 딱 한마디로 표현한다면 뭐가 제일 적절할까요?

아름다움과 조화예요. 생태계가 조화를 이룬 모습이야말로 신의 오묘한 작품이지요.

오늘 정말 많은 걸 배운 것 같아요. 마지막으로 청소년들에게 해 주실 말씀이 있으신가요?

내가 자연지리 교수인데 대학교 다닐 때 유일하게 F학점 받은 과목이 자연지리였어요. F를 받았다는 건 그 과목에 소질이 없다는 거죠? 그런데 내가 자연지리 교수가 되었어요. 잘 못한다고 생각하는 것이 실제로는 자신과 맞는 것일 수 있어요. 제대로 해 보지도 않고 성급하게 싫다는 생각을 할 수도 있고요. 그러니까 각자의 소질과 적성에 대해 선입견을 갖고 판단하지 말았으면 해요. 인생은 다양하고도 넓은 거니까요.

또 하나 얘기하고 싶은 건, 행복을 추구하는 노력을 하라는 거예요. 기회는 저절로 오는 게 아니고 노력을 통해서 스스로 만드는 것입니다. 그리고 늘 긍정적인 생각으로 사세요. 앞으로 살아가면서 수많은 일들을 경험하고 수많은 사람들을 만나게 될 텐데, 매순간 긍정적인 마음으로 자신을 지키세요. 삶의 태도가 긍정적이라면 불쾌한 일이 있더라도 쉽게 극복할 수 있고, 환경문제에 대해서도 미래지향적으로 생각할 수 있어요.

긍정적인 태도를 가지려면 자연을 음미하고 즐길 수 있는 기회를 많이 가져야 해요. 공부만 하지 말고 싱그러운 자연을 찾아가세요. 자연의 아름다움을 충분히 느낀 사람은 늘 행복하고, 그 행복감은 다시 자연을 지키려는 노력으로 이어지게 되니까요.

• **인터뷰 및 정리** : 안양 동안고등학교 고수현, 염유진, 정선화 /
안양 인덕원고등학교 정지환 (지도 교사 서은정)

아이쿱(iCOOP)생협 본사 홍보팀원. 고등학교 때 환경 수업을 듣고 환경 동아리 활동을 하며 환경문제에 눈을 떴다. 등산을 못한다는 이유로 2011년에 낙방했던 아이쿱에 2012년에 재도전해 마침내 입사에 성공. 매달 생협 소식지 「자연드림 이야기」를 만들고 있다. 전국의 친환경 농산물 생산 현장을 돌며 생산자들을 인터뷰하고 원고를 작성한다. 언젠가는 직접 농사를 지어 볼 꿈을 꾸고 있는 예비 농민이기도 하다.

후쿠시마 원전 사고로 일본산뿐 아니라 국산 수산물 가격까지 덩달아 떨어졌다. 그런데도 불안감 때문에 사람들이 좀처럼 먹질 않는단다. 소고기 역시 광우병 논란 때문에 안심할 수 없고, TV엔 온갖 해로운 음식들에 대한 정보가 넘쳐 난다. 환경문제가 인류의 식탁을 위협하는 시대. 안전한 먹거리의 마지막 보루인 생협에서 최연소 그린 멘토 최민지(25) 님을 만났다. 멘토라기보다는 친근한 옆집 언니 같았다.

착한 소비 속에서 영그는 '자연 드림'

안녕하세요, 멘토 언니! 먼저 아이쿱생협이 어떤 곳인지부터 설명해 주시겠어요? 이름이 무슨 뜻인지도요.

생협은 '생활협동조합'의 줄임말이에요. 생협에선 생산자와 소비자의 직거래를 통해 중간 이윤을 없앤 제품들을 판매하는데, 건강에도 좋고 생산자들도 제값을 받을 수 있기 때문에 모두에게 도움이 되는 방식이라고 할 수 있어요.

아이쿱생협은 지구 환경을 지키고 나와 이웃의 건강을 지키는 윤리적 소비를 실천하고 있습니다. 친환경 유기농산물만 취급하고, 유기농 제품이라도 아동노동 착취는 절대 허용하지 않아요. 외국 제품의 경우엔 현지 생산자들에게 정당한 대가를 지불하는 공정무역을 이용하고요.

아이쿱(iCOOP)이라는 이름이 독특하죠? 그건 소비자인 나(i)라는 주체가, 생협의 이상(ideal)인 나눔과 협동을 위해, 초심을 잃지 않고(innocence), 끊임없는 혁신(innovation)을 해 나가는 협동조합(COOP. cooperative)이라는 뜻이에요. 아이쿱생협의 제품을 판매하는 매장 이름이 바로 '자연드림'이랍니다.

아이쿱은 이익단체가 아닌 협동조합이기 때문에, 뜻을 같이하는 사람들이 조합원으로 가입하면서 내는 출자금으로 운영돼요. 그래서 일반 기업과 달리 사장이라는 개념이 없고 가입과 탈퇴도 자유롭지요.

직거래는 구체적으로 어떻게 이뤄지나요?

농산물 취급 기준에 맞는 친환경 생산자를 찾아 섭외하는 것이 첫 단계예요. 그다음엔 친환경 인증 기준에 부합하는지 엄밀한 검사를 거치고, 모든 조건들이 충족되었을 때 비로소 소비자들에게 판매를 하지요.

생협의 취지는 다 똑같겠지만 그래도 뭔가 아이쿱만의 특징이 있을 것 같은데요.

가장 큰 특징은 독자적인 친환경 농산물 인증 시스템이 있다는 거예요. 국가의 인증 기준보다 훨씬 까다로운 여기만의 5가지 기준이 있거든요. 그걸 통과해야만 아이쿱의 제품이 될 수 있어요. 그만큼 소비자들의 높은 신뢰를 받고 있지요.

'선수금 제도' 역시 아이쿱의 특징인데, 소비자가 물품을 구매하기 전에 미리 생협에 돈을 지불하고 그 한도 안에서 구매를 하는 거예요. 생산과 수매에 필요한 자금(생산계약금, 수매 대금)이 사전에 확보되기 때문에 공급도 안정되고 가격도 안정되는 일석이조의 효과가 생기지요.

생산자 지원 방법도 다양해요. 자연재해로 피해를 입은 분들께는 '우리 농업 지키기 상조회' 기금으로 지원을 해 드리고요. 특정 농산물이 풍작인 경우 다른 유통업체들은 필요한 만큼만 구매를 해 가지만 우린 '계약 생산지' 제도를 통해서 생산품을 전량 구매해 드려요. 다른 걱정 없이 품질 향상과 재배에만 힘써 달라는 의미에서 그렇게 하는 거죠.

가격 안정을 위한 노력도 각별해요. 2010년 배추 파동 당시 배춧값이

어마어마하게 치솟았지만 우린 평소와 비슷한 가격으로 판매를 했어요. 다달이 조합비에서 500원, 생산자 수익금에서 0.9%씩 적립하는 '가격 안정 기금'을 그럴 때 집중적으로 쓰거든요. 이런 다양한 시스템들이 아이쿱생협을 유지시켜 주는 힘인 것 같아요.

홍보팀에 계시다고 들었는데 구체적으로 어떤 일을 하세요?

매달 「자연드림 이야기」라는 소식지를 발간하고 있어요. 매장에 납품되는 농산물과 생산자들의 소식을 전하는 매체죠. 우리가 판매하는 제품은 몇천 개가 넘지만 그중에서도 제철 농산물이나 새로 나온 제품들을 주로 소개해요. 이미 나왔던 제품이라도 특별히 재조명할 필요가 있으면 싣기도 하고요. 생산자들 중에서는 최근에 새로 조합에 가입한 분, 조합원들에게 널리 소개하고 싶은 분, 뭔가 특색 있는 제품을 생산하시는 분 등 그달에 특별히 의미 있는 분을 찾아가서 이야기를 듣고, 소비자들의 반응도 전달해 드려요. 전국의 여러 현장들을 다니다 보니 동기 부여도 되고 아주 재미있답니다. 최근에는 신제품 홍보 업무에도 참여하고 있어요.

그런데 어떤 계기로 생협에서 근무하게 되신 거예요?

고1 때 환경 수업을 듣고 환경동아리 활동을 했었는데, 그 영향이 아주 컸던 것 같아요. 그전까지는 환경에 대해 별 관심이 없다가 동아리 활동을 통해 조금씩 환경에 눈을 떴거든요. 그때 이런 생각도 했어요. 우리 사회에서 20%만 잘살고 80%가 평범하다면, 나는 20%에 속하려 애쓰기보다 80%의 평범한 사람들과 함께 즐겁게 살고 싶다고요. 그 뒤 환경단체 봉사활동 등 다양한 활동을 하다가 자연드림 매장에서 아르바이트를 하게 됐는데, 몇몇 분들이 자연드림 채용 공고가 났다며 내게 지원을 권하시더군요.

첫 번째 지원에선 등산 면접에서 떨어졌어요. 여기선 신입사원 뽑을 때 등산 면접을 보거든요. 본인이 건강해야 남을 위해 일할 수 있다는 거죠. 속상했지만 조합원 분들이 응원하고 격려해 주셔서 이듬해에 다시 지원했고, 결국 합격했지요. 재수생이랍니다.(웃음) 그래서인지 지금 하고 있는 일들 하나하나가 모두 다 소중하게 느껴져요.

생협 활동가로서 앞으로의 계획이나 꿈이 있다면요?

지금 홍보팀원으로서 하고 있는 일들은 앞으로도 계속할 생각이에요. 그리고 이건 나 혼자 생각해 본 건데, 현재 자연드림 내부에 사회공헌을 전담하는 부서가 없어요. '씨앗 재단'이라고 해서 조합원분들께 기금 기부를 받는 곳은 있지만 실질적인 사회공헌 활동을 펼치는 부서는 아직 없거든요. 혹시 기회가 주어진다면 그런 일을 꼭 한번 해 보고 싶어요.

장기적인 꿈도 있어요. 인터뷰 때문에 계속 농촌에 다니면서 보니까 대부분의 시골 청년들이 직업을 구하러 도시로 나가더군요. 그런데 나는 오히려 농촌에 비전이 있다고 생각해요. 그래서 나중에 직접 농사를 지어 보는 것도 괜찮겠다는 생각을 하고 있어요.

저희도 언니처럼 환경 수업을 듣고 동아리 활동도 하고 있는데, 후배들을 위해 한 말씀 해 주세요.

그냥 내 일에 빗대어 얘기할게요. 소비자들 중에는 생협의 가치에 동의해서 가입하신 분들도 많지만 그냥 집 앞의 친환경 슈퍼 정도로 생각하고 가입하신 분들도 많아요. 그분들이 가끔 제품에 불만을 갖고 항의하거나 환불을 요구할 때가 있어요. 친환경 과일이 생김새도 안 예쁘고 크기도 작잖아요.

하지만 그분들께 생협의 의미에 대해 차근차근 설명해 드리면, 나중엔 오히려 나를 격려해 주시고 꼼꼼한 구매 후기도 남겨 주시곤 해요. 그럴 때 내가 하는 일이 참 가치 있다는 생각이 들고 보람을 느끼죠. 여러분들도 각자에게 소중한 일들을 꼭 찾았으면 해요. 그 일이 이웃과 지구에 도움이 된다는 전제하에 말이죠.

• **인터뷰 및 정리** : 청주여자고등학교 주다영, 김현경, 박민정, 서준희, 최수민 (지도 교사 허진숙)

독서 단체의 대명사인 '책따세(책으로 따뜻한 세상을 만드는 교사들)' 대표. 서강대 국문학과와 동 대학원을 졸업하고 모교인 숭문고등학교에서 국어 교사로 재직하며 책 쓰기 교육, 신문 활용 교육, 독서 교육, 도서관 활용 교육 등 학생 눈높이에 맞춘 다양한 교육을 끊임없이 시도해 왔다. 독서, 교육, 문화, 저작권과 관련된 여러 기관과 단체에서 열정적으로 활동하고 있으며, TV 독서 프로그램을 통해 대중적으로도 널리 알려진 스타 선생님이다.

허병두 선생님은 워낙 유명하고 TV에도 자주 나오시지만 직접적으로 환경운동을 하시는 분은 아니라서, 처음엔 왜 그런 멘토가 되셨는지 약간 의아했다. 하지만 인터뷰를 하는 동안 그분의 활동에 아주 큰 환경적 의미가 있다는 걸 깨달을 수 있었고, 환경운동을 너무 좁게만 생각했던 게 부끄러워졌다. 숭문고 교무실로 들어섰을 때 맨 처음 눈길을 끈 건 철사로 묶여 있는 여러 뭉치의 CD들이었다.

저작권 기부 운동을 펼치는 책따세 대표

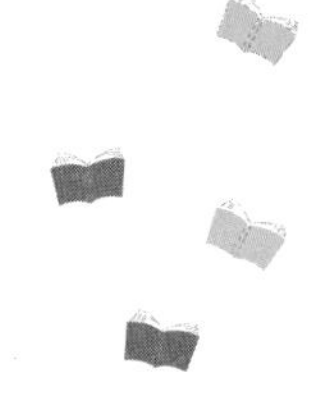

안녕하세요. 여기 있는 이 CD 묶음은 뭔가요?

폐CD에 스티커를 붙여서 재활용한 겁니다. 스티커를 붙인 뒤에 학생들의 글을 적어요. '삼십 년 후에 나는?' '나에게 꼭 필요한 것' 같은 주제로 글을 쓰지요. 열 가지 이상의 글감으로 글을 쓰고 모았어요. 지금은 그냥 이렇게 모아 두는 정도지만 학급문집처럼 만들 수도 있어요. 학생들이 졸업해서도 볼 수 있게 CD 묶음들을 학교도서관에 보관하는 거죠.

학생들과 함께 '책 쓰기 활동'을 하신다고 들었는데 자세히 좀 들려주세요. 정말로 저희가 책을 쓸 수 있는 건가요?

나는 누구나 책을 쓸 수 있다고 생각해요. 흔히 책을 문학과 비문학으로 나누는데, 문학 분야의 책 쓰기는 내가 학생들을 지도하기가 쉽지 않죠. 노력뿐 아니라 타고난 재능도 필요하니까요. 원래 문학을 하려면 언어예술적 재능이 있어야 하거든요. 바꿔서 생각하면, 도서관 분류번호 800번대의 문학 책들을 제외하면, 나머지 서가에 꽂힌 모든 책들은 여러분들이 직접 쓸 수 있다는 거예요.

처음엔 다들 책 쓰기를 어려워하지만 주제를 잡고 나면 곧잘 씁니다. 자기 글의 장점과 단점을 알려 주면, 장점은 빛나고 단점은 금방 고쳐져요. 사실 지금까지의 글쓰기 교육은 각자의 재능이나 관심과 상관없이 그저 주어진 주제에 맞춰 글을 쓰는 거였죠. 그렇게 하면 글쓰기가 괴롭고, 당연히 재미없는 글이 나와요. 그건 교육이 아닙니다. 글쓰기를 제대로 배웠다면 글 쓰는 게 즐거워야 하고, 글이 더 좋아져야 해요. 국어 능력은 그 어떤 능력보다도 여러분의 앞날을 좌우하는 능력이죠. 자신의 생각을 전달하고 다른 사람의 생각을 읽는 의사소통 능력이니까요.

자기에게 맞는 주제를 정하면 글쓰기는 어렵지 않아요. 햄스터를 좋아하는 친구에게 햄스터에 대해서 글을 쓰라고 하면 아주 좋아하죠. 주제를 정한다는 것은 뭔가에 관심과 흥미를 갖고 자신의 눈으로 세상을 바라본다는 뜻이에요. 그러니까, 책 쓰기 활동은 글쓰기를 통해 학생을 자기 삶의 주체로 만드는 활동이라고 할 수 있지요.

선생님은 '책따세(책으로 따뜻한 세상을 만드는 교사들)'로 유명하시잖아요. 책따세에 대해서도 소개해 주세요.

'책따세' 는 독서의 가치에 깊이 공감하는 교사들이 모여 1998년부터 꾸준히 활동해 오고 있는 독서교육문화단체입니다. 현재 약 80명의 교사들이 참여하고 있고, 교사뿐 아니라 대학생과 학부모, 회사원 등 일반인들도 함께하고 있어요.

'책따세'의 추천도서 목록은 학생들 사이에서도 인기인데요. '책따세'의 다른 활동들도 좀 소개해 주세요.

책 쓰기 교육을 정교하게 프로그램화해서 널리 확산시키려 노력하고 있고요. 청소년과 독서 소외층을 위해 작가들이 자신의 저작물을 한 권 이상 기부하는 '저작권 기부 운동'을 2007년부터 펼치고 있어요. 인터넷에서 누구나 무료로 우리나라의 훌륭한 작가들의 책을 읽을 수 있게 하는 거죠. 돈이나 기타 장벽 때문에 독서에서 소외된 사람들이 굉장히 많거든요. 2009년부터는 '어린이에게 책 읽어 주기' 같은 독서 자원봉사 활동도 하고 있어요.

저작권 기부 운동의 환경적 의미에 대해 설명해 주시겠어요?

우선 종이책을 만드는 과정에서 사라져 가는 나무와 숲을 살릴 수 있어요. 저작권 기부 운동을 통해 전자책(e-book)의 기반을 넓히면 종이책이 그만큼 줄어들게 되니까요. 다른 측면에서 보면, 저작권 기부는 세상을 훨씬 아름답고 풍요롭게 만들 거예요. 자기의 지식을 아무 보상 없이 사람들에게 나누어 주는 따뜻한 마음을 키우는 것이야말로 지속가능한 세상을 만드는 지름길이라고 생각해요.

굉장히 의미 있는 운동이네요. 인상적인 일들도 많았을 거 같아요.

인터넷에서 전자책을 무료로 제공하는 저작권 기부 운동을 시작했더니 해외 동포들이 고맙다고 메일을 보내왔어요. 외국에선 우리 책을 좀처럼 접할 수 없는데 인터넷으로나마 좋은 책을 읽을 수 있게 해 줘서 고맙다고요. 사실 우리나라에도 외국인 노동자들이 많잖아요. 그들 나라의 작가들도 참여한다면 얼마나 좋을까요. 저작권 기부 운동을 전 세계적으로 펼쳐야겠다는 생각을 그때 했어요.

작가에게도 저작권 기부 운동은 행복한 경험이자 의미 있는 동참입니다. 돈과 상관없이 독자들과 순수하게 만날 수 있거든요. 작가의 소득이 줄지 않을까 걱정할 수도 있지만, 오히려 작가들에게 더 좋은 일이 생길 수도 있어요. 자기 작품이 전 세계에 알려지는 기회가 되기도 하거든요. 싸이처럼요.

저희 인터뷰의 컨셉이 '그린 멘토'잖아요. 선생님은 환경운동이 어떤 방향으로 나아가야 한다고 생각하세요?

환경운동은 사람들의 삶을 따뜻하고 창조적으로 바꾸는 활동이어야 해요. 환경운동을 하려면 뭔가 엄청나고 거창한 일을 해야 한다고 생각하기 쉬운데, 그렇지 않아요. 저 CD 묶음처럼 현실 속에서 버려지는 것들을 창조적으로 활용해 새로운 가치를 발견하는 것도 충분히 의미 있는 환경운동이 될 수 있습니다. 중요한 건 자기가 하는 일과 자기가 활동하는 공간의 특성에 맞는 실천을 하는 거예요. 내가 교육 현장에서 학생들과 함께할 수 있는 일을 고민하듯이, 다들 자기 영역에서 할 수 있는 일을 찾아야겠지요.

다양한 활동을 하시지만 본업은 교사인데, 선생님만의 교육 철학이 있다면요?

교육은 콩 심은데 콩 나는 게 아니에요. 콩 심은데 콩이 난다면 그건 밭이지 인간은 아니죠. 학생은 인간이기 때문에 내가 심은 대로 내가 거둘 수는 없어요. 가르치는 선생과 배우는 학생 사이엔 아주 복잡한 함수관계가 있거든요. 학생이 자기의 가능성과 재능을 최대한 발휘할 수 있도록 옆에서 돕는 게 선생의 역할이에요. 그러면서 교사와 학생이 서로 배워 나가고, 성장해 나가고, 함께 세상을 바꿔 나가는 거죠.

교육은 교실 안에서만 이루어지는 게 아니라고 생각해요. 교실 밖, 그리고 학교 밖에서 교사와 제자가 평생 이뤄 가는 거죠. 내게 제자들은 평생에 걸친 삶의 파트너예요. 늘 그런 생각으로 학생들을 가르치고 있습니다.

마지막으로 청소년들에게 따뜻한 한마디 부탁드립니다.

앞날이 불안하겠지만, 따지고 보면 모든 가능성이 열려 있기 때문에 그런 겁니다. 걱정이 있다는 것은 살아 있다는 증거거든요. 걱정이 없으면 그건 죽은 자들의 세계죠. 살아 있다는 것은 끊임없이 불안하고 두근대고 안타까운, 말 그대로 '희노애락애오욕(喜怒哀樂愛惡慾)'을 느끼는 거예요. 온갖 감정들의 범벅이 바로 삶이죠. 그러니까 '왜 나만 이럴까'라고 생각할 필요 없어요. 중요한 건 '뭐든 내가 직접 경험해 보겠다'라는 적극적이고 능동적인 마음이에요.

나의 삶이니 내가 하고 싶은 것을 하세요. 스스로 부끄럽지 않게, 자기 자신을 귀중하게 키워 나가세요. 많은 사람들과 함께 끊임없이 고민하면서 아름다고 따뜻하게 세상을 바꿔 나가세요. 수많은 '바람직한 나'의 집합이 곧 '우리가 원하는 환경'입니다.

• **인터뷰 및 정리** : 안양 동안고등학교 강지원, 고수현, 염유진, 정선화 (지도 교사 서은정)

작가 출신의 출판편집자. 2006년 한강 하구의 철새들에 관한 책을 쓰면서부터 환경과 생태에 관심을 갖기 시작했고, 2011년에 새만금에 관한 책을 만들며 편집자로 변신했다. 작가 시절에 썼던 책들이 잇달아 우수환경도서가 되었고, 편집자로서 만든 『소년, 갯벌에서 길을 묻다』(2011)와 『국경 없는 과학기술자들 : 적정기술과 지속가능한 세상』(2013) 역시 우수환경도서로 뽑혔다. '지속가능한 세상'이라는 큰 주제 아래 인문, 사회, 환경 등 다양한 분야의 책들을 기획 편집하고 있다.

우린 출판편집자가 어떤 직업인지 몰랐다. 그 일이 환경과 어떤 관련이 있는지도 몰랐다. 하지만 박경수 멘토님은 책 만드는 일도 녹색 직업이 될 수 있음을 알려 주셨다. 출판사라고 하면 왠지 책이 산더미처럼 쌓여 있고 인쇄기가 윙윙 돌아갈 것 같았지만, 뜨인돌출판사는 아담한 정원이 딸린 예쁜 주택이었다. 편집자님 역시 상상 속의 모습(뿔테 안경을 쓰고 빨간 펜을 든 깐깐한 편집자)과는 달리, 농담도 잘 하시고 편하게 우릴 대해 주셨다.

* 박경수 선생님 인터뷰는 편지글 형식으로 바꾸었습니다.

책 속에 환경을 담는 출판편집자

새만금의 농게와 뒷부리도요에게

안녕? 우린 환경을 생각하는 그린 멘티야. 우리 멘토인 박경수 선생님께 너희 이야기를 들었어. 너희가 얼마나 힘든 시간들을 보내고 있는지. 너희도 선생님을 한번쯤 본 적이 있을 거야. 선생님께서는 너희가 사는 곳에 여러 번 가셨으니까. 무슨 일로 가셨는지 궁금하지? 일단 선생님이 어떤 분이신지 들어 보렴.

선생님은 어떤 계기로 환경에 관심을 갖게 되셨어요?

난 원래 작가였어요. 어린이들에게 친숙한 '노빈손'이라는 캐릭터를 처음 만들었고 무인도, 아마존, 버뮤다, 남극 이야기 등 여러 권의 책을 썼지요. 그러던 중 2006년에 한강 하구 철새들에 관한 책을 쓰게 되었어요. 취재를 위해 한강 하구의 민간인 통제구역들을 전문가들과 함께 답사했는데, 인간의 손길이 닿지 않은 그곳에서 자연의 매력을 흠뻑 느꼈죠. 그래서 책이 나온 뒤에도 계속 환경문제에 관심을 갖고 공부를 해 왔습니다. 전국의 산과 강과 습지를 쏘다녔고, 외국 생태연수도 여러 번 다녀왔어요.

선생님이 직업을 바꾸신 계기가 너희와 관련이 있다는 건 상상해 봤니?

그런데 왜 작가에서 출판편집자로 직업을 바꾸셨어요?

내가 참가했던 활동들 중 '환생교(환경과생명을지키는전국교사모임)'에서 매년 여름에 하는 '새만금 바닷길 걷기'가 있었어요. 우리나라 최대 갯벌인 새만금을 매립하지 말고 보존하자는 의미에서 교사와 학생들이 일주일간 해안선을 따라 걷는 프로그램이었지요.

그때 참 많이 훌쩍거렸어요. 아직 바닷물이 드나드는 곳은 그나마 괜찮았지만 매립이 된 곳들은 차마 눈 뜨고는 못 볼 정도였거든요. 물기 하나 없는 메마른 땅에서 바짝 말라비틀어진 채 죽어간 수많은 게와 조개들과 새들……. 참혹했지요. 인간의 욕심과 잔인함이 생명의 터전인 갯벌을 죽음의 땅으로 바꿔 버린 거예요. 2006년부터 3년간 참가했는데, 갈수

록 상황이 더 나빠졌어요.

그때 만난 고교생들 중 초등학생 때부터 7년간 계속 참가해 온 친구가 있었어요. 그 친구가 내게 새만금에 관한 책을 쓰고 싶다고 하더군요. 당연히 돕겠다고 했죠. 함께 내용을 기획하고 내가 직접 편집을 해서 2011년에 『소년, 갯벌에서 길을 묻다』라는 책으로 펴냈습니다. 그해에 환경부 선정 우수환경도서가 되기도 했지요.

책을 만들면서 이런 생각을 했어요. 모든 책에는 때가 있고 인연이 있다고. 그 친구와 내가 그때 새만금에서 만나지 않았다면 그 책은 세상에 나오지 못했을 거예요. 아, 작가도 좋지만 자연의 소중함을 알리는 책을 만드는 편집자가 되는 것도 참 좋겠다, 라고 생각했지요. 그래서 아예 직업을 편집자로 바꾸게 되었습니다.

멋진 분이지 않니? 우린 내친 김에 좀 더 자세히 여쭤 봤어.

편집자는 어떤 일을 하나요? 빨간 펜으로 원고 고치는 거 말고는 감이 잘 안 와요.

교정·교열은 편집자의 역할 중 극히 일부에 불과해요. 책을 만들려면 일단 기획을 해야 합니다. 어떤 주제가 담긴 책을 낼지 정한 뒤에, 그에 맞는 작가를 섭외해요. 작가와 의견이 엇갈릴 때는 함께 토론하며 내용을 조율하고, 책이 나아가야 할 방향을 제시하죠. 원고가 완성되면 다시 수정 보완하고, 책의 생김새와 디자인 콘셉트를 정해요. 그 모든 게 편집자의 역할입니다. 드라마 PD나 영화감독과 비슷하다고 생각하면 돼요. 책이 성공하면 모든 영광은 작가에게 가지만, 뿌듯함은 오히려 편집자가 더 클 수도 있어요.

그럼 편집자가 갖춰야 할 소양은 어떤 것들이에요?

편집자는 누군가의 글을 읽는 최초의 독자입니다. 그러므로 원고의 가치와 장단점을 파악하는 남다른 안목을 가져야 해요. 그러려면 무엇보다도 폭넓은 지식이 필요하죠. 편집자는 처음 듣는 게 있으면 안 돼요. 어떤 분야 어떤 주제건 남들보다 한 발 앞서서 관심을 가져야 하고, 최소한의 지식을 갖추고 있어야 합니다. 그래야 유능한 편집자가 될 수 있어요.

안 보이는 곳에서 편집자가 책의 모든 것을 지휘하고 있었다는 게 무척 흥미로웠어. 편집자는 처음 듣는 게 있으면 안 된다는 말에는 다들 무척 놀랐단다. 그런데 선생님은 지금까지 어떤 책들을 만드셨을까?

편집자가 된 후에 내신 책들은 어떤 거예요?

분야는 다양하지만 큰 주제는 하나예요. 바로 '지속가능한 세상'이죠. 얼마 전 『국경 없는 과학기술자들』이라는 책을 펴냈는데, 가난한 나라 사람들에게 꼭 필요한 물건들을 친환경적 방식으로 개발하는 '적정기술'에 관한 얘기입니다. 어린이들이 놀이를 통해 자연을 관찰하도록 해주는 『사계절 자연 빙고』라는 책도 있죠. 그건 환생교 선생님들과 함께 만든 거고요. 지금은 바로 이 책, 『그린 멘토; 미래의 나를 만나다』를 진행하고 있지요.

자연과 책을 사랑하는 청소년들을 위해 한 말씀 해 주신다면요?

처음 생태 답사를 다닐 때 참 많이 부끄러웠어요. 나름 책깨나 읽었다고 생각했는데 자연에 대해서는 아는 게 정말 아무것도 없더라고요. 내가 갖고 있던 환경 지식들은 죄다 이론으로만 알고 있던 거였어요. 녹색이 아니고 회색이었던 거지요. 그래도 덕분에 자연과 생명에 관심을 갖게 됐으니, 그 부끄러움이 내겐 삶의 방향을 바꾸는 소중한 계기였던 셈이죠. 여러분도 그랬으면 좋겠어요. 물론 책을 많이 읽어야 하지만 책 속에만 머무르면 안 됩니다. 다른 건 몰라도 자연은 글로 배울 수 없어요. 직접 자연에 나가서 생명들과 교감하지 않으면 머릿속에 수백 권의 환경책을 넣고 있어도 아무 소용이 없답니다. 아는 걸 섣불리 자랑하지 말고, 모르는 걸 굳이 부끄러워하지 말고, 일단 자연을 만나 보라고 권하고 싶어요. 거기에서 즐거움과 행복을 느낀다면, 바로 그 순간 여러분들 내면에서 아주 중요한 변화가 시작되고 있는 거예요.

지금 이 순간에도 메마른 갯벌에서 힘겹게 버티고 있을 새만금의 농게와 도요새들아. 선생님처럼 좋은 분들이 너희들을 위해 노력하고 있다는 걸 잊지 말았으면 해. 우리도 힘을 내서 책도 많이 읽고 자연을 지키기 위해 노력할 테니, 너희들도 좀 더 힘을 내면 좋겠어. 새만금에 다시 바닷물이 콸콸 쏟아져 들어올 그날까지 꼭 살아 있길 바랄게.

너희를 사랑하는 그린 멘티로부터

• **인터뷰 및 정리** : 청주 봉명고등학교 전효나, 정성경, 김하영, 강희찬 (지도 교사 맹계현)

정진영

가락고등학교 생물 교사. '환생교(환경과생명을지키는전국교사모임)' 창립 첫 해인 1995년에 회원으로 가입하여 20년째 왕성한 활동을 이어 오고 있다. 2010년부터 2014년 봄까지 환생교 대표를 맡았다. 교사모임 활동하랴, 교내 환경 동아리 지도하랴, 교과 수업하랴 눈코 뜰 새 없이 바쁘지만 녹색교육에 대한 남다른 신념으로 고단함을 견디며 매일매일을 48시간처럼 살아가는 에너자이저 선생님이다.

턱수염을 기르고 개량한복을 입은 선생님을 상상했다. 이름부터 뭔가 종교단체 이미지를 풍기는 '환생교'의 대표는 당연히 '자연인(?)'에 가까운 모습일 테니까. 하지만 선생님은 자전거를 탄 현대인의 모습으로, 그리고 보기만 해도 마음이 편안해지는 따뜻한 미소로 우리에게 다가오셨다. '자전거면 충분하다'라는 문구가 새겨진 티셔츠를 입고서.

녹색 교육에 앞장서는 환생교 대표 선생님

'환생교'라는 이름이 왠지 신비스럽게 느껴져요. 어떤 단체인가요?

다들 그렇게 얘기해요. 이상한 종교단체 아니냐고. 농담 삼아 나를 '교주님'이라고 부르기도 하고요.(웃음) 전교조 알죠? 1989년에 교사들이 참교육을 고민하며 만든 전국교직원노동조합. 전교조 교사들 중 환경에 관심 있는 사람들이 만든 게 환생교인데, 처음엔 '환경을 생각하는 교사 모임'이었어요. 그런데 10년쯤 지난 뒤에 "생각만 해서 되겠나? 지켜야지"라는 얘기가 나오면서 '환경과 생명을 지키는 전국 교사 모임'으로 이름이 바뀌었지요.

선생님은 어떤 계기로 환생교에 참여하게 되셨어요?

교단에 처음 섰을 때부터 환경교육에 관심이 많았어요. 그래서 환생교가 생기자마자 가입했지요. 양심 있는 교사라면 당연히 환경교육을 위해 노력해야 한다고 생각했거든요. 사실 지금은 환경문제가 우리 삶 전체에 퍼져 있어서 뭐 하나 마음 놓고 할 수 있는 게 없어요. 운전을 속 편하게 할 수 있나, 에어컨을 마음대로 켤 수 있나. 환경을 지키면서 산다는 게 굉장히 불편해요. 그래서 도망가려고도 생각해 봤는데, 도망은 못 가고 계속하고 있네요.(웃음)

'새만금 바닷길 걷기'를 2003년부터 하고 계신데 어떤 의미가 있나요?

'새만금 살리기 삼보일배' 운동이 끝난 뒤 여러 단체들이 다양한 운동을 펼쳤어요. 환생교에서도 계화도(새만금 살리기 운동의 중심이 되었던 전북 부안의 어촌 마을) 주민들과 함께 새만금 바닷길 걷기를 시작했지요.

새만금은 우리나라에서 가장 큰 하구갯벌로 수많은 생명들을 품어 기르는 곳이었어요. 백합조개, 노랑조개, 동죽, 가리맛조개, 큰구슬우렁이(골뱅이)들이 끝없이 나오던 곳이었고 갯지렁이, 농발게, 칠게, 망둥어, 숭어, 새우, 꽃게가 지천이었지요. 우리나라에서 실뱀장어가 가장 많이 잡히는 곳이었고 도요새가 가장 많이 찾아오는 곳이었어요. 그야말로 최고의 생태계였죠. 그런 갯벌이 간척 사업으로 사라지고 있었어요.

계화도 주민들은 갯벌을 살리기 위해 일주일 동안 새만금을 걷는 행사를 그전부터 몇 차례 진행하고 있던 터였어요. 힘들고 괴로운 마음을 갯벌에서 치유받고 새롭게 싸울 힘을 얻는 좋은 행사였다고 하더군요. 우리도 같이 해 보자며 시작했는데, 이젠 환생교의 대표적 활동 중 하나가 되었네요.

10년 넘게 새만금을 찾으면서 해마다 느끼는 기분도 달라질 것 같아요.

점점 힘들어요. 몸은 편한데 마음이 힘들어요. 처음엔 갯벌이 살아 있었기 때문에 발이 푹푹 빠졌고, 하루 두 번씩 물이 차오를 때는 그나마도 걷질 못했죠. 그럴 땐 갯벌 바깥으로 빙 돌아서 걸어야 하는데 수풀이 우거져 전진하기가 어려웠어요. 하지만 지금은 걷는 게 너무 쉬워요. 갯벌이 바짝 말라 버려서 쉽게 걸을 수 있거든요.

그럴수록 마음은 점점 힘들어지죠. 예전에는 갯벌에 붉은 칠면초와 퉁퉁마디 같은 식물들도 많고, 한 발짝 걸으면 농게와 말뚝망둥어가 혼비

백산해서 달아나고, 그밖에도 온갖 생물들로 가득했어요. 그런데 지금은 풀만 무성하고 농게는 한 마리도 안 보이더군요. 그 많던 도요새들도 모두 떠났어요. 예전에는 수만 마리가 떼 지어 나는 모습을 보면서 그 멋진 풍경에 감탄했었는데, 이제는 어디에서도 그런 걸 볼 수 없어요. 거대한 방조제로 바다를 막아 버린 새만금의 비극을 말라 버린 갯벌이 침묵으로 증언하고 있는 거지요.

10년이나 걸었으면 이제 그만하고 싶은 마음도 들 텐데, 새만금 바닷길 걷기를 꾸준히 이어 오는 원동력은 뭔가요?

매년 걷기가 끝나면 부안의 해창 갯벌에서 고사를 지내요. 해창은 새만금 운동의 상징적 장소인데, '새만금대장군'과 '갯벌여장군' 장승들이 수십 개씩 서 있는 일종의 성지였어요. 하지만 이젠 돌보는 사람이 없으니 장승들은 죄다 쓰러지고 황량한 땅으로 변해 버렸죠. 지난여름에도 그곳에서 고사를 지내며 용왕님께 축문을 올렸는데, "아무도 안 와도 저희는 오겠습니다. 죽을 때까지 오겠습니다. 저희가 힘들어서 못 오면 저희 제자들과 자녀가 올 것입니다"라는 대목에서 우리 모두 울컥했어요. 그 다짐대로, 새만금이 되살아날 때까지 우리 끝까지 새만금을 걸을

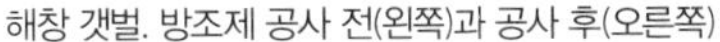
해창 갯벌. 방조제 공사 전(왼쪽)과 공사 후(오른쪽)

겁니다. 지금이라도 방조제를 터서 바닷물을 들이면 갯벌이 다시 살아날 수 있거든요.

환생교에선 천성산 경부고속철도 터널 반대 운동에 적극 동참하며 '도롱뇽 생존권'을 주장했잖아요. 그런데 터널이 뚫린 뒤 오히려 도롱뇽이 더 잘 살고 있다는 기사를 봤어요. 그게 사실인가요?

그 기사는 제한된 정보만 갖고 개발론자 입장에서 쓴 거예요. 개발로 인한 환경 파괴의 결과는 그렇게 단기간에 드러나지 않아요. 장기간의 모니터링을 통해 변화를 파악해야 하는데, 정부나 건설업체에선 공사 전이건 공사 후건 그런 노력은 거의 하질 않지요.

재벌들 입장에서는 대규모 개발 공사를 많이 하면 자기들이 돈을 버니까 좋죠. 그래서 환경문제에 아랑곳하지 않고 사업을 벌입니다. 자기들이 망친 곳이 나중에 복원돼도 나쁠 게 없어요. 복원 공사 역시 자기들이 할 거니까요. 망가뜨려도 좋고 복원해도 좋다는 식이죠.

우리나라는 건설로 발전한 나라입니다. 1970년대에 한국 건설업체들이 중동의 사막에서 도시를 개발하고 항구를 만들었어요. 1979년 오일쇼크 이후 중동에서 할 일이 없어지자 새만금 같은 간척 사업을 시작한 거예요. 고속철도의 경우, 서울에서 부산까지 원래 노선대로 가면 되는데 굳이 천성산을 10km가 넘게 뚫고 우리나라에서 제일 긴 철도 터널을 만들었어요. 왜? 돈이 되니까요.

도롱뇽 소송은 그 건설로 인해 피해를 받은 생물들을 대표합니다. 한국 최초로 인간이 아닌 동물이 원고가 된 소송이었죠. 일본에서는 오래전부터 그런 소송들이 있었어요. 예를 들면, 바위틈에 사는 '우는 토끼'

라는 동물이 있어요. 서식지를 개발한다고 하자 환경단체가 그 토끼를 원고로 내세워 소송을 했고 재판에서 이겼지요.

천성산 터널 반대 시위 때문에 2조 원의 손해를 봤다는 말은 굉장히 과장된 거예요. 거의 날조 수준이거든요. 그러니까 언론 보도를 그대로 믿지 말고 비판적으로 잘 가려서 받아들여야 해요. 정부, 기업, 환경단체, 주민들의 입장이 저마다 다르니까요. 물론 진실은 하나뿐이지만.

마지막으로, 학교에서의 환경교육이 중요한 이유를 설명해 주시겠어요?

지금 같은 생태 위기 시대에 살 만한 세상을 만들려면 특별한 삶의 태도와 비전이 필요합니다. 어려서부터 학생들이 그런 걸 배우고 희망을 공유한다면 세상이 조금씩 바뀌면서 위기를 극복해 나갈 수 있겠죠. 그 막중한 임무를 가진 곳이 바로 학교입니다.

환생교에서는 환경교육을 '녹색 교육'이라고 불러요. 인간과 인간, 인간과 자연이 평화롭게 공존하는 민주적이고 평화로운 녹색 세상을 만드는 게 녹색 교육의 목표지요. 교육이 제대로 이뤄지려면 그런 녹색 이념들이 교육과정 속에 녹아들어야 한다고 생각해요. 학교에 환경 과목이 있고 좋은 선생님이 있으면 효과적이고 집중적인 교육이 가능한데, 그런 학교들이 많지 않아서 안타까워요. 아직은 갈 길이 멀지만 그래도 지치지 않고, 교사로서 내가 할 수 있는 일들에 최선을 다할 생각이에요.

• **인터뷰 및 정리** : 한국교원대학교 부설 미호중학교 이래은, 민미선, 김미래, 여윤민 (지도 교사 육혜경)

다큐멘터리를 만드는 독립영화 감독. 동물원에 갇혀 사는 야생동물의 삶을 다룬 〈작별〉(2001)로 제6회 부산국제영화제 운파상(최우수 한국다큐멘터리), 제7회 야마가타 국제다큐멘터리 영화제 우수상, 제27회 서울독립영화제 관객상을 받았다. 로드킬(Road Kill. 야생동물 교통사고)을 다룬 〈어느 날 그 길에서〉(2006)로 널리 알려졌다. 남다른 생태적 감수성과 집요함으로 매번 문제작을 만들어 내며, 세상이 외면하는 '불편한 진실'을 우리에게 일깨우고 있다.

영화를 좋아하지만 독립영화는 생소했다. 권력과 자본으로부터 독립된 저예산 영화? 뭐지, 그 거창한 개념은? 그러다가 〈어느 날 그 길에서〉를 봤다. 뭐지, 이 놀라운 영화는? 로드킬의 현장과 실상을 지독하리만치 집요하게, 그러면서도 담담하게 알려 주는 감독을 만나 보고 싶었다. 그리고 듣고 싶었다. 그가 간절하게 원하는 세상, 인간과 동물이 공존하는 아름다운 세상에 대해서.

불편한 진실을 찍는 독립영화 감독

감독님 영화를 보는 내내 참 먹먹했어요. 동물에 관심을 갖게 된 특별한 계기가 있었나요?

언젠가 동물원에 갔다가 북극곰이 시계추처럼 머리를 좌우로 흔드는 모습을 봤어요. 갇혀 있는 스트레스 때문에 생긴 이상행동이었는데, 관람객들은 곰이 춤춘다며 박수를 치고 좋아하는 거예요. 그 상황이 제겐 마치 한 편의 부조리 연극처럼 느껴졌어요. 그 순간 '동물원은 동물들에게 대체 뭘까?'라는 질문을 하게 됐지요. 자세히 관찰해 보니 대부분의 동물들이 이상행동을 보이더군요. 끝없이 같은 구간을 오가고, 몸을 흔들고, 벽을 핥고 있었죠. 그때 결심했어요. 관람하는 인간의 입장 말고, 철창에 갇힌 동물의 입장에서 영화를 만들겠다고요.

돈도 없고 사람도 없고 날씨도 추웠지만, 꼭 만들겠다는 의지로 동물원 동물들의 표정과 몸짓 하나하나를 오래 지켜보며 카메라에 담았어요. 그렇게 〈작별〉을 만든 거예요. 이후 줄곧 동물을 주제로 영화를 만들었으니 〈작별〉은 제 길을 정해 준 운명적인 작품이죠.

다큐 영화에 관심을 가지신 계기는요?

대학 때 영문학을 전공하고 꽤 좋은 직장에 취직했어요. 하지만 재미없는 일을 평생 할 자신이 없어서 아무 대책 없이 사표를 냈죠. 부산

국제영화제에 갔다가 〈마이크로 코스모스〉라는 곤충 다큐를 보고 문화적 충격을 받았어요. 그리고 변영주 감독의 〈낮은 목소리〉를 보면서 '난 여학교를 10년이나 다녔어도 위안부 문제에 대해 한 번도 배운 적이 없었다'는 걸 깨달았어요. 묻혀 있던 진실이 다큐멘터리를 통해 드러나는 것을 보며 머리가 깨어나는 느낌을 받았죠. 곧바로 독립영화 제작 단체를 찾아갔어요.

몇 편의 단편 극영화 제작에 참여한 뒤 첫 다큐를 연출하며 알게 됐어요. 다큐는 사실의 기록이 아니라 현실의 재구성이라는 것을요. 힘든 여건에도 불구하고 많은 이들이 독립영화에 매달리는 데엔 이유가 있어요. 독립영화는 우리의 문화적 지평을 넓혀 주고, 새로운 가능성을 꿈꾸게 하고, 지금보다 나은 세상을 위해 옆 사람과 손잡게 해 주거든요.

동물에 특히 관심을 갖는 이유가 있으세요?

나는 동물 애호가라서 이런 영화를 만드는 게 아니라 비인간동물을 사회적 약자로 보기 때문에 만드는 거예요. '사회'의 개념을 인간 세상으로 한정짓는 것은 매우 위험하고 폭력적인 세계관입니다. 인간의 생존을 걱정할 때는 비인간동물들의 안위를 함께 걱정해야 해요. 인간과 버들치, 고래, 두루미 등 모든 생명체가 아주 섬세한 그물망으로 이어져 서로 영향을 주고받는 것이 바로 지구 생태계예요. 그 생명의 그물망이 찢어지고 있습니다.

생태계를 비행기에 비유하자면, 나사 한두 개가 빠져도 비행기는 날 수 있어요. 하지만 계속 빠지면 결국은 날개가 떨어지고 균형을 잃게 되죠. 지금 우리가 이런 상황이에요. 수많은 나사가 빠지는데도 우리는 비행기 안에서 파티를 즐기고 있어요. 언제 추락할지 모르는 위태로운 순간인데도 말이죠. 시대의 문제와 부조리를 예민하게 감지하고 작품으로 만들어 세상과 소통하는 것이 예술가의 몫이라고 생각합니다.

다큐 영화를 만들면서 제일 기억에 남는 일은 뭔가요?

〈작별〉이 내게는 인생의 전환점이라 10년이 넘었는데도 기억에 많이 남아요. 아기호랑이 크레인의 울음이 지금도 귓가에 맴돌아요.

크레인은 생후 2개월부터 야생성을 잃는 훈련을 받았어요. 그래야 동물원에서 스트레스를 덜 받는다는 이유에서였죠. 목줄에 묶인 크레인은 하루 종일 울었어요. 울다 지쳐 신문지 위에 누워 잠이 드는 생활을 반복한 지 2개월쯤 됐을 때, 녀석은 깜깜한 방에 갇혀 혼자 지냈어요. 엄마도, 친구도, 놀 거리도 없는 그곳에서 다시 하루 종일 울었습니다. 내가 다가가면 울음을 그치고 반가워하며 철창에 몸을 비비며 킁킁댔어요. 같이 놀아 달라고 애원하는 크레인에게 내가 할 수 있는 일은 카메라를 들지 않은 한 손을 철창 속에 넣어서 녀석을 쓰다듬는 것뿐이었지요.

당시 다른 언론에서도 크레인을 촬영했어요. 거의 모든 TV 동물 프로그램에 크레인이 나왔죠. 하지만 그 어떤 프로그램도 크레인의 진짜 생활을 보여 주지 않았어요. 모든 언론들이 크레인을 '행복한 아기호랑이'로 만들었지요. 그걸 보면서 독립영화가 왜 필요한지, 내가 서야 할 곳이 어디인지 깊이 느꼈어요.

작품을 하면서 가장 보람을 느끼신 적은 언제였나요?

내 영화가 관객에게, 나아가 우리 사회에 좋은 파장을 일으킬 때죠. 최근에 '야생동물보호 및 관리에 관한 법률(이하 동물원 법)'이 국회에 발의되었습니다. 현재 우리나라는 아무나 동물원을 만들 수 있고, 아무렇게나 운영해도 제재를 할 수 없어요. 법률적 근거가 없거든요. '동물원 법'은 동물원이 어떻게 운영되고 동물들은 어떤 시설에서 어떤 돌봄을 받아야 하는지 명확하게 규정하고 있어요. 시행되면 한국 동물복지에 커다란 전환점이 될 거예요. 이 법을 촉발시킨 게 바로 크레인이에요.

크레인은 서울대공원에서 태어났지만 〈작별〉 이후 강원도의 한 민영 동물원으로 옮겨졌어요. 그곳이 부도 위기에 놓이면서 동물들은 몇 년간 충분한 먹이와 의료적 돌봄 없이 방치됐지요. 살아남은 동물들은 모두 앙상한 모습이었고 심각한 이상행동을 했습니다. 그중에 크레인이 있었어요.

이 사연이 신문에 실리면서(「한겨레」 2012.11.23) 그곳의 동물들을 구하자는 서명운동이 불타올랐어요. 동물보호 시민단체를 중심으로 '동물원 법'을 만들자는 움직임도 일어났고요. 여론에 힘입어 진보적인 국회의원 몇 명이 법안을 발의했어요. 아직 법이 통과되지 않아 기뻐하기엔 이르지만 우리 사회에 동물원의 실상을 널리 알린 중요한 사건이라고 생각해요.

만약 〈작별〉을 만들지 않았다면 크레인의 슬픈 사연은 세상에 알려지지 않았겠지요. 철창에 갇혀 목이 쉬도록 우는 크레인을 보며 수없이 약속했어요. 너의 현실을 사람들에게 꼭 전하겠다고요. 그 약속을 뒤늦게나마 지키게 된 것이 너무 기뻐요.

〈작별〉 이후 만든 영화에 대해서도 소개해 주세요.

〈어느 날 그 길에서〉는 로드킬을 소재로 한 다큐입니다. 로드킬은 동물원 복지보다 더 어려운 문제예요. 자동차와 도로가 없어지지 않는 한 계속될 수밖에 없으니까요. 내 영화가 로드킬의 감소로까지 이어지진 못했지만 많은 야생동물들이 차에 치여 죽는다는 사실을 알렸어요. 이 영화는 인간의 길을 다른 관점으로 본 영화예요. 그게 이 영화의 유일한 목적이었죠.

영화를 본 어느 음악가는 로드킬에 관한 노래를 만들었고, 문구 회사에서 로드킬 수첩(로드킬을 줄이는 운전 수칙이 담긴 수첩)을 만들기도 했어요. 어떤 공대생은 로드킬을 줄이는 기술을 개발해 국제대회에서 발표했고 어떤 학생은 로드킬을 연구 주제로 삼아 유학을 갔지요. 한 초등학생이 내게 야생동물 입장에서 길을 그려 준 것을 지금도 갖고 있어요. 이 모든 것들이 제게 큰 선물이자 보람입니다.

〈어느 날 그 길에서〉에는 길을 건너려는 야생동물의 얼굴과 자막이 교차되어 나오더군요. 어떤 이유로 이런 연출을 하신 건가요?

동물에게도 마음과 생각이 있다는 것, 차에 치여 처참해진 동물에게도 빛나는 삶이 있었다는 것을 관객들에게 이야기하고 싶었어요. 갓길에 걸레처럼 나뒹구는 동물 사체를 보면 사람들은 눈을 찡그리며 고개를 돌리지만, 그들은 불과 몇 분 전까지만 해도 엄마를 따라 길을 건너던, 또는 자식을 위해 먹이를 찾던 생명들이었던 거예요.

로드킬이 얼마나 많이 일어나는지 숫자로 말하면 사람들에게 와 닿지 않아요. 그래서 길을 건너는 순간의 동물의 생각을 자막으로 나타냈지요.

도로에서 촬영을 하시는 동안 위험한 순간도 많았을 것 같은데요.

할 땐 몰랐는데 지나고 보니 참 위험했다 싶어요. 나를 비롯한 제작진들 모두 보험조차 들지 않고 촬영했어요. 보험을 들 여건이 안 됐거든요. 죽을 뻔한 순간도 있었어요. 중앙분리대가 있는 4차선 국도였는데, 새벽에 차를 타고 가면서 로드킬 당한 동물을 찾다가 중앙분리대 쪽에서 삵 같은 동물을 발견했어요. 갓길에 차를 세운 뒤 카메라를 들고 도로에 들어섰는데 대형 트럭이 달려오더라고요. 순간적으로 머릿속이 하얘지는 순간, 트럭이 제 옆을 스쳐 지나갔어요. 그때 깨달았어요. 동물들이 왜 그렇게 차에 치여서 죽는지를. 트럭이나 버스가 질주할 땐 바람이 휘이잉 불어요. 휘몰아치는 바람에 작은 동물들은 빨려 들어가기도 해요. 작은 새 몸무게는 겨우 70g 정도거든요.

한 해 동안 국내 도로에서 최소 1백만 마리 이상의 야생동물이 로드킬로 죽어요. 좁은 국토에 비해 지나치게 많은 도로가 서식지를 파

괴하며 만들어졌고 지금도 계속 만들어지고 있어요. 대부분이 중복이고 과잉이죠.

동물을 사랑하는 청소년들에게 한 말씀 부탁드립니다.

나는 학교에서 단 한 번도 우리나라에 어떤 야생동물이 사는지 배운 적이 없어요. 산양, 수달, 담비 같은 야생동물들이 남한 땅에 산다는 걸 알게 된 건 서른 살 이후였어요. 나와 같은 땅에 사는 공동체 구성원들의 이름은커녕 존재조차 모른 채로 어른이 된 거예요. 우리가 사는 땅에 인간 말고 어떤 존재들이 살고 있는지, 그들이 어떤 상황에 처해 있고 그들을 지키려면 우리가 무슨 일을 해야 되는지 알아보고 실천하는 것은 너무나도 중요한 일이에요. 학교에서 가르쳐 주지 않으면 여러분들 스스로 동아리를 만들어 보세요.

아무리 세상이 좋아졌다고 해도 가장 중요한 것은 자기가 세상을 보는 눈이에요. 남들이 말하는 대로 세상을 살지 말고 자기가 믿는 대로, 자기 가슴이 원하는 일을 찾으세요.

• **인터뷰 및 정리** : 온양용화고등학교 이유라, 강다솜, 이혜진 박찬미, 신소미, 신다영 (지도 교사 최소영)

공정여행 전문 사회적기업 '트래블러스 맵' 창업자이자 대표. 대학에서 천문학을 전공한 뒤 별 볼 일 없는 이 세상을 어떻게 아름답게 바꿀까 고민하며 여행을 다니다가 기존 여행문화의 문제점을 깨닫고 '공정여행'의 전도사가 되기로 결심했다. 모든 길에는 만남과 성장이 있고 보이지 않는 길은 함께 만드는 것이라는 소신으로, 여행지 주민들에게 이로움을 주고 그곳의 환경을 지키는 '공정여행'을 전파하고 있다.

학교에서 많은 걸 배웠는데 왜 사는 건 막막할까?
일상을 벗어난 여행에서 삶의 가치와 인생을 살아가는 방법을 배울 순 없을까?
여행을 다녀왔지만 가슴 뭉클함이 없다면 어떻게 해야 할까?
어떤 여행이 진정한 여행일까?
이런 질문으로 또 다른 삶의 지도를 만든 '트래블러스 맵' 변형석 대표님을 만났다.

* 변형석 대표님 인터뷰는 홈쇼핑의 공정여행 상품 판매 형식으로 각색하여 전합니다.

세상을 바꾸는 여행! 공정여행의 전도사

모처럼 떠난 해외여행! 사진은 많이 찍었는데 감흥은 없고 헛헛하세요? 재충전은커녕 돈만 잔뜩 썼다고요? 그럼 잘 오셨습니다. 최신 여행 트렌드이자 핫 아이템인 공정여행으로 여러분을 초대합니다. '트래블러스 맵' 변형석 대표님 모셨습니다. 안녕하세요. 우선 여행사 이름에 대해 여쭤 볼게요. 여행자의 지도! 맞죠? 호호호.

네, 맞긴 한데 다른 뜻도 있습니다. MAP은 Make Amazing Planet의 약자로 '여행자들이 함께 만들어 가는 놀라운 세상, 세상을 변화시키는 여행자들'이란 의미를 가지고 있어요.

와우! 멋져요. 그런데 공정여행이 대체 뭐냐는 시청자 문의가 쏟아져 들어오네요?

우리의 여행이 그 여행지를 병들게 한다는 사실을 아시나요? 관광지에 사람들이 몰리면서 세계적인 문화유산이 훼손되었다는 이야기를 들어 보셨을 거예요. 제3세계 생산자들에게 정당한 대가를 지불하는 무역을 '공정무역'이라고 하듯이 공정여행도 비슷합니다. 여행자와 여행지 주민들이 평등하게 관계 맺는 여행! 그들의 문화를 존중하고 현지의 자연을 보호하며 지역경제까지 살릴 수 있는 착한 여행을 말하죠.

기존의 여행이 여행객만을 위한 여행이었다면, 공정여행은 서로가 함께 성장하는 진정한 여행이라고 할 수 있겠네요. 그런데 우리가 했던 여행이 그렇게 나빴나요?

동남아시아 여행에 흔히 들어가는 코스 중에 코끼리 트래킹이 있습니다. 그걸 위해 야생에서 어린 코끼리를 잡아 옵니다. 작은 울타리 안에 가두고 24시간 교대로 쇠꼬챙이로 찌르고 때려서 사람을 매우 두려워하게 만듭니다. 이 잔인한 과정은 어린 코끼리 등에 아이를 태워도 팽개치지 않을 때까지 약 4일 동안 계속되는데요, 이 과정에서 절반 이상의 코끼리가 죽거나 정신착란에 빠집니다.

세상에! 그런 줄은 까맣게 모르고 코끼리 털이 엉덩이 찌른다고 징징대기만 했네요. 공정여행엔 그런 잔인한 코스는 절대 없겠군요. 대신 다른 데 돈을 많이 쓰면 현지인들에게 도움이 되겠죠?

안타깝게도 그렇지가 못해요. 동남아시아와 아프리카에서 관광객들이 쓰는 돈은 대부분 현지의 고급 숙박 시설과 여가 시설을 운영하는 다국적기업과 외국자본의 주머니로 들어갑니다. 현지의 환경과 문화는 철저히 무시되죠. 결국 현지인들은 삶의 터전을 잃고 호텔 벨보이나 짐꾼 등 단순노동자로 전락하는데, 그나마도 일자리가 적어 경쟁이 치열합니다. 결국 그들은 평화롭게 이어져 온 공동체를 잃게 되지요.

이런 기형적인 여행 문화를 반성하고 현지에 도움을 주고자 하는 '지속가능한 관광'이 현재 세계적으로 확대되고 있습니다. 공정여행의 성장 속도는 기존 관광산업 성장 속도보다 3배나 빠르다고 합니다.

오늘 많이들 참여하시면 공정여행 성장 속도가 더 빨라지겠죠? '트래블러스 맵'의 대표 상품! 〈내 생애 최고의 일주일, 캄보디아〉 판매 시작합니다. 변 대표님, 소개 부탁드려요.

현지 전통가옥 홈스테이로 외갓집 같은 푸근함을 안겨 드립니다! 캄보디아 천 년의 역사가 담긴 앙코르와트에서 그들의 숨겨진 이야기를 들어 보세요. 자전거로 마을길 투어를 하면서 자연에서 삶의 터전을 꾸리는 현지인들을 만나 보세요. 이 모든 일정은 '공정여행 십계명'을 철저히 따랐습니다.

공정여행 십계명이 뭘까 궁금하시죠? 지금 화면에 내용이 나가고 있습니다. 그렇게 어렵진 않죠? 세상을 바꾸는 공정여행은 사소한 일에서부터 시작됩니

세상을 바꾸는
공정여행
십★계★명

★1 **환경을 파괴하지 않는 여행** : 비행기 이용 줄이기, 일회용품 쓰지 않기, 물 낭비하지 않기

★2 **동식물을 돌보는 여행** : 동물을 학대하는 투어 참여하지 않기, 멸종 위기 동식물로 만든 물건 사지 않기

★3 **성매매를 하지 않는 여행** : 불건전한 활동 하지 않기

★4 **지역에 도움이 되는 여행** : 현지인이 운영하는 숙소, 음식점, 교통, 가이드 이용하기

★5 **윤리적으로 소비하는 여행** : 과도한 쇼핑 하지 않기, 공정무역 제품 이용하기, 지나친 할인 요구하지 말기

★6 **관계 맺는 여행** : 현지의 인사말/노래/춤 배워 보기, 작은 선물 준비하기

★7 **여행하는 곳의 사람과 문화를 존중하는 여행** : 생활방식, 종교를 존중하고 예의 갖추기

★8 **고마움을 표현하는 여행** : '고맙습니다' '미안합니다' 말할 줄 아는 마음 갖기

★9 **기부하는 여행** : 적선 아닌 기부하기! 여행 경비의 1%는 현지 단체에 기부하기

★10 **행동하는 여행** : 동식물을 해치는 일, 매춘 등 현지에서 일어나는 비윤리적인 일에 항의하고 거부하기

그림 김태희

다. 십계명을 완벽하게 지키지 못해도 쇠고랑 안 찹니다. 경찰 출동 안 해요. 자기가 지킬 수 있는 만큼만 지키면 됩니다.

맞습니다. 작은 일부터 고민하고 실천하다 보면 그게 세상을 바꾸는 여행이 됩니다. 덧붙여 말씀드리면, 공정여행에는 여행지를 슬프게 하는 네 가지가 없습니다.

첫째, 여행자 전용 버스 없습니다. 가급적 걸어 다니고, 먼 거리일 땐 현지의 교통수단을 이용하죠.

둘째, 서커스 쇼 관람 없습니다. 관광객들을 위한 모든 쇼는 현지인과 동물들을 착취해서 나온 거니까요.

셋째, 관광 기념품 없습니다. 지역 특산물을 구입해서 지역경제를 도와야죠.

넷째, 일회용품 없습니다. 이건 설명할 필요도 없겠죠?

대표님께서는 어떤 사람들에게 공정여행을 추천하고 싶으세요?

모두에게 좋은 여행이지만 저는 공정여행이 특히 청소년에게 정말 유익할 거라고 믿습니다. 저희 여행사에선 여행이 끝난 뒤 청소년들이 각자 느낀 점을 글이나 그림, 노래 등 다양한 창작물로 만들어 발표하는 시간을 갖는데, 다들 부쩍 어른스러워지고 생각이 깊어진 걸 매번 느끼곤 합니다. 참고로, 트래블러스 맵에서는 '로드스꼴라'라는 이름의 여행학교도 운영하고 있습니다. 고등학교 과정의 대안학교지요. 그곳 친구들의 신나는 남미 여행 이야기가 『로드스꼴라, 남미에서 배우다 놀다 연대하다』라는 책에 담겨 있으니 한번 읽어 보세요. 자기 삶의 지도를 찾고 싶어 하는 청소년들에게 특히 강추입니다.

방송 중에 예약하시면 그 책 한 권씩 드립니다. 자전거 무료 대여 혜택도 드립니다. 와우! 주문 전화가 폭주하고 있네요! 방금 하신 말씀을 듣고 부모님들이 주문을 하나 봐요. 갑자기 매출이 쭉쭉 오르는데요? 여러분, 품절이 코앞입니다. 서두르세요!

• **인터뷰 및 정리** : 김포 풍무고등학교 이수빈, 조준성, 이지은, 백채린 (지도 교사 이소영)

통영 RCE 사무국장. 다른 말로는 '총괄 프로그래머'. RCE는 유엔에서 선정하는 지속가능발전 교육 거점 도시를 뜻하며 통영은 대한민국 1호 RCE 도시다. 부유하되 우울한 삶보다는 가난해도 행복한 삶을 꿈꾸며 살다가 미래를 위한 교육 프로그램을 기획하는 RCE 활동가가 되었다. 지금까지처럼 앞으로도 사람들과 진심으로 소통하며 세상을 바꿔 나가는 일에 평생을 바칠 생각이다.

학교에서 '착한 여행' 프로그램을 하며 통영의 착한 요소들을 조사하다가 '통영 RCE'라는 낯선 이름이 눈에 띄었다. 거기가 어떤 곳이며 무슨 일을 하는지 호기심이 생겼다. 인터넷으로 조사해 보니 여러 가지 흥미로운 정보들이 많았고, 우리의 프로그램 취지와도 잘 맞는 것 같았다. 그래서 줄곧 관심을 갖고 있었는데 마침 그린 멘토 인터뷰라는 기회가 찾아왔다. 덕분에 평소 통영 RCE에 대해 궁금했던 것들을 다른 사람도 아닌 사무국장님에게 직접 듣는 뜻밖의 행운을 누릴 수 있었다.

지속가능발전의 베이스캠프, 통영 RCE 사무국장

우선 '통영 RCE'가 어떤 기관인지 설명해 주시겠어요?

RCE는 유엔대학(UNU)에서 유엔지속가능발전교육 10주년을 맞아 2002년부터 전 세계적으로 지정하고 있는 교육 거점 도시를 말해요. 정확한 명칭은 'Regional Center of Expertise on Education for Sustainable Development'인데 직역하면 '지속가능발전 교육을 위한 지역전문센터'가 되지요. 우리나라에선 통영을 시작으로 울주, 인천, 인제 등 4곳이 선정되었고 전 세계적으로는 1백 곳이 넘어요.

RCE 도시들은 지역에서 지속가능한 발전을 위해 교육이 어떻게 바뀌어야 하는지 연구하는 거점이고, 그 성과물을 지역 내 전문기관들과 함께 실천하는 네트워크입니다.

RCE 도시로 통영이 선정된 이유는 뭔가요?

도시 규모가 크지 않으면서도 역사, 환경, 문화적으로 자원이 풍부해서 RCE 활동을 하기에 적절하기 때문이죠. 통영은 임진왜란 때 이순신 장군이 숱한 해전을 치렀던 역사적 장소이고, 한려해상국립공원이라는 이름에서 드러나듯 환경 역시 수려하고 잘 보존되어 있어요. 또 문화예술인들이 많은 도시로 기네스북에 올랐을 만큼 문화적 자산이 풍부한 곳이고요. 박경리, 유치환 등 쟁쟁하신 분들이 통영에서 태어나고 활동했죠. 동네 자랑을 너무 심하게 했나요?(웃음)

그럼 통영 RCE에서 진행하는 프로그램엔 어떤 것들이 있어요?

시민들이 자체적으로 지속가능발전에 대한 교육 및 실천 프로그램을 개발할 수 있도록 '시민교육위원회'를 운영하고 있어요. 또 유치원에서 대학교까지 모든 학교에서 지속가능발전 교육을 할 수 있도록 수업지도안을 개발하고, 각 학교에는 RCE 담당 선생님을 배치해서 확산을 돕고 있지요. 대표적인 청소년 프로그램으로 'Bridge To the World'라는 게 있는데, 학생들이 행복한 삶 또는 지속가능한 삶 등의 주제를 가지고 국내외 다른 RCE 도시들을 탐방하는 거예요.

청소년 교육을 통해서 어떤 성과를 거두었나요?

체험에 참여했던 아이들이 어떻게 성장하는지 시간을 두고 지켜봐야 하기 때문에 단기간 내에 평가하긴 어려워요. 하지만 또래 친구들과 활동하면서 사회성을 키우고 지식을 쌓는다면 이후의 삶에 큰 도움이 될 거라는 확신은 갖고 있지요. 얼마 전 RCE에서 주최한 토론회 때 중학교 때부터 RCE 활동을 해 온 친구가 "대학교를 다른 지역에서 다니더라도 통영에서 계속 봉사활동을 하겠다"고 말하는 걸 듣고 굉장히 뿌듯했어요. 꾸준한 교육을 통해 그렇게 의미 있는 성장과 변화를 이끌어 내는 게 우리의 궁극적인 목표입니다.

수치상으로도 변화가 확인돼요. RCE에서는 2년에 한 번씩 시민들의 인식 조사를 하고 있는데, 2009년과 2011년 사이에 지속가능발전에 대한 인식이 두 배나 높아졌거든요.

언제부터 이런 일에 관심을 가지셨어요? 진로를 결정하기까지의 과정이 궁금해요.

대학 시절 나의 가장 큰 고민은 내가 뭘 좋아하고 원하는지 모르는 거였어요. 그것만 알면 아주 열심히 살 것 같았는데……. 여기 기웃 저기 기웃, 그렇게 늘 기웃거리기만 했어요. 동아리도 7개나 가입하고 온갖 자원봉사에 쫓아다니고, 하여튼 닥치는 대로 다 했지요.

그러다 3학년 겨울방학 때 여행을 떠났습니다. 태국, 라오스, 캄보디아, 홍콩 등을 돌아다니다가 관광객이라고는 한 명도 오지 않을 것 같은 라오스의 작은 오지 마을에 가게 됐어요. 그런데 신기하게도 그곳 주민들이 길가의 원두막 같은 집에서 다들 너무나 환하게 웃으며 손을 흔들어 주는 거예요. 큰 가방을 둘러맨 낯선 외국 여자에게 말이죠. 그런 경험은 난생처음이었어요. 그들과 손짓 발짓 섞어서 대화도 나누고 밥도 얻어먹었지요.

라오스를 떠난 뒤엔 홍콩으로 향했어요. 그곳 사람들은 굉장히 멋있을 줄 알았는데, 하나같이 우울한 표정에 빠른 걸음으로 땅만 보며 어디론가 바삐 가고 있었어요. 똑같은 상점들이 블록마다 계속 반복되는 회색 도시. 그때 문득 궁금증이 생겼어요. '사람들은 가진 게 많을수록 행복할 거라고 생각하는데 왜 라오스 사람들이 홍콩 사람들보다 훨씬 행복해 보일까?' 나는 라오스에서 살고 싶지 홍콩에선 절대 살고 싶지 않았어요.

귀국한 뒤엔 가난한 나라를 돕는 단체에 가입해서 봉사활동을 시작했어요. 일에 일이 꼬리를 물면서 여러 단체들을 거친 끝에 지금 이 자리까지 왔지요.

내가 보기에, 꿈이라는 건 어렸을 때만 꾸는 게 아닌 것 같아요. 삶 속에서 여기저기 부딪치며 치열하고 솔직하게 고민해서 얻어진 결과가 진정한 꿈이죠. 내 꿈은 지금처럼 지속가능발전 분야에서 계속 다양하고 보람 있는 활동을 하며 사는 거예요.

그래도 막상 일하시다 보면 힘든 점도 많을 것 같은데요.

통영이 RCE 도시로 선정되었을 때에는 지속가능발전에 관한 인식이 굉장히 부족했어요. 통영뿐 아니라 우리나라 전체가 그랬죠. 그런 상황에서 처음으로 선정되었기 때문에 교육을 기획하고 프로그램화시키는 과정이 매우 어려웠어요. 하지만 어떤 일이건 시행착오를 겪어야만 더 완벽해지는 법이라는 긍정적인 마음가짐으로 다들 열심히 노력했고, 결국 멋지게 이겨냈지요.

다양한 일을 해 보고 싶다고 하셨는데, 앞으로 또 어떤 일을 하고 싶으세요?

기회가 생기면 다른 지역에서도 한번 일을 해 보고 싶어요. 국내든 해외든 여러 사람들과 소통하면서 함께할 수 있는 일이면 다 좋아요. 또 기업체에서도 일을 해 보고 싶고요. 환경과는 앙숙지간인 기업에서 일하며 그들의 생각을 들어 보고 대안을 제시하는 역할을 하고 싶거든요. 그리고 음… 예순 살이 되면 친환경 건축기술을 배워서 백 살까지 건축가로 일해 보고 싶네요.(웃음)

꼭 만수무강하시고요. 좀 뒤늦은 질문이긴 한데, 지속가능발전이란 뭔가요?

아주 어려운 질문인데요. 지속가능발전이란 환경과 경제와 사회문화라는 세 가지 요소가 균형을 이루는 발전을 뜻해요. 저울추가 균형을 유지하려면 각각의 무게를 어떻게 조절하느냐가 중요한데, 우리 사회는 환경을 가장 경시하는 것 같아서 늘 안타까워요. 세 요소를 따로따로 보지 않고 종합적으로 바라보기 위해 제일 중요한 건 교육이죠. 바로 그게 RCE의 존재 이유이기도 하고요.

우리나라에선 4대강 사업도 '지속가능발전'이라는 이름으로 진행됐는데 어떻게 생각하세요?

두말할 나위 없이 지속가능하지 않은 사업이라고 생각하죠. 끔찍한 '녹조라떼'가 그걸 증명해 주잖아요. 지금은 그런 사업에 대한 깊은 반성과 함께 해결책을 찾는 게 중요한 시기입니다. 4대강의 경우 그걸 추진하는 과정에서 과연 전문가라는 사람들이 무슨 역할을 했는지, 환경단체를 비롯한 시민사회나 지역 주민들과 어떤 방법으로 소통했는지 돌아볼 필요가 있어요. 그래야 두 번 다시 그런 실책을 되풀이하지 않을 테니까요.

마지막으로, 이 분야에서 일하려면 어떤 준비와 노력이 필요한지 알려 주세요.

RCE 사무국은 사회 전 분야에 걸쳐 활동하는 기관입니다. 환경에 국한되지 않고 경제, 문화, 교육 등 넓은 분야에서 활동하기 때문에 다양한 체험을 해 보고 폭넓은 생각을 할 수 있는 사람들을 찾고 있어요. 일단 본인이 이곳에서 무슨 일을 하고 싶은지 뚜렷한 생각이 필요하고요. 대학생 때부터 인턴으로 일할 수 있고 일반 회사처럼 정식 채용과정을 거칠 수도 있어요. 청소년들은 자원봉사나 체험 프로그램을 통한 참여가 가능한데, 학교의 공고를 기다리는 것보다는 자발적으로 참여해 보길 권해요. RCE의 문은 항상 열려 있습니다.

• **인터뷰 및 정리** : 충북고등학교 유형준, 남경민, 장찬호 (지도 교사 남윤희)

그린별에서 온 멘토 ② 환경교사

"씨앗을 심는 마을 사람이 되어 주기를"

내 어린 시절이었던 1980년대 초엔 대전의 동네 뒷산에서 맘껏 뛰놀았고, 맑은 약수도 마셨고, 계곡 물속에선 도롱뇽 알도 볼 수 있었어요. 그런데 아시안게임과 올림픽을 치르면서 산기슭에 아파트들이 엄청나게 생겼어요. 사라지는 동네 뒷산을 바라보니 왠지 마음이 이상해지더군요. 그땐 그게 좋은지 안 좋은지 판단도 할 수 없는 나이였어요. 그래도 그 아파트들이 멋져 보였는지 건축가를 꿈꿨답니다.

그래서 대학에선 태양광 건축을 공부했어요. 건물의 에너지를 태양에서 얻는다는 건 상상만으로도 멋진 일이었지요. 하지만 1997년 IMF 외환위기가 닥치면서 건축 분야에 찬바람이 불었고, 고민 끝에 환경교육을 다시 공부했어요. 덕분에 이렇게 교사가 되어 여러분들을 만나고 있지요.

해마다 새로운 아이들을 만나는 기쁨이 내게는 있어요. 매년 내

첫 수업의 주제는 '우리 집 전기는 어디에서 오는 것일까'랍니다. 2011년 3월에도 그랬어요.

"우리가 편하게 사용하는 에너지의 대부분은 전기야. 우리나라에선 전기의 30% 이상을 원자력에서 얻고 석탄, 석유 및 천연가스를 이용한 화력 발전으로 60% 이상을 얻지. 태양열이나 태양광, 풍력 같은 신재생에너지는 겨우 2% 미만이고.

그런데 원자력은 정말 안전할까? 에너지로서 원자력이 가진 큰 장점에도 불구하고 원전 폐기물은 상상을 초월하는 위험을 안고 있어. 사용이 끝난 핵연료를 영구 처분하는 고준위 핵폐기물 처리장은 지구상에 단 한 곳도 없고, 유일하게 핀란드에서 건설을 추진하고 있을 뿐이야. 위험한 쓰레기가 전 세계에서 쌓이는데 쓰레기 처리장은 어디에도 없는 심각한 상황을 어떻게 해결해야 할까?"

이런 이야기들이 오가던 3월 11일, 후쿠시마 원전 사고 소식을 들었을 때 느꼈던 공포가 지금도 생생해요. 아이들이 그러더군요. 이제 우리는 어떻게 살아야 하느냐고. 나 역시 그런 사고를 상상해 보지 않았기 때문에 어떻게 대응해야 안전할지 모르고 있었어요. 누구도 우리에게 그 방법을 가르쳐 주지 않았거든요.

그래서 찾기 시작했어요. 전기에 의존하는 삶을 바꿀 새로운 방법을 말이죠.

비행기를 타고 우리 땅을 내려다본 적이 있나요? 서울에서 제주도행 비행기를 타고 가던 어느 날이었어요. 저 아래 보이는 시화호 조력발전소가 갯벌을 가로막고 있더군요. 더 내려가니 가로림만이 보였죠. 말라 버린 새만금을 지날 때는 가슴이 미어졌어요. 4대강 공사가 끝난 영산강은 물의 흐름이 끊겨 거대한 수조처럼 보였습니다. 잠시 후엔 원자력발전소가 있는 영광 지역이 보이기 시작했고요.

마음이 불편하고 머릿속이 복잡해졌어요. 대체 누가 이렇게 자연을 마음대로 바꾸어 버렸을까요? 훗날 이 환경을 이어받을 후손들에게 허락이나 제대로 받은 걸까요? 미래의 아이들에게 미안해지기 시작했어요. 물론 지금의 아이들에게도 미안했고요.

그래서 결심했어요. 아이들에게 깨끗한 공기, 물 그리고 흙을 만질 수 있는 기회를 만들어 주겠다고 말이죠. '초록교육연대'와 '태양의 학교'에 이어 '생명다양성재단'이라는 환경단체에서도 일을 하기 시작했어요. 낮에는 학교에서 아이들을 만나고 저녁이나 주말에는 함께 아름다운 자연을 체험하러 다녔지요.

우리가 만난 풍경이 늘 아름다웠던 건 아니었어요. 우리나라에서 가장 아름다운 하천으로 손꼽히던 예천의 회룡포는 4대강 공사 때문에 잠겨 가고 있었고, 양평의 두물머리 경작지가 파괴되는 현장도 함께 지켜봤어요. 훼손되는 자연을 바라보며 아이들은 무척 가슴아파했지요. 환경을, 그리고 그 속에 있는 생명들을 지켜 주고 싶었어요. 지속가능한 사회란 자연을 원래 모습 그대로 후손에게 전해 주는 사회 아닐까요?

만약 지구가 100명의 마을이라면 그중 단 20명이 전체 에너지의 80%를 사용하고, 겨우 12명만이 컴퓨터를 갖고 있어요. 행복한 소수에 속한 우리가 세상을 위해서 뭔가 해야 하지 않을까요?

어려운 처지의 친구들과 동물들을 보살펴야 한다는 생각은 누구나 해요. 하지만 어려운 처지의 환경을 지키는 역할은 나 아닌 특별한 누군가가 맡아 주길 바라는 것 같아요. 그건 옳은 생각이 아니죠. 우리 마을에 자연을 파괴하는 시설이 들어오려 한다면, 다함께 힘을 모아 그걸 막아내고 소중한 마을을 지켜야 해요. 그런 노력이 없다면 환경문제는 끊임없이 장소를 바꿔 가며 이 마을 저 마을에 들이닥치게 된답니다. 밀양과 청도 지역의 송전탑 문제도 그런 관점에서 바라볼 필요가 있어요.

그래서 나는 학생들과 함께 실천합니다. 대기전력 10% 절약을 위해 안 쓰는 플러그를 뽑아요. 빈 교실의 전등과 에어컨은 반드시 끄고요. 학교에서 우리가 생활하는 시간은 하루의 절반에 불과한데 밤과 주말, 심지어 방학에도 곳곳에 플러그가 꽂혀 있다고 생각해 보세요. 얼마나 많은 전기가 무의미하게 소모될까요? 교실 천장에 꼭꼭

숨겨진 에어컨 플러그를 찾아내는 재미를 여러분도 경험해 보세요.

학교에서 할 수 있는 실천은 그 밖에도 아주 많아요. 음식물 쓰레기를 줄이기 위해 잔반 안 남기기 실천을 할 수도 있고, 학교 주변 주민들에게 빈그릇 캠페인도 할 수 있고, 버려지는 쌀뜨물로 EM(유용 미생물) 배양액을 만들어 주민들에게 나눠드릴 수도 있어요. 혼자 하는 실천은 외롭지만 함께하는 실천은 아주 즐겁고 뿌듯하답니다.

우리가 사는 마을이 아름답고 푸르게 바뀌면 옆 마을도, 또 그 옆 마을도 그렇게 되겠죠? 마을과 마을이 이어지면 지역 전체, 나라 전체, 나아가 지구 전체가 하나의 마을공동체가 될 수 있어요. 요즘 널리 확산되고 있는 재능기부 알죠? 여러분들도 자기가 사는 마을에 10%만 재능을 나누어 주세요.

재능을 나누는 방법 몇 가지를 소개해 드릴까요?

학교를 오가는 길에 있는 우리 마을의 놀이터를 잘 살펴보세요. 혹시 고장으로 이용이 불편하거나 부서진 곳이 있다면 가까운 관공서에 개선을 요청하세요. 이름 없는 나무에 이름표도 달아 주고 빈 공간엔 씨앗을 심어 보세요. 새로운 생명이 자라기 시작하면 생명을 존중하는 친구들이 늘어날 거예요. 그러다 보면 놀이터를 중심으로 작은 공동체가 만들어져요. 친구들과 악기를 연주하며 공연도 하고 그림이나 사진 전시회도 여는 멋진 파티를 상상해 보세요. 결과가 어떻든 그 과정만으로도 충분히 행복해질 수 있습니다.

이 모든 일들을 중학생 제자들과 재미있게 실천하고 있어요. 벌써 8년이라는 시간이 흘렀네요. 졸업생들이 찾아와서 후배들을 도와주는 모습을 흐뭇하게 바라보는 나는 정말 행복한 교사랍니다.

여러분이 꿈꾸는 직업이 교사가 아니어도 좋아요. 마을을 행복하게 만드는 직업이라면 뭐든 상관없어요. 마을에는 마을 소식을 전하는 기자도 필요하고, 가난한 환자를 무료로 진료해 주는 의사나 약사도 필요하니까요. 또한 버려지는 자원을 보물로 만드는 사람, 마을 사람들의 행복을 위한 정책을 만드는 사람, 마을의 역사를 글과 노래와 그림으로 기록하는 사람, 아이들을 가르치는 선생님, 건강한 음식을 만드는 요리사 등 다양한 사람들이 한데 어울려 살아야만 행복한 마을이 될 테니까요.

그런 삶으로 여러분을 초대합니다.

서울 마포로 한번 놀러 오실래요?

신경준 한국환경교사모임 공동대표. 서울 숭문중학교에서 환경과 기술을 가르치는 9년차 교사. 환경교육 연구단체인 '초록교육연대'를 거쳐 현재 '태양의 학교' 교육국장, 생명다양성재단 운영위원으로 활동 중이며 특히 착한 에너지에 관심이 많다. 2013년엔 중학교 기술교과서의 대안에너지 관련 내용을 분석한 논문을 통해 원자력에 관한 잘못된 설명을 수정하는 결과를 이끌어 냈다. 환경재단에서 선정한 '2013년 세상을 밝게 만든 사람들' 중 한 명이다.

4장 Environment

"지구와 연결된 한 사람,
우주와 연결된 한 사람,
미래와 연결된 한 사람으로서의 깨달음!
그걸 통해 우리와 후손들 사이의 단절을 막는 게 바로 환경교육이라고 생각합니다."

곽노현 전 서울시교육감

우·석·훈.

'88만원 세대'로 유명한 경제학자 겸 저술가. 성공회대 교수. 파리 제10대학에서 생태경제학 연구로 경제학박사 학위를 받았다. 이후 현대환경연구원, 에너지관리공단, 국무총리실에 근무하면서 우리나라 기후변화협약을 설계했다. 환경과 경제의 바람직한 관계를 고민하며 생태계의 지속가능성을 모색하는 책들을 여러 권 썼다. 저서로는 『88만원 세대』 『생태요괴전』 『생태페다고지』 『모피아』 등이 있다.

사진 제공 : 알라딘

"〈생태요괴전〉은 청소년을 위한 연극입니다. 지금 청소년들은 '좋은 대학'이라는 판박이 같은 목표 아래 부모의 뜻대로 움직이는 로봇처럼 살고 있습니다. 그럼 자신의 주관은 생기지 않죠. 물질만능 시대의 영혼 없는 좀비가 되지 않으려면, 환경과 경제가 조화를 이루는 지속가능한 세상에 대해 주체적으로 고민하고 판단하고 실천해야 합니다. 부디 이 연극을 보고 용기를 냈으면 합니다."

* 우석훈 교수님과의 인터뷰는 『생태요괴전』(우석훈. 2009)을 연극으로 만들어 교수님이 직접 연출한다는 가상 상황으로 꾸몄습니다.

생태 요괴 때려잡는 초강력 생태경제학자

연극 연습을 시작하기 전에 몇 마디 하겠습니다. 〈생태요괴전〉은 환경과 경제에 대한 이야기입니다. 둘은 적대적인 것 같지만 사실은 깊이 연관되어 있어요. 그걸 연구하는 학문이 생태경제학이죠. 생태계의 지속가능성을 고려한 경제개발! 이걸 이해해야 공연이 잘 풀립니다. 기업은 뱀파이어, 과학은 프랑켄슈타인, 과시적 소비자는 좀비, 수동적 소비자는 시민. 자기 역할에 집중하세요. 각자 느낌 잡고!

자, 이제 설명해 보세요. 기업은 왜 뱀파이어 역할을 맡았죠?

기업 뱀파이어 뱀파이어는 피를 빨아먹으며 사는 존재! 난 사람들의 노동의 결과물을 빨아먹고 살죠. 더 많은 성과를 낼 수 있게 그들의 목줄을 쥐어틀어요. 킬킬킬! 사람들은 잠잘 때를 제외한 대부분의 시간에 일을 하고 내게 돈을 받지요.

옳거니! 몰입이 잘 되었네. 그럼 과학은 왜 프랑켄슈타인이 되었죠?

과학 프랑켄슈타인 체르노빌과 후쿠시마 원전 사고, 지구온난화. 이 모든 건 과학이 낳은 치명적 실수죠. 사람들은 과학이 환경에 미치는 영향을 고려하지 않은 채 인

류를 편하게 해 줄 것이란 믿음 하나로 맹목적으로 좇는 경향이 있어요. 결국 과학은 무시무시한 괴물이 되어 가고 있지요. 프랑켄슈타인처럼요. 인간이 좋은 의도로 만든 프랑켄슈타인도 결국엔 괴물이 되었거든요.

역시 잘 이해하고 있네요. 자, 시민! 답해 보세요. 환경문제에 어떻게 대처해야 하죠?

시민 그게……. 전 당하기만 하는 입장이라 대처법을 모릅니다.

몰입이 잘 된 거야, 원래 어리숙한 거야? 일단 패스! 환경문제를 일으킨 장본인인 기업 뱀파이어가 대신 대답해 봐요.

기업 뱀파이어 솔직히 우리는 환경보호의 필요성을 못 느낍니다. 왜 그런 귀찮은 일을 해야 하죠? 깨끗한 공기도 좋은 물도 돈으로 얼마든지 살 수 있는데요. 환경 파괴로 피해를 입는 건 시민들입니다. 우린 상관없어요.

정말 뼛속까지 기업의 논리에 젖었군. 연극이지만 엄청 얄밉네. 다시 시민이 말해 봐요. 돈보다 귀한 가치는 뭘까요?

시민 건강? 행복? 지구 환경? 하지만 지금 우리에게 더욱 절실한 건 돈이에요.

평생 돈을 좇는 삶이 과연 행복할까요? 그러다 보면 영혼을 빼앗기지 않을 사람은 거의 없을 텐데.

시민 흑! 너무하십니다. 가뜩이나 우울한데 끔찍한 이야기만 하시는군요. 좀 희망적인 말씀을 해 줄 순 없나요?

많은 사람들이 부자가 되는 꿈을 꾸지요. 하지만 돈 버는 게 삶의 목표나 꿈은 아니잖아요? 돈을 좇는 삶은 결국 시민을 좀비로 만듭니다. 좀비란 꿈도 목표도 없이 오직 돈을 벌고 쓰는 게 삶의 전부인 허깨비 같은 존재예요. 그렇죠, 좀비?

좀비 천만에요! 저도 목표 있습니다. 명품 가방 콜렉션 완성하기! 카드빚 때문에 좀 힘들긴 하지만요. 명품을 휘감은 저를 바라보는 사람들의 시선은 제가 멋진 사람이라는 걸 확인시켜 줘요. 어차피 폼생폼사 아닌가요?

굿! 소름 돋을 정도로 몰입했네. 좀비는 남들에게 잘난 척함으로써 자신의 존재 이유를 찾죠. 생각을 잃은 채 욕망만 남은 존재거든요. '기죽어서 살 수 없다'는 과시적 소비는 지속가능한 환경과 경제를 불가능하게 해요. 좀비들이 늘어날수록 지구의 파멸은 가까워지는 겁니다.

기업 뱀파이어 우린 좀비가 늘어날수록 좋아요. 그들이 생각 없이 지갑을 열어 줘야 우리가 돈을 벌거든요. 어떻게 해야 좀비가 지갑을 여는지 우린 아주 잘 알죠.

봤죠? 돈을 좇는 맹목적 삶과 영혼 없는 소비는 결국 인간을 뱀파이어의 조종대로 살아가게 만들어요. 그건 자신과 주변 사람들을 물어뜯는 요괴가 되는 길이기도 하죠. 돈은 불과 같아요. 가까이 하면 타 버리고 멀리 하면 얼어 죽지요. 돈과 적당한 거리가 필요합니다. 아침에 일어났을 때 오늘의 식사와 생활을 걱정하지 않을 정도면 돼요.

좀비 그게 뭡니까, 선비도 아니고! 하긴, 선비처럼 명확한 가치관을 가진 사람들이 멋있어 보이긴 해요. 하지만 그게 어디 쉬운 일인가요?

시민 제 어릴 적 꿈은 독수리 오형제처럼 지구를 지키는 사람이 되는 거였어요. 돈을 좇는 지금의 삶은 불행해요. 돈이 아닌 저만의 가치관을 세우고 싶어요. 그렇지만 돈의 논리에 항상 당해요. 우리에게 희망이 있을까요?

바로 그 희망을 찾기 위해 우리가 〈생태요괴전〉 공연을 하는 겁니다. 이 연극엔 정해진 대본이 없어요. 지금까지 했던 얘기들을 바탕으로, 청소년들이 '생태적 책임 소비'를 하는 주체적 시민으로 자라나는 과정을 여러분 스스로 만들어 보세요.

기업 뱀파이어 청소년들이 부모의 통제 속에 주체성 없이 자라면 우리가 더 쉽게 돈을 벌 수 있을 텐데요. 좀비들을 조종하긴 식은 죽 먹기니까.

과학 프랑켄슈타인 가치관이 올바른 청소년은 참 성가셔요. 사사건건 과학기술 발전 방향에 대해 토를 달 테니 얼마나 귀찮겠어요?

좀비 머리가 아프네요. 남 따라 살지 말고 줏대를 가지라는 말씀 같은데, 그럼 남들이 저를 무시하지 않을까요?

시민 이 연극에선 아무래도 제가 가장 멋진 역할 같아요. 환경과 경제가 조화로운 세상을 만드는 건 결국 시민이니까요. 청소년들이 깨어 있는 시민으로 성장해서 생태 요괴들을 물리치는 게 공연의 핵심 맞죠?

📢 아주 잘 파악했어요. 그럼 다들 느낌 아니까, 공연 들어갑니다. 레디! 액션!

• **인터뷰 및 정리, 그림** : 김포 풍무고등학교 윤호석, 유형석, 조혜리 (지도 교사 이소영)

김.인.호.

신구대학 환경조경과 교수. 식물다양성을 지키려면 식물원이 필요하다고 생각해 신구대 식물원(2003년 개원) 조성을 주도했고 현재 원장을 맡고 있다. (사)생명의숲, 학교숲 위원회, 한국식물원수목원협회 등 숲과 연관된 다양한 활동을 통해 시민과 함께 싱그러운 도시 숲을 가꿔 오고 있다. 자연 교육은 학교생활 속에서 자연스럽게 이뤄져야 한다는 소신으로 학교숲 만들기 운동에도 앞장서고 있는 대한민국 숲 전도사.

아름다운 꽃과 잎 모양에 비하면 왠지 투박한 '박태기'라는 이름은 꽃과 꽃봉오리가 밥풀을 닮았다고 해서 붙은 이름이라고 한다. 봄에는 무리지어 피는 화려한 진홍빛 꽃, 여름에는 시원시원한 넓은 하트모양의 잎, 가을에는 노란 단풍, 겨울에는 콩 열매. 사계절 다양한 모습을 보여 주는 박태기나무만큼이나 다양한 활동을 하고 계시는 김인호 교수님을 만나 숲 만들기에 얽힌 재미있는 이야기들을 들어 보았다.

시민과 함께 가꾸는 학교숲 디자이너

유명한 조경학자이신데, 조경학을 선택하신 계기가 궁금합니다.

사람들과 어울려 노는 걸 좋아하는 활동적인 성격이라 조경학이 잘 맞을 것 같았어요. 현장에서 공부하고 일할 수 있다는 점이 제일 큰 매력이었지요. 장래성이 불투명하다는 아버지의 반대를 무릅쓰고 내 적성을 생각해서 전공을 선택했는데, 조경을 공부하며 다른 분야도 많이 알게 되어 자랑스럽게 생각해요.

여러분도 자신의 적성을 아는 것이 중요합니다. 내가 좋아하는 게 어떤 것이고 무엇을 잘하는지 안 뒤에 진로를 선택해야 힘든 일이 있을 때 흔들리지 않아요.

다양한 조경 분야들 중 학교숲과 관련된 활동을 하신 이유가 있나요?

조경과 환경교육을 접목하기에 가장 좋은 곳이 학교니까요. 조경학이라는 학문적 바탕에 환경교육에 대한 관심이 보태져서 지금의 학교숲 활동이 된 것 같아요. 학교엔 학생들을 위한 다양한 옥외 공간들이 필요한데 운동장 외엔 아무것도 없잖아요? 더 좋은 공간으로 바꾸면 아이들도 더 행복해지지 않을까 하는 생각이 학교숲 활동의 원동력이었습니다.

학교숲과 관련해서 특별히 기억에 남는 프로젝트가 있으면 소개해 주세요.

학교숲 조성은 자본, 사회단체, 전문가가 있어야 가능한데, 처음엔 나(전문가)밖에 없었어요. 그래서 한동안 꿈만 꿨지요. 그러다가 1998년에 유한킴벌리 문국현 전 대표를 만났습니다. 환경문제에 관심이 많기로 손꼽히는 기업인이었어요. 그리고 1년 뒤엔 (사)생명의숲을 만나게 됩니다. 나(전문가), 문국현 대표(자본), 생명의숲(단체). 이렇게 내가 꿈꾸던 것을 실현할 수 있는 조건이 갖춰졌죠.

사진제공 : 학교숲운동

그동안 7백여 개의 학교숲을 만들었는데 특히 인상 깊었던 건 성남 혜은학교입니다. 장애인 학교인데 운동장이 일반 학교와 똑같다 보니 학생들에겐 있으나 마나였죠. 학교 관계자들이 운동장을 고치고 싶어도 돈이 없었고, 어떻게 고쳐야 하는지도 전혀 몰랐던 거예요. 그래서 내가 교장, 교사, 학부모회장 등에게 "아이들이 자유롭게 놀기 위해선 학교에 숲이 필요하고 숲 놀이터도 필요하다"라고 설득을 했어요.

학교 의견을 들어 보니 감각 체험활동장이 필요하더군요. 그래서 학생들이 어떤 장애를 갖고 있는지, 어떤 공간이 필요한지 많은 의견을 들었어요. 그런 뒤에 숲 설계도를 전해 드렸습니다. 어차피 내가 할 수 있는 건 학교숲을 기획하고 설계하는 것까지니까요. 나중에 성남시장이 학교를 방문했을 때 교장 선생님이 그 설계도를 보여 드리며 "아이들을 위해 이런 공간을 만들고 싶은데 돈이 없어서 만들 수가 없다"며 도움을 요청하셨어요. 그리고 마침내 우리의 꿈은 현실이 되었죠.

학교숲은 내게 굉장히 큰 자산이자 에너지입니다. 학교숲을 통해 세상을 보는 눈을 키웠고, 공동체의 지혜를 모으고 공감대를 형성하는 방법도 배웠으니까요.

교수님께서 추구하는 바람직한 학교숲은 어떤 모습인가요?

학교의 울타리를 넘어서 학교숲을 통학권까지 확장시켜 학교가 동네의 숲 기능을 해야 된다고 생각해요. 그러면 숲을 관리하는 어르신들과 지역의 어린이·청소년들이 만나는 장이 되면서 학생들의 정서도 한층 안정될 거예요. 학교숲은 누구에게나 개방되어 있으면서 세대 간 교류가 이루어지는 공간이 되어야 합니다. 만드는 것보다 관리가 더 중요한 거죠. 학교 구성원이 관리하긴 어려우니 지역 주민들이 그 역할을 맡아 줘야 해요. 그러려면 숲을 가꿀 사람을 길러 내야겠지요. 신구대학교 식물원에서는 시민을 대상으로 '조경가든대학'을 8년째 운영하고 있습니다.

'학교숲 운동의 가장 큰 장애물은 운동장에 대한 막연한 신화'라고 말씀하신 인터뷰 기사를 읽었습니다. 무슨 뜻인지 설명해 주시겠어요?

학교 운동장은 일제 강점기에 군사교육을 위해 만든 연병장입니다. 더 폭넓게 활용할 수 있는 공간이 지금껏 과거 방식 그대로 남아 있는 게 안타까워서 한 얘기였어요.

내가 요즘 하고 싶은 일은 학교에 정원을 만드는 거예요. 영국에서 활발한 '스쿨가드닝'이 우리나라에도 널리 퍼졌으면 좋겠어요. 정원을 만들 땐 돌을 쌓는 것에서부터 생태습지와 물의 흐름, 그 물을 이용하는 식물들의 배치까지 생각해야 합니다. 모든 과정에 세심한 손길이 닿아야 하고, 자연의 시간을 기다릴 줄 아는 지혜가 필요해요.

교수님은 학교숲뿐 아니라 도시숲도 만드시잖아요. 도시숲에 대한 이야기도 듣고 싶어요.

녹지는 도시의 중요한 기반들 중 하나입니다. 나는 도시숲을 시민과 함께 만들어 가고 싶어요. 지금보다 쾌적한 환경을 마련하고 연령대에 맞는 프로그램을 만드는 거예요. 그러면 우린 좀 더 행복해지겠죠.

도시 녹지의 좋은 예로 미국의 센트럴파크가 있어요. 101만 평(당구대 101만 개)이나 되는 공원을 뉴욕 시가 아닌 민간단체가 운영합니다. 그들이 매년 공원 운영비의 85%인 3천만 달러를 모으죠. 그 큰돈을 어떻게 모으느냐? '공원 의자에 자기 이름 새기기' '공원 길에 발도장 찍기' 같은 창의적인 프로그램을 통해서예요. 시민들은 공원에서 휴식을 갖기도 하고 추억을 만들기도 하죠. 학생들도 수업이 끝나면 공원에 와서 놀고요. 그게 가능한 건 2백여 명의 직원과 2천여 명의 지역 어르신들의 헌신적 활동 덕분이에요.

서울숲 역시 센트럴파크를 모델로 하고 있어요. 점점 고령

화되고 있는 우리나라에서 시민참여형 도시숲은 일자리 창출에도 큰 도움이 될 거라고 생각합니다.

친환경 조경 전문가를 꿈꾸는 친구들에게 조언 부탁드립니다.

조경은 '경관을 만든다'는 뜻입니다. 공간 디자인만 하는 것이 아니라 사회 디자인도 같이 하기 때문에 재밌어요. 공간에 대한 상상력이 있어야 하니 경계와 금기를 넘어서는 사람이 제격이죠. 조경을 하려면 식물뿐 아니라 토목도 알아야 하고 법률 지식까지 필요해요. 그러니 가능하면 책을 많이 읽으세요.

우리나라엔 1973년에 조경학과가 처음 생겼고 현재는 40여 개의 대학에 있어요. 예전엔 녹지 설계와 조성이 전부였지만 이제는 녹지 경영이 필요한 시대가 오고 있습니다. 집에서 화분을 키우거나 공원에 가서 경치를 감상하는 게 모두 조경학 공부예요. 좋은 풍경을 많이 봐야 좋은 환경을 상상할 수 있으니까요.

• **인터뷰 및 정리** : 광주 동신중학교 고건영, 서영조, 이창헌 (지도 교사 박은화)

못쓰는 가전 부품을 이용해 에너지 발전기를 만드는 달인. 실제로 KBS 개그콘서트 '달인' 코너에 자전거 발전기 기술 지원을 했다. 다큐멘터리와 각종 TV 프로그램에서 전기를 직접 만드는 발명왕으로 주목받았다. 남양주에 청정에너지 체험관을 열고 대안에너지 캠프를 여는 등 다양한 활동을 통해 친환경에너지의 가치와 환경의 소중함을 널리 알리고 있다.

"나는 숨 쉬는 연습을 해요."
문장만 선생님이 웃으며 건넨 말씀이었다.
"호흡기 장애가 있어서 말을 빨리 못 하고 힘든 일도 많이 못 하죠. 하지만 '아프니까 못 해'가 아니라 '그래도 할 수 있어'라고 생각해요. 신기하게도 발전기를 만드는 만큼 힘이 쌓이는 것 같기도 해요."
호흡기 장애 2급. 한쪽 폐가 없어 산소발생기를 이용하면서도 열정으로 자전거 발전기를 만들고, 자신이 만든 발전기로 어두운 오지를 밝힐 수 있다며 기뻐하시는 선생님의 환한 미소가 다시 생각난다.

자전거 발전기로 세상을 밝히는 발명가

신문과 방송에서 선생님을 뵌 적이 있습니다. 말씀을 직접 들을 수 있어서 정말 기대가 돼요. 자전거 발전기를 발명하신 계기가 있으신가요?

난 원래 차에서 양말을 파는 양말 장수였어요. 밤에 장사를 하려면 조명이 필요했죠. 처음엔 차 배터리에 연결해서 전등을 켰는데 그럼 배터리가 금세 닳아요. 시동이 안 걸려서 긴급출동 서비스를 부른 적도 있었어요. 전등용 배터리를 사서 썼지만 그것도 오래 사용하지 못했고요. 그러다 자전거 발전기를 생각했어요. 낮 시간에 자전거를 돌려 전기를 만들자는 생각이었죠. 말 그대로, 필요가 발명으로 이어지게 된 거예요.

어떻게 세탁기 모터와 낡은 자전거를 이용할 생각을 하셨어요?

우연히 인터넷에서 '세탁기 모터를 이용한 자전거 발전기를 구상 중'이라는 글을 봤어요. 몹시 기대하며 다음 글을 기다렸는데 도무지 새로운 소식이 없더라고요. 그래서 내가 직접 낡은 세탁기 모터를 구해 개발을 시도했지요.

방법을 모르니 유투브 같은 인터넷 자료를 참고해야 했는데, 영어는 못 읽지만 그림은 대충 이해할 수 있었어요. 며칠 밤을 새며 연구해서 마침내 어설프게나마 자전거에 세탁기 모터를 연결했어요. 내가 만든 자전거 발전기를 인터넷에 올렸더니 곧바로 언론사에서 취재 요청이 오더군요. 얼떨떨했어요. 갑자기 스타가 된 기분이랄까?

자전거 발전기 외에도 손으로 돌리는 물레 발전기나 발로 밟는 발전기 등 다양한 인간 동력 발전기를 만드셨는데요. 어떤 작업이 가장 재미있으셨는지 궁금해요.

효율로 따지면 몸무게의 5~10배를 페달에 가할 수 있는 자전거 발전기가 최고지만, 제일 재미있는 건 발로 밟는 스텝퍼(stepper)였어요. 굴절운동을 회전운동으로 바꿔 주는 거지요. 어떤 기구든지 회전운동으로 바꿔 주기만 하면 발전기를 돌릴 수 있어요. 한 사업가는 내게 인간 동력 발전을 배운 뒤에 재밌는 놀이기구를 만들어 어린이대공원에 설치했어요. 디자인을 잘하면 그런 식의 아이디어 상품을 얼마든지 만들 수 있죠.

그럼 인간 동력 발전기를 개발해 판매할 수도 있겠네요. 가정에서도 비싼 전기요금 내는 대신 전기를 직접 만들 수도 있고요.

학교나 관공서에서 교육 목적으로 사용하는 건 가능하다고 생각해요. 플러그만 꽂으면 쉽게 쓰던 전기를 막상 만들려면 얼마나 힘든지 깨닫게 할 수 있으니까요. 하지만 상업용으로는 수익성이 별로 없어요. 인간 동력 발전기는 정직한 발전기입니다. 사람이 돌리는 만큼만 전기를 생산해요. 그러니 일상생활에서 쉽게 이용할 수 있는 발전기는 아니에요.

각종 행사에서 자전거 발전기가 인기가 많다면서요? 주로 어떤 행사에 참가하세요?

가장 큰 행사는 에너지시민연대의 '에너지의 날' 행사예요. 환경부와 서울시, 대한가스공사 등 여러 기관들이 함께 진행하는 행사에 3년 전부

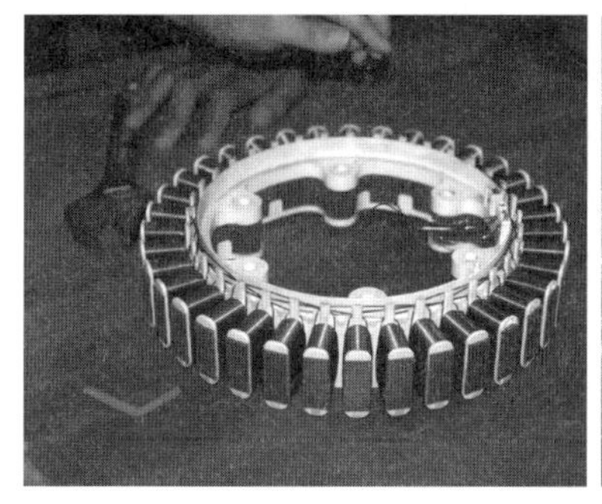

터 참여하고 있어요. 자전거 발전기를 비롯해 다양한 인간 동력 발전기 체험관을 여는데, 아주 인기가 많죠.

인간 동력 발전기로 전기를 만드는 신기록에 도전한 적도 있어요. 국내 기네스엔 올랐는데 세계기록은 아쉽게 실패했지요. 두 번 도전했는데 한 번은 계측기가 타 버려서 실패하고, 다른 한 번은 비가 와서 실패했어요. 하지만 안정적으로 계측된다면 세계기록도 충분히 가능하다고 생각해요.

문장만 선생님에게 자전거 발전기란?

한마디로 인생역전! 자전거 발전기가 아니었다면 아마 지금도 양말장사를 하고 있을 거예요. 발전기를 만들면서 환경과 관련된 다양한 문제들에 관심을 갖게 됐지요.

얼마 전 "전기가 들어오지 않아 성경책을 볼 수 없다"는 오지의 선교사님 소식을 듣고 자전거 발전기 두 대를 보내 드렸더니 편지가 왔어요. 자전거가 밝은 불빛을 만드는 것을 보고 그곳 아이들이 몹시 신기해한다고요. 이웃 마을까지 소문이 나서 구경꾼들이 줄줄이 찾아온다며, 자전거 발전기 한 대가 열 선교사 부럽지 않다고 하시더라고요. 그 편지를 읽으면서 정말 뿌듯했어요.

괭장히 드라마틱한 삶을 살아오셨다고 들었어요. 청소년들에게 힘이 되는 말씀 한마디 부탁드립니다.

인간 동력 발전기를 만들었다고 하니까 사람들은 내가 학식이 아주 높은 줄 아는데, 사실 난 초등학교를 중퇴했어요. 여러분들 나이 때는 흔히 말하는 '노가다 판'에서 벽돌을 날랐고요. 학벌이 중요한 건 아니에요. 중요한 건 '어떤 마음으로 사는가'이죠. 못 배웠다고 부모님을 원망한 적은 한 번도 없어요. 세상엔 독학으로 공부하는 사람들도 많으니까요. 과거가 좋지 않다고 해서 절대 창피한 게 아니에요.

물론 나도 한때는 절망해서 건달 생활도 했었고, 시장 바닥에서 사람 같지 않게 산 적도 있었어요. 하지만 그 모든 것들이 삶의 발판이 되어 나를 희망으로 이끌었어요.

청계천에서 중고제품 수리를 오래 했었는데, 청계천 복원 사업으로 일터를 잃었어요. 한동안 시위도 엄청 했지요. 청계천에서 쫓겨날 당시엔 상황이 몹시 나빴어요. 나는 두 차례에 걸친 수술로 한쪽 폐가 없었고, 얼마 뒤 어머니까지 사고를 당해 수술을 하셨거든요. 돈이 없어서 밤에 어머니를 업고 도망치듯 병원에서 나왔어요. 다음 날 병원에 가서 지불각서를 썼죠. 그래도 낙담하지 않고 이 고비만 넘어서면 된다는 마음으로 살았어요. 그 뒤에 양말을 팔다가 자전거 발전기를 만들게 된 거고요. 그러니까 여러분도 지금 힘들다고 낙담하지 말고, 미래에 있을 좋은 일을 꿈꾸며 주어진 시간들을 견뎌 내세요.

명심하겠습니다. 앞으로는 어떤 계획을 갖고 계신가요?

전국에 적정기술을 연구하고 개발하는 분들의 모임이 있어요. '에너지 도사들의 모임'이라고 해서 태양열 조리기, 화목 난로, 햇빛온풍기, 자전거 발전기 등 다양한 대체에너지를 만드는 전문가들의 모임이에요. 그분들과 함께 전국에 거점 지역을 두고 관심 있는 분들을 대상으로 워크숍을 실시할 예정이에요. 그리고 다양한 체험 마당도 구상하고 있어요. 자전거 발전기를 돌리면 나무에 등이 켜지고, 과일에 등이 켜지고, 새소리 같은 자연의 소리까지 들리는 작품을 제작 중이에요.

멀리서 온 우리들에게 조금이라도 더 많은 것을 주시고 싶어 하던 선생님의 따뜻한 마음은 광주로 돌아온 지금까지도 선명하게 기억에 남아 있다. 문장만 선생님! 그리고, 사모님! 텃밭에서 직접 기르신 채소로 차려 주신 점심과 맛나고 시원한 팥빙수 감사히 잘 먹었습니다. 내내 건강하세요.

• **인터뷰 및 정리** : 광주 동신중학교 고건영, 문동우, 서영조, 하기연, 이창헌 (지도 교사 박은화)

친환경 디자인 문구 회사 '공장(Gongjang)' 소속 디자이너. 광고 일을 하다가 2007년 TV에서 '그린 디자이너'로 유명한 국민대학교 윤호섭 교수를 본 뒤부터 환경문제에 관심을 갖기 시작했다. 용감하게 사표를 던지고 1년 가까이 세계를 여행하며 삶의 방향에 대해 고민하다가 내린 결론은 친환경 디자이너로 살아가는 것. 두 글자짜리 '장' 자 돌림을 좋아해 친환경 카페 '농장'에서 활동하다가 2008년부터 '공장'과 인연을 맺었다.

육중한 기계, 컨베이어벨트, 높은 굴뚝……. '공장' 하면 떠오르는 것들이 우리가 찾은 공장엔 전혀 없었다. 이 공장은 친환경 문구 회사니까. 이곳에선 상품을 기획할 때부터 환경을 생각하고, 상품이 폐기될 때도 환경을 생각한다고 한다. 법적으로 정해진 기준마저 안 지키는 업체들이 많은 현실에서 자체적으로 엄격한 품질 평가 기준을 만든 유별난 회사. '공장'의 디자이너는 과연 어떤 분일까?

친환경 디자인을 실천하는 '공장' 디자이너

'공장'은 어떤 회사인지 소개 부탁드립니다. 이름이 갖는 의미도 설명해 주시고요.

주로 종이, 즉 지류를 다루는 디자인 문구 회사입니다. 디자인 영역 안에서 사회적 역할과 책임을 다하고자 노력하는 기업이지요. 제품 생산의 전 과정(디자인, 재료, 가공, 유통, 폐기)에서 환경을 최우선적으로 생각하고, 자연을 닮은 질감과 색감을 담아 편안함과 따뜻함을 전하고자 노력합니다. 공장은 '공방에서 쓸모 있는 물건들을 전문적으로 만드는 사람(工匠, master)'이라는 뜻과 '물건을 생산하는 곳(工場, factory)'이라는 의미를 함께 지니고 있어요.

어떤 계기로 공장 디자이너가 되셨어요?

예전엔 광고 회사에 다녔어요. 그때만 해도 환경에 아무 관심 없었고 일회용품 엄청 쓰면서 살았죠. 그런데 우연히 국민대학교 그린디자인대학원의 윤호섭 교수님을 취재한 TV 프로를 보게 됐어요. 디자이너가 왜 환경을 중요하게 생각해야 하는지를 그때 비로소 알게 됐죠.(2장 윤호섭 멘토편 참조-편집자)

그날 이후 많은 고민을 하다가 결국 회사를 그만두고 1년 가까이 혼자 여행을 다녔어요. 그러다가 공장 대표님이 운영하시던 카페에서 활동하게 됐고, 그게 인연이 되어 여기까지 왔지요.

공장 홈페이지를 보니까 '자투리 명함 프로젝트'가 아주 흥미롭던데요.

그 얘길 하려면 우선 일반적인 인쇄 과정을 이해할 필요가 있어요. 가령 이 공책을 만들 때, 큰 종이에 인쇄를 해요. 그러다 보면 남아서 잘라내는 여백이 생겨요. 그 종이들은 고스란히 쓰레기가 되지요. 버려지는 종이도 활용할 겸, 공책을 찍고 남는 가장자리에 명함을 동시에 인쇄했어요. 새 종이에 인쇄하지 않아도 되니까 에너지와 자원을 절약할 수 있잖아요. 일석삼조죠.

환경을 생각하는 마음에서 하는 일이라 처음엔 돈을 받지 않았어요. 명함 주인이 직접 디자인을 해 주면 자투리 종이에 인쇄만 해 드렸으니까요. 그런데 공짜라서 그런지 주문만 해 놓고 찾아가지 않는 분들이 있더군요. 그러면 또 낭비가 되니까 만 원씩 받기 시작했어요. 그 돈은 1년간 모았다가 사회에 기부하고 있지요.

홈페이지가 굉장히 간소하던데, 특별한 이유가 있나요?

우리가 원래 군더더기 없이 말끔한 디자인을 좋아해요. 화려해지면

잉크를 많이 쓰게 되고 에너지도 더 많이 쓰게 되거든요. 그런 걸 피하려다 보니까 모든 제품들이 심플해졌어요. 홈페이지도 그런 분위기로 가는 게 좋겠다 싶었지요.

친환경 문구를 만들려면 재생지를 많이 쓸 텐데, 요즘 사람들은 재생용품보다는 새것을 좋아하잖아요. 그건 어떻게 생각하세요?

'재생'에 대한 생각을 바꿀 필요가 있다고 생각해요. 재생지로 만든 공책이라고 해서 남이 쓰던 헌 공책을 쓰는 게 아니잖아요. 다 새로 만든 상품들인데. 그리고 재생지만 환경친화적인 건 아니에요. 더 상위 개념인 '환경지'가 있어요. 나무를 거의 사용하지 않고 만든 펄프를 '비목재 펄프'라고 하는데, 그중엔 레몬 껍질이나 커피 찌꺼기로 만든 종이도 있고 청바지 먼지나 해초로 만든 종이도 있어요. 그러니까 재생지나 환경지가 새것이 아니라거나, 뭔가 좀 허접스럽다거나 하는 생각은 하지 말았으면 해요.

우린 "공장 제품이 친환경적이니까 사야 해"라는 식으로 윤리를 내세워 판매하지 않아요. 우리에 대해 아무것도 모르고 그저 제품이 예뻐서 샀는데 알고 보니 친환경 제품이었을 때, 소비자들에게 더 큰 감동을 줄 거라고 생각해요.

제품의 환경성을 자체 진단하는 '에코 리스트'와 '그린 라벨 제도'가 있던데, 평가 기준은 어떤 것들인가요?

가전제품은 다 에너지 효율 등급이 있잖아요. 그런데 문구류는 그런 게 없기 때문에, 자체적인 평가 기준을 만들어서 우리의 원칙을 지켜 나

GREEN LABEL

ECO LIST

제조전단계 Preproduction	제품의 유용성 Product Utility	3
	환경메시지 전달 Green Message Communication	4
제조단계 Production	소재의 친환경성 Eco-friendly Material	4
	소재의 사용율 Material Employment Rate	4
	에너지 사용의 효율성 Energy Use Efficiency	3
	무게,부피 최소화 Weight/Volume Minimization	3
	포장의 최소화 Package Minimization	3
수송단계 Transport	운반,적재의 효율성 Transport/Storage Efficiency	3
	공급의 수송효율성 Supply Transport Efficiency	3
사용단계 In Use	리필,재사용율 Refill/Rate of Reuse	3
	제품의 수명 Product Life	2
폐기단계 Disposal	제품의 분리성 Product Dissolubility	3
	소재의 재활용성 Material Recyclability	4
	포장재의 친환경성 Eco-friendly Packaging	2
합 계		44
	매우낮음(0) 낮음(1) 보통(2) 높음(3) 매우높음(4)	

eco-product 아 님	0 - 21
eco-product 1단계	22 - 35
eco-product 2단계	36 - 45
eco-product 3단계	46 - 56

공장의 에코리스트는 제품의 환경성을 자체 진단하는 평가리스트입니다.

제품에 따라 각 카테고리 항목의 환경성을 단계별로 점수를 주고
총 합계점수에 따라 1~3단계로 나누어 그린라벨을 부여합니다.

*에코리스트진단은 좀 더 환경에 가까운 제품을 디자인하자는 gongjang의 다짐과 의지입니다.

가겠다는 의지의 표현이에요. 상품마다 환경 점수를 매겨서 그 점수로 평가를 해요. 나무의 그루 수가 많을수록 환경 기여도가 높다고 보면 됩니다.

이 책을 읽을 청소년들에게 한 말씀 부탁드립니다.

우리가 어떤 제품을 사용하면서 느끼는 만족감보다 그 제품의 생산 과정에서 치러진 희생이 더 크다면, 그건 문제가 있는 거겠죠. 여러분도 뭔가를 구입할 때 이 제품이 어떻게 만들어졌는지 한번쯤은 생각하고 샀으면 좋겠어요. 제품을 만들고 파는 사람 모두에게 도움이 되는 바람직한 소비 방법을 하나둘 찾아 가면, 나도 행복하고 우리 사회도 더불어 행복해질 거예요. 자기만 생각하지 말고 내 주변을 함께 생각하는 멋진 친구들이 되길 바랄게요.

* **인터뷰 및 정리** : 한국교원대학교 부설 미호중학교 이유정, 염예진, 여채은, 이재윤 (지도 교사 육혜경)

'충주·제천 한살림' 사무국장. 더불어 사는 삶을 지향하는 생협 활동가로서 지역 농업 육성, 친환경 농산물 직거래와 제철꾸러미 배달, 농민과 소비자의 연대 활동 등 다양한 활동을 벌이고 있다. 건강하고 지속가능한 농업공동체 문화를 만들기 위해 끊임없이 노력하는 충주·제천의 밥상 살림, 농업 살림, 생명 살림 지킴이다.

'한살림'이라는 말은 결혼했을 때만 쓰는 것인 줄 알았다. "갑돌이와 갑순이가 한살림을 차렸다"는 식으로 말이다. 신건준 국장님의 말씀을 듣고서야 그 말이 그리 단순한 의미가 아님을 알았다. '한(크다, 함께하다)'과 '살림(생명을 살리다)'이 합쳐진 그 말은 "온 세상이 모든 생명들을 함께 살려 낸다"는 뜻이라고 한다. 어떤 생명들을 어떻게? 국장님과의 만남은 그 궁금증을 속 시원하게 풀어 낸 뜻깊은 시간이었다.

우리 농업을 지키는 한살림 일꾼

청소년들에게 한살림이 생소한데요. 어떤 단체인지 설명 부탁드립니다.

한살림은 우리나라 생명사상의 선구자로서 대안적 사회운동을 이끌었던 무위당 장일순* 선생의 뜻을 이어받은 단체입니다. 사람과 자연, 도시와 농촌이 생명의 끈으로 이어져 있다는 생각으로 생산자와 소비자가 함께 만든 생협(생활협동조합)이에요. 강원도 원주에서 농민운동을 하던 분들이 1989년에 '한살림 선언'을 발표하면서부터 본격적인 활동이 시작되었지요. 현재 전국에 21개의 지역 한살림이 있고, 생산 농가는 2천여 가구, 소비자는 37만 가구 정도 됩니다.

각 지역마다 독자적으로 운영되지만 생명을 살리는 농업이라는 큰 틀은 같아요. 충주·제천 한살림은 2004년에 13번째로 생겼죠. 중소도시의 특성을 살려 생산자와 소비자의 따뜻한 만남이 이루어지도록 애쓰고 있습니다.

한살림에선 주로 어떤 일을 하나요?

친환경 농업을 바탕으로 한 생산자와 소비자 간의 직거래가 핵심이에요. 생명을 살리고 지구를 지키는 절제된 소비, 자연과 조화를 이루는

* 1928~1994. 강원도 원주에서 태어나 어려서부터 한학과 서예를 익혔다. 1948년 서울대 미학과에 입학했으나 한국전쟁으로 학업을 중단하고 고향인 원주로 내려갔다. 1970년대엔 반독재투쟁의 사상적 지주로 활약했고, 강원도 일대에서 농민들을 교육하며 협동조합운동을 주도했다. 1980년대에는 개발로 파괴된 자연의 회복을 주장하며 생명사상운동을 펼쳤고, 원주를 중심으로 '한살림 운동'을 이끌었다.

생활 문화를 만들기 위해 노력하고 있지요. 학교 급식, 광우병, GMO(유전자 변형 식품) 등 먹거리의 안전성과 관련된 사회적 이슈에도 적극 참여하여 목소리를 내고 개선 방향을 제시하고 있습니다. 충주·제천 한살림에선 제철 농산물 꾸러미, 가을걷이 한마당 등 지역 차원의 다양한 활동을 하고 있고요.

제철 농산물 꾸러미에 대해 좀 더 설명해 주시겠어요?

생산자 2~4가구가 가까이 사는 소비자들과 관계를 맺고 제철 먹거리를 공급해 주는 거예요. 한해 농사 규모, 품목, 가격 등을 생산자와 소비자가 함께 논의해 정한 뒤 생산자가 정기적으로 꾸러미를 꾸려 보내는 거죠. 생산자들은 도시에 나간 자식을 생각하는 부모 마음으로, 소비자들은 시골에 계신 부모님께 농산물을 받는 마음으로 진행하는 사업인데 다들 굉장히 만족스러워하세요.

한살림 활동은 언제부터 시작하신 거예요?

예전엔 충주환경운동연합에서 활동했어요. 여러 현안들에 대해 문제 제기하고 싸우는 게 중요하긴 해도 환경문제를 근본적으로 해결하는 데엔 한계가 있다는 생각을 할 때쯤 한살림을 알게 됐죠. 마침 충주에서 설립 움직임이 일어 실무를 맡았고, 창립된 후에는 간사로 일했지요. 그러다가 모든 일을 총괄하는 사무국장이 됐는데, 생산자와 소비자가 소통할 수 있도록 돕는 것에서 큰 가치를 느끼고 있어요. 지금은 기를 쓰고 누군가를 밟고 올라서야 하는 경쟁사회잖아요. 하지만 여기 분들은 서로를 믿고 위하는 마음을 갖고 있어요. 이런 단체에서 일한다는 것 자체가 뿌듯하고, 내 삶에 긍지를 갖게 하죠.

특별히 기억에 남거나 인상 깊었던 일은 어떤 건가요?

소비자들에게 물품을 공급해 주다 보면 가끔 약속한 시간을 못 지키는 경우가 있어요. 날씨가 궂다거나, 생산지에서 출하가 늦어졌다든가……. 그날도 눈이 아주 많이 왔었는데, 차가 계속 미끄러져서 도저히 시간 내에 갈 수가 없었어요. 자정이 되어서야 겨우 마지막 집에 도착했죠. 한밤중에 사람을 깨우면 좋은 소리 못 들을 게 뻔해서 잠깐 망설이다가 결국 초인종을 눌렀어요.

그런데 집주인이 잠이 덜 깬 얼굴로 나오시더니, 밥은 먹었냐면서 고생이 많다고 말씀해 주시는 거예요. 욕 얻어먹을 각오를 하고 갔는데 오히

려 걱정을 해 주시니까 죄송하기도 하고 감사하기도 했죠.

가끔 일 때문에 화장실 갈 때를 놓치면 조합원들 집에서 볼일을 보고 나오기도 해요. 밥때를 놓치면 밥도 얻어먹고요. 그렇게 소비자 조합원들이 우리 한살림과 생산자들을 믿어 줄 때, '이런 게 바로 소통이구나' 싶을 때 큰 보람을 느끼지요.

환경운동단체를 거쳐 생협으로 오셨는데, 환경이란 뭐라고 생각하세요?

나는 환경을 '나'라고 생각해요. 혹시 '인드라망'이라고 들어 봤나요? 세상 모든 것들이 다 연결되어 있다는 뜻의 인도어예요. 내가 절대 혼자 존재할 수 없는 것처럼, 환경도 다 연결되어 있다는 거죠. 내가 먹는 게 바로 나고, 내가 하는 행위들이 어느 누군가에게 영향을 주고, 그렇게 보이지 않는 끈으로 다 연결이 되어 있어요. 환경문제를 소홀히 다루면 안 되는 이유가 바로 그거지요. 내가 누군가를 보살펴 주는 차원을 넘어서, 자기 몸을 보살피듯 그렇게 환경을 이해하고 돌봐야 한다고 생각해요.

저희 청소년들도 환경을 위해 실천할 수 있는 방법이 있을까요?

학생들이 농업에 대해 더 관심을 가졌으면 좋겠어요. 농부는 할 일이 없어서 선택하는 직업이 아닙니다. 생명 살림을 실현하는 정말 대단한 직업이에요. 농사짓는 분들에 대한 존경심을 키우고, 직업을 농부로 선택하는 사람이 많아져 우리 먹거리를 지켰으면 좋겠어요. 우리나라는 식량자급률이 25%밖에 안 되고 대부분을 수입에 의존하고 있어요. 자연재해 등으로 인해 국제 곡물 가격이 폭등하면 심각한 타격을 입게 되고, 상황이 더 악화되면 돈을 주고도 못 사게 될 거예요. 앞으로 기후변화에 적응하고 대응하기 위해서라도 식량자급률을 높여야 합니다.

그리고 학생들도 소비자로서 우리가 먹는 음식들이 정말 안전한지 생각해 보고, 윤리적인 소비에도 관심을 가졌으면 하는 바람입니다.

나중에 한살림에서 일하고 싶은 친구들도 있을 텐데, 조언 부탁드려요.

초창기엔 다들 설립 취지에 대한 공감과 열정으로 일을 했는데 요즘엔 좀 달라졌어요. "이런 일도 괜찮겠네" 정도의 생각으로 찾아오는 젊은이들이 많아요. 그런데 여기가 다른 직장들에 비해 보수가 높거나 일이 편한 곳은 아니거든요. 이 일을 선택할 때는 한살림이 지향하는 가치가 자신의 가치관과 일치하는지를 신중히 생각해야 해요. 그래야 일에 보람을 느끼고 단체에도 보탬이 될 수 있으니까요. 단순히 돈벌이를 위해 선택한 직장이라면 그런 시너지 효과는 절대 나지 않죠.

그리고 이건 나도 늘 반성하는 건데, 환경적인 면에서 내가 어떻게 살고 있는지 성찰하고 '나부터'라는 생각으로 무장할 필요가 있어요. 그런 마음이 있어야 좀 더 열정적으로 일할 수 있겠죠?

• **인터뷰 및 정리** : 청주여자고등학교 김용원, 조유진, 안수민, 김희연, 김민선 (지도 교사 허진숙)

햇빛온풍기를 개발한 적정기술자. '자립하는 삶을 만드는 적정기술센터' 대표. 15년 동안 행정공무원으로 지내다 2008년 아내와 함께 경북 봉화에 내려와 꿈에 그리던 흙집을 짓고 나무 지붕을 얹었다. 손수 개발한 제품들로 생활에 필요한 모든 에너지를 만들어 내며 친환경적 삶을 이어 가는 중. 에너지자립학교, 귀농학교 등 적정기술을 필요로 하는 곳이면 어디든 달려간다. 『태양이 만든 난로, 햇빛온풍기』라는 책도 펴냈다.

"한 뼘의 땅일지라도 소중한 것을 지키라.
홀로 서 있는 한 그루 나무일지라도
그대가 믿는 것을 지키라.
먼 길을 가야 할지라도
그대가 해야만 하는 것을 하라" (북미 인디언들의 노래)
누구나 부러워하는 안정적인 직업을 미련 없이 버리고 진정으로 원하는 삶에 뛰어든 분이 있다. 적정기술자 이재열 선생님. 지혜로운 인디언처럼 소중한 것을 꿋꿋이 지키는 그분에게 가장 큰 힘이 되는 건 다름 아닌 저 하늘의 태양이다.

태양을 사랑하는 적정기술자

공무원 생활을 오래 하셨다고 들었어요. 혹시 요즘 청소년들이 제일 선망하는 직업 중 하나가 공무원이라는 거 알고 계세요? 남들이 부러워하는 직업을 버리고 자연과 더불어 살게 된 계기가 있으신가요?

나 역시 처음엔 안정적인 삶을 살고 싶어서 행정직 공무원이 되었어요. 하지만 1년이 지나자 온갖 부당한 내부 문제들이 보였고, 그 안에서 내가 할 수 있는 일은 아무것도 없더군요. 공정하지 않은 구조 속에서 15년을 보냈어요. 스트레스도 많이 받고 건강도 굉장히 나빠졌죠.

보다 못한 아내가 "시골로 내려가서 진짜 하고 싶은 일을 하며 살자"는 제안을 했어요. 공무원 생활을 하는 동안에도 환경에 대한 관심은 작게나마 늘 있었거든요. 2008년에 경북 봉화로 내려와 흙집을 지으면서 본격적으로 적정기술을 개발하기 시작했지요.

적정기술이라는 용어가 생소한데, 이해하기 쉽게 설명해 주셨으면 해요.

적정기술은 소외된 지역 주민들의 여건을 고려하여, 현지에서 지속적인 생산과 소비가 가능한 제품을 만드는 기술입니다. 간단한 원리만 알면 누구나 만들 수 있는 '공유 기술'이기도 해요. 다른 기술들과는 달리 최소한의 자원만 사용하고, 유지가 쉬우면서 환경에도 무해하니까 생태적이지요.

대표적인 예로는 사막 지역 주민들이 무거운 물을 혼자서도 멀리 나를 수 있게 바퀴 모양으로 만든 물통 '큐드럼(Q-Drum)', 태양열 조리기, 흙으로 만드는 흙집 등이 있어요. 그러니까 적정기술은 우리에게 필요한 것들을 스스로 만드는 기술이라고 생각하면 쉬울 것 같네요. 현대사회에선 대부분의 제품들이 분업을 통해 생산되기 때문에 제 손으로 만드는 게 거의 없죠. 적정기술은 그런 것들로부터의 탈피인 셈이에요. 그 과정에서 사람들에게 생기는 변화도 포함되고요.

직접 개발하신 적정기술 제품들 중 대표적인 한 가지만 설명해 주세요.

난방용 햇빛온풍기에 대해 설명할게요. 실내의 차가운 공기가 햇빛온풍기 하단부를 통해 집열판 속으로 들어갑니다. 찬 공기는 태양열로 뜨거워진 집열판을 통과하며 열기를 흡수해 고온 상태로 바뀌죠. 그렇게 데워진 공기가 온풍기 상단부로 빠져나가 다시 실내로 들어가면서 집 안을 훈훈하게 해 주는 거예요. 햇빛이 강할 때는 온풍의 온도가 70℃가 넘을 정도로 효율이 높고, 연료가 필요 없으니까 공해도 없고 유지비도 없어요.

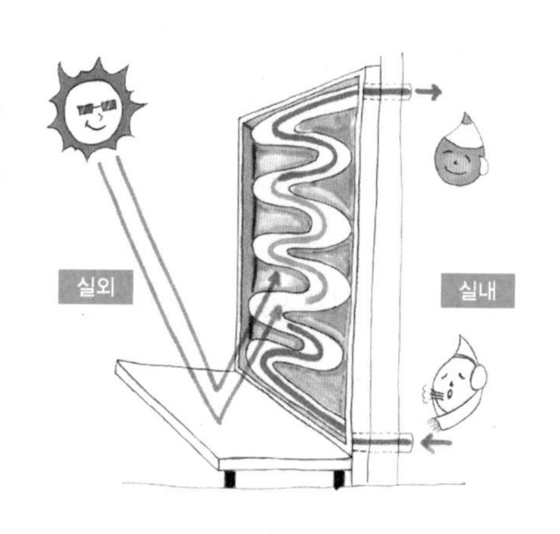

완전 신기하네요. 그밖에 또 어떤 제품들을 만드셨어요?

햇빛온풍기와 똑같은 원리로 공기 대신 물을 데우는 햇빛온수기가 있고요. 고추, 토란 같은 채소류나 곡식을 건조시키는 햇빛건조기도 있습

니다. 햇빛건조기 역시 집열판 구조는 햇빛온풍기와 같아요.

선생님이 만드신 제품들은 대부분 태양과 관련이 있네요. 친환경에너지에는 여러 종류가 있는데 특별히 태양에너지를 쓰시는 이유가 있나요?

풍력에너지를 얻으려면 꾸준히 센 바람이 불어야 하고, 수력에너지를 얻으려면 물의 위치에너지와 운동에너지를 이용해야 합니다. 그런데 보시다시피 이곳은 풍력과 수력을 얻을 장소로는 적합하지 않아요. 반면 태양에너지는 어느 곳에서든 쉽게 얻을 수 있기 때문에 큰 불편함 없이 사용할 수 있죠. 그래서 태양에너지를 주로 활용했습니다.

적정기술이 국내에 잘 알려지지 않은 상황에서 혼자 연구하며 햇빛온풍기를 만드시느라 어려움도 많으셨을 것 같아요.

관련 정보 얻기가 제일 어려웠어요. 외국의 경우엔 적정기술을 대학교에서 가르칠 정도로 사회적인 관심이 많아요. 가령 MIT 공대에선 적정기술이 필수과목이고, 스탠퍼드 대학교에도 적정기술과 관련된 과목이 있지요. 하지만 우리나라에선 아직 그 정도로 적정기술이 자리 잡지 못한 상태예요. 그래서 외국 사이트를 열심히 찾아다니며 정보를 얻어 햇빛온풍기에 적용했죠. 상황이 어려워도 포기하지 않고 작은 가능성이라도 보이면 일단 뛰어들어야 발전이 가능하고 개선도 가능하다고 생각해요.

『태양이 만든 난로, 햇빛온풍기』라는 책은 어떤 계기로 쓰게 되셨어요?

우리나라에서도 적정기술에 대해 많은 사람들이 관심을 가져 주면 좋겠다고 생각했어요. 적정기술이 절대 복잡하거나 어려운 게 아니라는 것도 알리고 싶었고요. 그런 마음으로 '자립하는 삶을 만드는 적정기술 센터(http://cafe.naver.com/selfmadecenter)'를 열었습니다. 그동안의 활동 자료들을 모으고 카페에 올린 글도 좀 정리해야겠다 싶던 차에 마침 출판사에서 그 내용으로 책을 내자는 제안을 해 왔어요.

그 책을 보면 누구나 손쉽게 햇빛온풍기와 햇빛온수기, 햇빛건조기를 만들 수 있습니다. 내가 그 제품들을 만드는 과정에서 시행착오들을 많이 겪었기 때문에, 초보자들도 알기 쉽게 최대한 친절하게 풀어 썼고 사진도 많이 담았어요. 만들 때의 유의사항과 요령들도 꼼꼼하게 챙겼죠.

요즘은 주로 어떤 활동을 하고 계세요?

'햇빛으로 만나는 미래와 삶'이라는 주제로 강의를 자주 다녀요. 전기 요금을 아끼느라 춥게 지내시는 시골 어르신들에게 햇빛온풍기 제작 방법도 알려 드리고요. 요즘엔 〈You are art(당신도 예술가)〉라는 공공문화 개발센터와 연계해서 예술성과 문화, 삶의 관계를 어떻게 설정하고 풀어 나갈지 궁리하고 있습니다. 그 일 때문에 서울을 많이 오가지요.

이건 공통 질문인데요. 환경을 한마디로 정의한다면?

환경은 흔히 생각하듯 그렇게 철학적이고 어려운 개념이 아니고 뭐랄까, 인간이 삶을 구축해 나가는 방식이나 기구 또는 수단이라고 생각합니다. 그런 의미에서 적정기술은 환경과 문화를 연결시켜 주는 고리라고나 할까요?

지금 학교에서 공부에 시달리고 있을 청소년들에게 한마디 해 주신다면요?

가능한 범위 내에서 잠깐이라도 여행을 떠나라고 권하고 싶네요. 시간을 잘 쪼개서 활용하면 뭔가 경험할 수 있는 시간이 생각보다 훨씬 늘어날 수 있어요. 자신의 관심과 흥미에 대한 경험치도 높일 수 있고요.

손으로 뭔가를 자꾸 하면 생각이 진화돼요. 감각도 진화되고요. 요즘 학생들은 선천적 감각을 죄다 잃을 정도로 여유가 없어요. 많이 체험하고 스스로를 되돌아보면서 내가 어떤 사람인지 생각해 보길 권합니다.

• **인터뷰 및 정리** : 청주 봉명고등학교 김지환, 라소진, 오진영, 이경은 (지도 교사 맹계현)

전 서울시 교육감. 1991년부터 서울방송통신대 법학과 교수로 재직하며 사회운동의 일선에서 활동해 왔다. '5.18 특별법' 제정 과정에서의 공로로 1997년 '5.18 시민상'을 받았고 2005년엔 국가인권위원회 사무총장을 역임했다. 2010년 지방선거에서 서울시 교육감으로 당선되어 무상급식, 체벌 금지, 두발 자유화를 실시하고 '학생인권조례'를 제정했다. 2012년 교육감에서 물러난 뒤 교육운동가로서 다양한 활동을 이어 가고 있다.

"청소년에 대한 걱정은 어른들의 조바심과 기우인 경우가 많습니다. 아이들을 믿고 자유를 줘야 거짓이나 위선에 빠지지 않고 자율과 책임의 길로 들어서요."
대한민국 모든 청소년들의 속을 시원하게 만들어 주는 이 멋진 주장은 곽노현 전 서울시 교육감님의 평소 지론이라고 한다. 2013년 어스 아워 때 전국 환경동아리가 시청 앞에 모여서 펼친 플래시몹을 보며 큰 감동을 받았다는 분. 교육자로서 그분이 꿈꿔 온 학교와 세상은 과연 어떤 모습일까?

* 곽노현 멘토 인터뷰는 청소년들에게 보내는 편지글 형식으로 바꿔서 전합니다.

천 갈래의 재능을 인정하는 교육자

보내는 이 : 교육운동가 곽노현

받는 이 : 대한민국 청소년들

청소년 여러분, 반갑습니다. 오늘은 내가 서울시 교육감 시절에 어떤 생각을 했었는지 말씀드리고 싶습니다. 아마 여러분들은 나를 '체벌 금지, 두발 자유화, 무상급식을 실시한 교육감'으로 기억할 것 같네요. 하지만 나는 그에 못지않게 '문·예·체 교육을 활성화하고 중학교를 혁신하고자 노력했던 교육감'으로 기억되고 싶습니다. 학교를 깨우고 아이들을 살리는 교육감이 되는 게 나의 목표였습니다.

시대가 바뀌었지만 우리 교육은 여전히 과거에 머물러 있습니다. 미성년자도 엄연히 자유의지가 있는 존재건만, 학교에선 학생들을 주체가 아닌 객체로 다루고 있어요. 공교육이 낡고 병들면 아이들은 생기를 잃고 가정도 활력을 잃지요. 결국 공동체의 미래가 어두워집니다. 나는 건강한 공교육을 회복해서 공동체와 민주주의의 미래를 살리고 싶었습니다.

교육감이 되어 우선적으로 추진한 일은 무상급식과 체벌 금지였습니다. 조세 낭비라느니 교사의 권위가 추락한다느니 온갖 반대 의견들이 있었지만 나는 그게 학생인권과 복지의 기본이라고 생각했습니다. 학교

교육에서는 학부모의 얼굴을 보면 안 됩니다. 오직 아이만 바라봐야 합니다. 학교와 교사가 학부모의 얼굴을 보는 순간, 학생은 들러리가 돼요. 학생 중심이 아니라 부모 중심 교육이 되어 버리죠. 그러면 공교육으로서 자격이 없어요. 부모의 형편에 따라 아이 급식을 차별하지는 말자는 게 무상급식의 출발이었습니다.

학생들에겐 또한 체벌 받지 않을 권리가 있습니다. 체벌은 폭력입니다. 우리 사회는 폭력 감수성이 아주 낮은 거친 사회예요. 군대에서 구타와 기합 같은 폭력에 길들여지고, 그 이전엔 학교에서 온갖 폭력에 길들여져서 그렇습니다. 폭력만큼 잔인하고 비인간적인 건 없습니다. 게다가 체벌은 교육적 효과도 없어요. 나쁜 짓은 체벌의 공포 때문에 안 하는 게 아니라 그게 나쁜 짓이어서 안 해야 맞는 겁니다. 두려움에 기초한 행동에선 그 어떤 좋은 결과도 나오지 않는 법입니다.

학생인권 하면 두발 자유화가 떠오르지요? 그만큼 학교가 학생의 머릿속 내용보다 두발 길이나 스타일에 더 신경을 써 왔기 때문인데, 사실 인권의 핵심은 차별 금지와 자기결정 존중입니다. 학교가 학생인권을 존중하고 증진한다는 건 결국 학생들의 자기결정을 최대한 존중하고 독려한다는 거지요. 그러려면 다른 어떤 것보다 학급회의가 중요해요. 학생인권은 곧 학급회의라고 해도 지나치지 않습니다. 학급회의 빈도와 안건의 질과 양을 보면 학생인권 수준을 단박에 알 수 있지요. 그야말로 최고의 학생인권 지표인 셈입니다.

요컨대, 학생이라면 누구든지 차별을 받지 않을 권리, 폭력으로부터 안전할 권리, 학급 단위의 결정권을 가질 권리, 위기 상황에서 적절한 상담과 지원을 받을 권리가 있습니다. 숱한 논란에 휩싸였던 '학생인권조례'는 사실은 이런 권리들을 좀 더 구체화한 것일 뿐입니다. 그동안 권리 없이 의무의 주체로만 대접해 온 학생들을 권리와 의무의 양면 주체로 전환하자는 것이었지요.

모든 걸 경제성장과 연결시켜 생각하는 우리 사회에선 공부 잘하는 학생만 인정하고 있습니다. 그런데 사람은 천 갈래의 재능을 가지고 있어요. 거기엔 공부 외에도 감성, 협동, 창조, 운동 등 다중지능이 담겨 있죠. 교육감은 학생 모두가 각자의 소질과 재능을 인정받고 꽃피울 수 있는 교육 환경을 만들어야 합니다. 자신의 재능을 발견하고 발휘하는 것이야말로 행복으로 가는 지름길일 테니까요.

특히 중요한 건 누구도 집안 형편 때문에 재능 발굴이나 육성에서 소외되면 안 된다는 겁니다. 하지만 현실에선 가난한 집 아이들일수록 재능을 발견할 기회조차 못 얻는 경우가 많습니다.

분명히 얘기합니다. 가정에서 아이에게 해 주지 못하는 것을 학교와 사회가 해 줘야 합니다. 가난한 동네에 있는 학교일수록 더 많이, 더 먼저 지원해서 아이들이 더 나은 학교 환경을 통해 역경을 극복할 수 있도록 도와야 합니다. 공교육이 부모의 경제력 차이를 고스란히 반영해서 부자 동네 학교가 가난한 동네 학교보다 더 좋다면 사교육과 다를 게 없지요. 공교육이라는 이름 자체가 잘못된 거고, 일종의 '간판 사기'에 지나지 않는 겁니다.

지금처럼 상대평가로 한 줄 세우는 경쟁 교육, 그것도 입시과목 점수가 인생의 전부인 것처럼 믿게 만드는 입시경쟁 교육에선 승자와 패자가 확연히 구별됩니다. 승자는 성취감을 넘어 우월감과 오만함을, 패자는 도전의식보다는 패배감과 좌절감을 갖기 십상이지요. 이런 분위기에서는 좋은 인격으로 성장할 수 없어요. 교육의 목적은 사람이 사람다움을 갖추도록 돕는 것입니다. 사람답다는 건 존중과 배려, 공감과 협동이 살아 있다는 거지요. 학생들이 이런 능력을 체득하기 위해선 무엇보다도 선생님들의 실천이 중요합니다. 공교육 13년 동안 존중과 배려, 소통과 협동을 몸으로 배운 아이들이 훗날 만들 세상은 지금보다 훨씬 따뜻하고 품위 있을 것 같지 않나요?

행복의 답은 여러분에게 있답니다. 자신에게 물어보세요. 어떻게 하면 행복할까요? 어떤 학생들은 10분 수업하고 50분 놀면 좋겠다고 하더군요. 쉬는 시간이 늘어나면 친구들과 할 수 있는 것들이 많아져서 행복할 거라고요. 학생들의 소망은 다 비슷합니다. 학원에 덜 가고 싶고, 학교에서 폭력과 차별이 사라졌으면 하고, 경쟁의 고통은 줄고 협동의 기쁨이 늘면 좋겠다고 말하죠. 어지간한 일은 자율적으로 결정하고 결과에 대해서는 엄격하게 책임을 물으면 좋겠다고 얘기합니다.

어느 여자중학교에 '일진'이라 불리는 학생 10명이 있었어요. 흡연과 금품 갈취를 일삼았고 무단결근도 밥 먹듯 했지요. 이 학교의 모든 학급에 뮤지컬 활동을 지원했습니다. 재능나눔을 해 준 연출가와 함께 1주일에 세 번씩 방과 후에 연습을 했는데, 놀랍게도 그 10명이 그때부터 꼬박꼬

박 학교에 나왔어요. 친구들과 함께 뭔가를 만들어 간다는 기쁨 때문이었겠지요.

이렇듯 학교에서 함께하는 즐거움을 느끼게 하는 것이 중요합니다. 학교에서 연극, 영화, 뮤지컬, 텃밭, 목공, 합창, 댄스, 합주 같은 활동을 하면 함께하는 행복과 창조하는 기쁨을 주게 됩니다. 벽면이 거울로 된 연습 공간이 학교에 있다면, 지역사회의 공공기관과 기업과 문화예술인들이 학교와 손잡고 문·예·체 교육과 진로 교육을 돕는다면, 천 갈래 재능이 꽃피는 학교가 될 수 있겠지요.

'자세히 보아야 예쁘다, 오래 보아야 사랑스럽다, 너도 그렇다'라고 나태주 시인은 「풀꽃」에서 노래했습니다. 우린 모두 귀중한 존재입니다. 진심으로 나와 내 주변을 마주하고 형제애로 관심을 쏟을 때, 우리는 모두 꽃으로 활짝 피어나 아름답고 조화로운 꽃밭을 만들 수 있을 겁니다.

그린 멘토의 편지이니 환경 얘기도 한마디 할까요? 내가 생각하는 환경이란, 모든 생명들이 그물처럼 연결되어 있음을 자각하는 것입니다. 지구와 연결된 한 사람, 우주와 연결된 한 사람, 미래와 연결된 한 사람으로서의 깨달음! 그걸 통해 우리와 후손들 사이의 단절을 막는 게 바로 환경교육이라고 생각합니다. 교육운동가로서 내 역할 속에 지속가능한 세상을 위한 환경교육이 포함된다는 건 굳이 강조할 필요도 없겠지요.

• **인터뷰 및 정리** : 서울 숭문중학교 김영길, 이재연, 조민혁, 유동곤, 정민석, 이창연 (지도 교사 신경준)

충남 공주에서 남편과 함께 '석송목장'을 운영하며 가족 같은 젖소들과 함께 살고 있다. 매일 새벽 짜 내는 신선한 우유로 첨가제가 전혀 없는 친환경 치즈와 요거트를 만들고, '자연치즈 체험교실'을 통해 건강한 먹거리 보급에 힘쓴다. '한국농식품여성CEO연합회' 충남 지부 회장, 공주시 농촌체험관광협의회 이사로도 활동 중이다.

石(돌 석), 松(소나무 송). 우리가 찾아간 목장의 이름이다. 우리 민족에게 영원성, 지속성, 진정성을 상징하는 돌과 소나무처럼 진심으로 우유를 만들고, 그 우유로 한 사람 한 사람 진정성 있게 만나기를 소망하는 부부의 마음이 그 속에 담겨 있다.
새벽 5시. 서옥영 님의 하루가 시작된다. 새벽 공기를 마시며 우유를 짜고, 짠 우유를 살균해 가공실에서 요거트와 치즈를 만든다.

정직한 치즈를 만드는 친환경 낙농업자

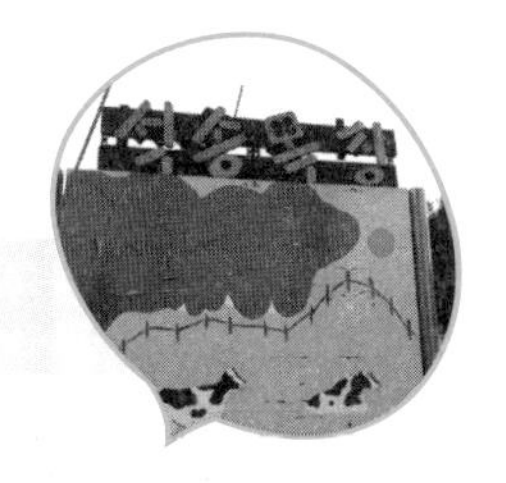

이른 새벽, 석송목장에서 그린 멘토를 만나다

안녕하세요. 매일 이렇게 일찍 나와서 소를 돌보고 유가공품을 만드시는 거예요?

네, 벌써 32년째 이렇게 목장을 운영하고 있습니다. 몇 년 전부터는 '치즈 체험'도 운영하고 있어서 더 바쁜 나날을 보내고 있어요. 허리 수술을 몇 차례 받았을 정도로 일이 힘들지만, 자연 속에서 건강한 음식을 만들어 사람들에게 전해 주는 일이 너무 재밌고 행복해요. 만약 내가 인스턴트식품을 만들었다면 이렇게 행복하게 일할 수 없었을 거예요.

나는 진정성 있는 우유로 사람들을 만나고 싶어요. 그래서 우리 목장의 치즈 체험도 다른 곳들과는 많이 다르죠. 이미 만들어진 치즈를 뜨거운 물에 넣고 늘려 보는 단순한 체험이 아니라 우유 원료에서부터 완성된 치즈까지, 그리고 그 치즈를 이용한 요리까지 맛볼 수 있는 종합 체험이거든요. 내가 손해를 보더라도 좀 더 정성스럽고 정직하게 사람들에게 목장의 모든 것을 전해 주고 싶어요.

행복한 젖소를 만나다

소가 많으면 일일이 이름을 기억하기도 쉽지 않겠어요. 요즘엔 아예 이름 대신 번호로 소를 구분하는 목장들도 있다면서요?

젖소를 번호로 부르는 건 슬픈 일이에요. 우린 소의 이름을 부르면서 내 식구처럼 키운답니다. 송아지가 태어나면 수건으로 양수를 닦고 뽀뽀를 하면서 "넌 이제 우리 식구야" 하고 말해 줘요. 그런 뒤에 이름을 지어 줍니다.

젖소는 젖을 보호해야 하기 때문에 어미가 새끼를 낳으면 곧바로 격리하고, 어미의 초유를 짜다가 먹이죠. 젖소는 젖을 주는 사람을 엄마라고 생각해요. 그래서 여기 소들은 평생 나를 엄마로 알고 살아요. 신기하죠?

신기하네요. 소들을 위해 특별한 환경도 조성해 주셨다면서요?

소들에게 직접 생풀을 베어다 먹여요. 소는 원래 생풀을 먹는 동물이에요. 그런데 대부분은 인위적으로 소를 살찌우려고 건초를 먹이죠. 하지만 우린 조금 번거롭더라도 자연에서 소를 키우려고 해요. 자유롭게 풀을 뜯으며 살 수 있게 말이죠. 5년 전부터는 목장 전체를 최대한 자연처럼 가꾸고 있어요. 주변엔 은행나무들이 둘러서 있고, 농장 앞 냇물은 1급수에서만 산다는 버들치가 살 정도로 깨끗하지요. 덕분에 2013년에 공주시 체험관광 목장으로 지정되었답니다.

모든 소들이 다 사랑스럽겠지만 그중에서도 특히 마음이 가는 소가 따로 있나요?

당연히 있죠. 사람처럼 소들도 다 성격이 제각각이에요. 유난히 애교를 잘 부리는 소도 있고, 유난히 붙임성이 좋아서 비비적대며 다가오는 소도 있고, 또 유난히 잘생기고 몸매가 좋은 소도 있어요. 그렇지만 사람이나 짐승이나 키우는 건 공평해야 하기 때문에 내 맘에 드는 소라고 해서 겉으로 티 나게 예뻐하진 않아요.

친환경 낙농업을 위한 끝없는 공부

목장을 운영하며 유가공을 하시게 된 계기는 뭐였어요?

남편이 축산학과 출신이에요. 남편 아는 분들 중에 축산학 교수님이 계신데 그분이 인천에서 목장을 하셨어요. 거기서 1년간 일하며 목장 일을 익히고 1983년에 남편과 함께 충남 공주로 귀농해서 석송목장을 열었지요. 송아지 세 마리로요. 15년간 목장을 운영하다가 1999년에 안성에 있는 한경대학교에서 낙농업 공부를 하게 됐어요. 거긴 우리나라의 유일한 '낙농 특성화 대학'이거든요. 그때부터 전문적인 낙농 공부를 하게 된 거지요. 2000년에는 '대산농촌문화재단'의 지원 대상으로 뽑혀서 해외 연수도 다녀왔고요.

그 뒤 몇몇 분들과 '유가공 연구회'를 조직하고 유럽의 유가공 장인을 초청해 워크숍을 하면서 나름 열심히 공부했어요. 그렇게 배운 것들을 하나둘 적용했더니 목장에 말 그대로 혁신이 오더군요. 전국 목장 생산성 부문에서 상위권에 올랐을 정도로요.

그럼 치즈는 언제부터 만드셨나요?

낙농인 해외 연수 때 스위스 산골짜기에 가게 되었는데, 여자 혼자 간신히 움직일 만한 좁은 공간에서 명품 치즈가 나오는 걸 봤어요. 완전 감동이었죠. 나도 한번 해 봐야겠다 싶어서 본격적으로 치즈 유가공 공부를 시작하게 됐어요.

2002년에 쿼터제(목장별로 우유 납품량을 할당하는 제도)가 실시되면서부터 할당량을 넘어선 우유를 처리하기 위해 많은 목장들이 고부가가치인 유가공에 눈을 돌렸어요. 그래서 지금은 유가공 시장이 많이 커졌죠. 하지만 문제는 품질이에요. 시중에서 판매하는 요거트의 태반은 설탕, 색소, 향료, 첨가제로 채워져 있거든요. 모든 질병은 식품첨가제에서 온다고 믿기 때문에, 나는 첨가제 없이 최대한 순수하게 유제품을 만들어요. 그래서 석송농장 치즈는 다른 치즈와 달리 짠맛이 덜하고 아주 담백하답니다. 화학적으로 만든 첨가물을 먹고 자란 우리 몸이 건강할 수 있을까요? 그 사회는 과연 건강할 수 있을까요? 화학첨가물에 무감각하다는 건 본인의 건강뿐 아니라 자연에 대해서도 눈을 감고 있는 거예요. 친환경적 국산 먹거리를 먹는 건 우리 자연에 대한 최소한의 배려입니다. 마음과 몸을 지키는 첫걸음이자 지구를 지키는 첫걸음이지요.

환경에 대한 신선한 생각들

선생님은 환경에 대해 어떻게 생각하세요? 선생님에게 환경이란?

내가 환경이고 환경이 나라고 생각해요. 환경이 나를 만들고 내가 환경을 만드는 거예요. 그렇지 않나요? 환경 속에 내가 있고, 또 내 속에 환경이 있는 거죠. 그러니 환경은 내가 만드는 거예요. 분리수거는 기본이고, 여긴 시골이니까 썩는 것들은 잘 썩도록 해서 퇴비를 만들기도 해요. 폐지 같은 건 축사 바닥에 깔개로 깔아 주면 굉장히 유용하고 소들도 좋아한답니다. 이렇게 작고 사소한 일들을 통해 환경을 지킬 수 있기 때문에, 내가 곧 환경이라고 생각해요.

학교에서도 환경교육이 필요하다고 생각하시겠네요? 저희 환경선생님들 멸종위기종이거든요.

당연하죠. 지금 환경문제가 정말 심각하지 않나요? 이런 프로젝트를 기획하신 환경선생님 같은 분들이 더 많이 늘어나서 아이들에게 친환경적인 삶을 가르쳐 줄 필요가 있어요. 어려서부터 환경에 대한 개념을 심어 줘야지 어느 날 다 큰 어른을 붙잡고 "환경은 중요해. 환경을 지켜야 해" 이러면 너무 생뚱맞은 거죠. 어려서부터 한글을 배우고 영어를 배우고 수영을 배우듯이 환경도 배워야 하지 않을까요?

저희도 그렇게 생각합니다. 마지막으로 청소년들에게 한 말씀 부탁드려요.

청소년들이 자연 속에서 얻는 자연식품을 먹고 건강한 삶을 살았으면 좋겠어요. 나중에 부모가 되면 자녀들 역시 그런 음식을 먹어야 하고요. 바르게 먹어서 건강한 아이로 키우고 자신의 건강도 챙기다 보면 대한민국이 건강해지지 않을까요? 부디 깨끗한 음식을 먹으며 건강하게 10대를 보내기 바랍니다.

• **인터뷰 및 정리** : 청주 봉명고등학교 이은화, 김경빈, 변혜영, 이연수 (지도 교사 맹계현)

우리나라 최대 환경운동단체인 (사)환경운동연합 사무총장. 1996년 청주환경운동연합 사무국장에서 출발해 2001년부터 중앙사무처에서 일하며 생태보전팀장, 녹색대안국장, 국토생태본부 처장 등을 두루 거쳤고 2012년에 조직을 총괄하는 사무총장이 되었다. 2000~2001년에 지속가능위원회 국토수자원분과 간사로 활동했고, 한반도대운하 및 4대강 개발에 대한 신랄하면서도 설득력 있는 비판을 지속적으로 제기해 왔다.

환경운동연합 사무실에 도착하니 앞마당의 3백 년 된 느티나무가 제일 먼저 눈에 띄었다. 우리나라에서 제일 크고 유명한 환경운동단체를 이끌고 있는 분이라 굉장히 딱딱하고 엄할 줄 알았는데, 염형철 사무총장님은 뜻밖에도 푸근한 미소와 수수한 옷차림으로 우릴 반겨 주셨다. 반바지를 입고 산책 나온 친근한 이웃집 아저씨! 순수한 얼굴과 차분한 말투로 들려주신 환경운동가의 삶은 그러나 절대 만만한 게 아니었다.

10만 회원을 이끄는 환경운동연합의 사령관

환경운동가라는 직업을 선택하게 된 특별한 계기가 있으셨나요?

글쎄, 뭔가 멋지고 극적인 계기를 얘기해 주면 좋을 텐데 사실 딱히 그런 건 없어요. 20년쯤 전에 청주에서 청년단체를 하나 만들었는데, 당시 시대적 화두였던 '환경'에 대해 다양한 내부 토론과 논쟁이 생겨났어요. 그러다 보니 자연스럽게 관심이 많아져서 나중엔 정식으로 '환경반'을 만들게 되었습니다.

환경 관련 활동을 하다 보니 상당한 전문성과 꾸준한 활동이 필요하다는 생각이 들더군요. 그래서 2년 만에 지역환경단체(당시 청주환경운동연합, 현 청주·충북환경운동연합)를 꾸리고 사무국장을 했죠. 그게 계속 이어져서 지금은 환경운동연합 사무총장을 하고 있고요.

환경운동연합은 언제 생겨났고 그동안 어떤 활동들을 해 왔나요?

1993년 설립된 환경운동연합은 전국 10만 회원, 49개 지역조직, 5개 전문기관과 5개 협력기관이 함께하고 있으며, 세계 3대 환경단체 네트워크 중 하나인 지구의 벗(Friends of the Earth) 한국본부로서 지구적 책임을 다하기 위해 노력하고 있는 단체입니다. 지난 20년 동안 에너지, 기후변화, 환경교육, 습지, 해양, 국토 생태, 정책, 국제연대, 생활환경 등 다양한 분야에서 문제점을 비판하고 대안을 제시해 왔지요.

사무총장은 어떤 자리인가요? 아주 높은 자리라는 것밖에 몰라서요.(웃음)

말 그대로 사무를 총괄하는 역할, 즉 실무 책임자이면서 단체의 활동과 운영을 이끌고 책임지는 자리라고 할 수 있어요. 회사로 치면 사장과 비슷한데, 돈을 버는 곳이 아니라서 조금 다르겠죠? 2012년 3월부터 사무총장을 하고 있으니 이제 만 2년쯤 되었네요.

환경운동에서 시민단체의 역할이 중요한 이유를 설명해 주시겠어요?

정부의 실패와 시장의 실패를 바로잡는 역할을 하기 때문이죠. 정부는 큰 규모의 정책을 하향식으로 추진하기 때문에 시민의 생활과 생각을 반영하지 못할 때가 많아요. 정책이 비효율적으로 흐를 위험도 많고요. 시장은 이윤추구를 위해 움직이기 때문에 효율성과 적극성은 있지만 패배자들에게 가혹하고, 이윤이 남지 않는 일엔 소극적이기 때문에 그로 인한 사회적 공백이 발생하지요. 시민단체는 정부와 시장의 그런 문제점들을 비판하고 공공성을 높이며 시민 참여를 활성화시키는 역할을 합니다.

우리나라엔 환경운동연합 외에도 녹색연합 등 다른 환경운동단체들이 있는데, 그렇게 조직이 여러 개인 이유는 뭔가요?

조직을 만들고 활동하는 사람들이 다르다 보니 목표나 방법도 조금씩 달라요. 집중하는 활동 영역에도 차이가 있고요. 가끔 경쟁할 때도 있긴 하지만, 환경을 지키자는 취지는 똑같기 때문에 기본적으로는 서로 협력하는 관계입니다.

우리 사회엔 환경단체들을 지지하는 분들도 많지만, '환경단체들은 대안도 제시하지 않고 무조건 반대를 위한 반대만 한다'고 비판하시는 분들도 있는데요. 그런 비판에 대해서는 어떻게 생각하세요?

조금 전에 말했듯 시민단체의 역할은 정부와 시장을 견제하고 비판하는 거예요. 그러니까 늘 뭔가에 반대하는 게 중심이 될 수밖에 없지요. 물론 대안 마련에 최선을 다하긴 하지만, 기본적으로는 감시와 비판만으로도 충분히 의미가 있다고 생각합니다.

정부가 환경단체의 활동을 존중하고 정보도 충분히 공개하는 열린 태도를 보인다면 우리의 활동이 좀 더 대안적으로 흐를 수도 있겠죠. 지금처럼 꽉 닫힌 상태로 행정이나 개발 사업을 일방적으로 추진하면 반대와 갈등을 부를 수밖에 없어요. 그러니 늘 반대만 한다고 환경단체들을 탓할 수는 없는 일입니다. 결국 우리 사회의 성숙도가 문제인 거죠.

환경운동을 하다 보면 보람도 많지만 시련도 많을 텐데요. 지금까지 제일 힘들었던 일은 어떤 건가요?

환경운동이란 우리 사회의 가려진 위험들을 끄집어내서 경고하는 작업이기 때문에, 대다수 시민들의 생각과 전혀 다른 이야기를 해야 할 때가 종종 있어요. 그러다 보면 오해를 사거나 비난을 받는 경우가 많죠. 그게 제일 힘들어요. 몇 년 전엔 심지어 '매국노'라고 욕을 먹기도 했다니까요.

2011년에 태국에서 큰 홍수가 있었어요. 당시 태국 정부는 치밀한 사전 조사나 환경영향평가도 없이 무려 12조 원 규모의 물 관리 치수사업을 하겠다고 덜컥 발표해 버렸죠. 한국의 수자원공사가 그 사업의 우선

협상 대상으로 떠올랐고요. 그러자 태국의 환경단체가 나를 공개토론회에 초대해서 의견을 물었습니다. 수자원공사의 재무 상태와 치수사업 실행 능력, 한국의 4대강 사업에 대한 평가 등을 말이죠. 그래서 솔직하게 대답했어요. 수자원공사는 그럴 만한 능력이 부족하다고요.

당시 한국에선 수자원공사가 최종 계약이 유력하다며 굉장히 반기는 분위기였어요. 공사 규모가 워낙 컸으니까요. 그런데 내가 거기에 찬물을 끼얹은 셈이 됐죠. 게다가 일부 언론에서 내 발표 자료를 왜곡하는 바람에 온갖 비난을 뒤집어써야 했어요.

물론 후회는 없어요. 이른바 '국익'도 중요하지만 더 중요한 건 지구 전체의 환경이니까요. 환경운동가로서 양심을 걸고 소신껏 한 발언이었기 때문에, 지금 다시 묻더라도 여전히 똑같은 답변을 할 것입니다. 참고로, 태국에선 그 사업을 강행하지 않고 다음 정부로 넘기는 걸로 결정이 났어요. 그쪽에서도 그게 얼마나 무리한 사업인지 늦게나마 깨달은 거죠.

환경운동가에게 특별히 요구되는 능력이나 자질이 있나요?

우선 환경에 대해 마음속에서 우러나오는 관심과 애정이 있어야 해요. 이 직업이 한편으론 누군가를 끊임없이 비판하는 일이고 또 한편으론 뭔가를 지속적으로 주장하는 일이기 때문에, 상당한 지구력과 자기 확신이 필요합니다. 안 그러면 견디기가 쉽지 않아요.

환경운동가로서 꼭 이루고자 하는 목표가 있으신가요?

수도권 내에 '블루 네트워크'를 만들고 싶어요. 현대사회에서 도시의 생태는 하나로 이어지지 못하고 제각기 단절되어 있는데, 그 각각의 영역을 '섬'이라고 불러요. 이 섬의 생물이 저 섬으로 못 넘어가는 상황이 장기화되고, 생태적 영역이 넓은 생물들이 사라져 가면서 생물종이 단순화되고, 이로 인해 생태적 사막이 발생해요. 그 생물들을 다시 이어 주는 게 바로 블루 네트워크죠. 어렵게 설명했는데, 한마디로 말하면 '강(river)'이에요.

지금 우리나라의 강들은 댐에 의해서 서로 단절되어 있어요. 그 댐들을 일부라도 철거하거나 수문을 열어서 물과 물을 연결시켜 강 생태계를 복원하고 범위를 넓히는 게 내 목표입니다. 외국에도 뮌헨의 이자르 강이나 런던 템스 강처럼 산업화로 인해 오염됐던 강을 복원해서 도시 생태계를 재생시킨 사례들이 많이 있어요.

미래에 환경운동가가 되려면 청소년 시기에 어떤 노력을 해야 할까요?

환경운동을 하더라도 분야가 많아요. 생태, 에너지, 환경보건, 모금, 국제연대, 시민참여 조직 등등. 그러니까 콕 집어서 뭘 준비해야 한다고 얘기하긴 어렵지요. 환경에 대해 꾸준히 관심을 갖고 여러 가지를 탐구해서 자신에게 가장 잘 맞는 분야를 찾는 게 중요해요. 분명한 건, 환경운동가가 되는 게 여러분 인생에서 절대 나쁘지 않은 선택이라는 거죠. 이 직업처럼 즐거우면서도 매순간 보람을 느낄 수 있는 일도 흔치는 않을 거예요.

• **인터뷰 및 정리** : 충북고등학교 유현상, 서동길, 박용진, 임승수 (지도 교사 남윤희)

그린별에서 온 멘토 ③ 설악산 지킴이

"그러니 너희들, 사라지지 말아라."

눈 덮인 산에서 발자국을 따라 며칠을 헤매고 다녔다.

골짜기를 지나고 가파른 비탈을 올라 바위를 뛰어넘어 간 발자국에는 산양의 삶이 고스란히 담겨 있었다. 느린 걸음으로 골짜기를 지나간 발자국에는 편안함이 묻어 있었고, 잠깐 멈춘 듯 반듯한 발자국에는 한겨울 골짜기에서 느낄 수 있는 고요함이 배어 있었다.

발자국은 하얀 눈 위로 길게 이어졌다. 그 끝 어딘가에 한 마리 산양이 있으리라는 기대감에 문득 가슴이 설레었다. 산에서 만나는 생명의 흔적은 내게 많은 이야기를 들려주었고, 자연과 더불어 살아가는 방법을 알려주는 듯했다.

사람과 반달곰과 산양이 더불어 살았던 오래전 설악산은 어떤 모습이었을까? 숲 속을 어슬렁거리는 반달곰, 바위 위에 우뚝 서 있는 산양, 생명의 소리와 발자국과 흔적들, 바람결에 묻어오는 숲의 냄새, 비바람과 눈보라로 자연의 힘을 보여 주는 산. 그렇게 산은 수많은 생명들을 품어 길렀고, 사람들도 그 품속에서 주어지는 만큼 거

두며 살았던 것이다.

그러나 인간이 자연을 정복의 대상으로 여기면서부터 설악산은 나날이 상처가 늘고 아픔이 커져 갔다. 생명의 소리는 가냘파졌고 반달곰은 사라졌다. 살아남은 극소수의 산양들은 인간의 발길이 미치지 않는 곳에서 가까스로 목숨을 이어가고 있을 뿐이다.

해마다 3백만 명이 넘는 사람들이 설악산을 찾고 그중 60만 명이 대청봉에 오른다. 등산로는 깊이 파이고 곳곳이 무너져 내리고 있다. 출입금지 지역인 야생동물 서식지까지 함부로 드나들며 그들을 벼랑 끝으로 내몰고 있다.

설악산 소공원에 들어서면 반달곰 동상이 우뚝하게 서 있다. 많은 사람들이 그 앞에서 기념 촬영을 하지만 1983년 밀렵꾼의 총에 맞아 죽은 마지막 반달곰의 슬픈 이야기를 아는 사람은 드물다. 밀렵과 서식지 파괴와 우리의 무관심 속에서 야생동물의 삶은 뿌리째 흔들렸다. 사라져 가는 그 동물들을 누구도 눈여겨보지 않았고 귀 기울여 그들의 아픔을 듣지 않았다.

눈 위의 저 발자국들이 반가우면서도 안타까운 건, 끊임없이 쫓기면서 살아 온 산양들의 힘겨운 삶의 흔적이기도 하기 때문이다.

오늘도 대청봉에 올라 1인시위를 했다. 머리엔 산양 탈을 뒤집어 쓰고, 손에는 "설악산 케이블카 반대"라고 적힌 피켓을 들고.

설악산 케이블카 설치 계획의 요점은 오색에서 대청봉까지 10인승 곤돌라 41대를 매달아서 한 해 60만 명을 실어 올리겠다는 것이다. 케이블카 노선이 지나는 곳은 설악산 천연보호구역의 중심지이고, 유네스코 생물권보전지역이며, 멸종위기종 1급이자 천연기념물 217호인 산양의 최대 서식지 가운데 하나다.

제정신이라고는 차마 믿기 힘든 이 최악의 계획은 2013년 6월 환경부 국립공원위원회에서 2012년에 이어 두 번째로 부결되었다. 그러나 강원도와 양양군에서는 벌써부터 세 번째 도전을 공언하고 있다. 환경에 미치는 영향을 최대한 줄이는 방안을 검토하겠다는 하나 마나 한 단서를 달고서. 뭇 생명들의 삶의 터전인 설악산을 오직

돈벌이의 대상으로만 보고 있기 때문에 벌어지는 현상이다.

설악산뿐이랴. 강원도 화천군에서 추진 중인 '백암산 케이블카 설치 계획'도 무모하기로는 그에 못지않다. 공사 구역은 DMZ와 가까운 민간인통제구역 안에 위치한 곳으로, 생태계에 미치는 영향 때문에 환경단체에서 줄기차게 반대를 해 왔다. 오랜 진통 끝에 양측은 케이블카 노선이 지나는 곳에 무인카메라 21대를 설치해서 어떤 야생동물이 살고 있는지 확인하자고 의견을 모았다.

그 결과 21대의 카메라 모두에 산양이 찍혔다. 심지어 케이블카 지주가 들어설 자리에선 멸종위기종 1급이며 천연기념물 216호인 사향노루가 찍혔다. 깊은 산속을 제집처럼 드나드는 야생동물 전문가들조차 평생 한 번 볼까 말까 한 희귀종! 그러나 환경부는 "일단 케이블카 설치를 하고 3년간 사향노루에 미치는 영향을 조사해서 문

제가 있다고 여겨지면 케이블카 시설을 사향노루 보호 시설로 쓴다"는 어처구니없는 결정을 내렸다.

설악산 케이블카는 그럭저럭 막고 있지만 백암산 케이블카는 막지 못했다. 이 땅에선 연예인들뿐 아니라 산도 유명세가 필요하다. 이름 없는 산이나 강은 소리 소문도 없이 하루아침에 우리 곁에서 사라져 버린다.

가야 할 산이 정해지면 우선 올라야 할 산길을 지도에서 들여다본다. 며칠이나 걸릴지, 얼마나 험할지, 꼭 필요한 장비는 무엇인지 살피고 간단한 먹거리를 마련하는 동안 마음은 벌써 산길을 훠이훠이 오르고 있다. 상상 속에서 나는 온 산을 맘껏 누비고, 들꽃들 만발한 하늘꽃밭에 눕기도 하고, 짐승들의 발자국을 따라 그들의 세상으로 들어가기도 한다.

이윽고 배낭을 지고 산에 들어서면 처음 걷는 산길도 전혀 낯설지 않다. 편안한 마음으로 온몸을 산에 맡긴다. 스치는 바람의 간지러움과 코끝에 와 닿는 향기로움, 어둑한 숲길을 갈 때 치솟는 호기심, 험한 곳을 넘어섰을 때의 뿌듯함 등을 두루 만끽하며 발자국 속에 담긴 짐승들의 삶의 이야기에 귀 기울이게 된다.

비바람 치는 날이면 거스를 수 없는 자연의 힘 앞에서 경이로움을 느낀다. 내 삶의 뿌리가 어디에 닿아 있는지, 흔들림 없는 삶이란 어떤 것인지 새삼 가늠해 보게 된다. 산속에서 온몸으로 받아들이는 자연의 맑은 기운은 삶을 풍요롭게 만들고, 모든 생명들과 더불어 살아가도록 우리를 이끌 것이다.

그러나 설악산의 상처와 아픔을 생각하면 또다시 마음이 무겁다. 반달곰과 산양이 지천으로 뛰노는 야생동물의 천국을 언제쯤 되찾을 수 있을까. 설악산이 견딜 수 있는 만큼만 사람들을 받아들이는 입산예약제가 실현되면 조금은 나아지겠지만 그게 다는 아니다. 자연을 우러르고 산을 사랑하는 사람들이 늘어날 때, 설악산은 다시 동물의 천국이자 인간의 천국으로 우리 앞에 우뚝 서게 될 것이다.

그러니 산양들이여, 그날이 올 때까지 부디 사라지지 말기를.

박그림 설악녹색연합 대표. '산양의 동무 작은 뿔' 대표. 지나치게 많은 등산객들로 인한 등산로 훼손, 대피소 주변의 오염, 인공시설물로 인한 경관 훼손 등 설악산의 여러 환경문제들을 세상에 알리고 비판하는 설악산 파수꾼이다. 설악산 케이블카 설치 계획을 막기 위해 대청봉 꼭대기에서 오랫동안 1인시위를 해 왔으며, 천연기념물 217호이자 멸종위기종인 산양이 설악산에서 마음 놓고 살아갈 수 있도록 보호하는 데 전력을 쏟고 있다.

"강은 수만 년을 흘러 왔고 앞으로 또 수만 년을 흘러야 합니다.
잠깐 막는다고 해서 절대 막히지 않아요.
수문은 다시 열리게 되어 있고, 흐르기만 하면 스스로를 치유할 수 있지요."

최병성 목사

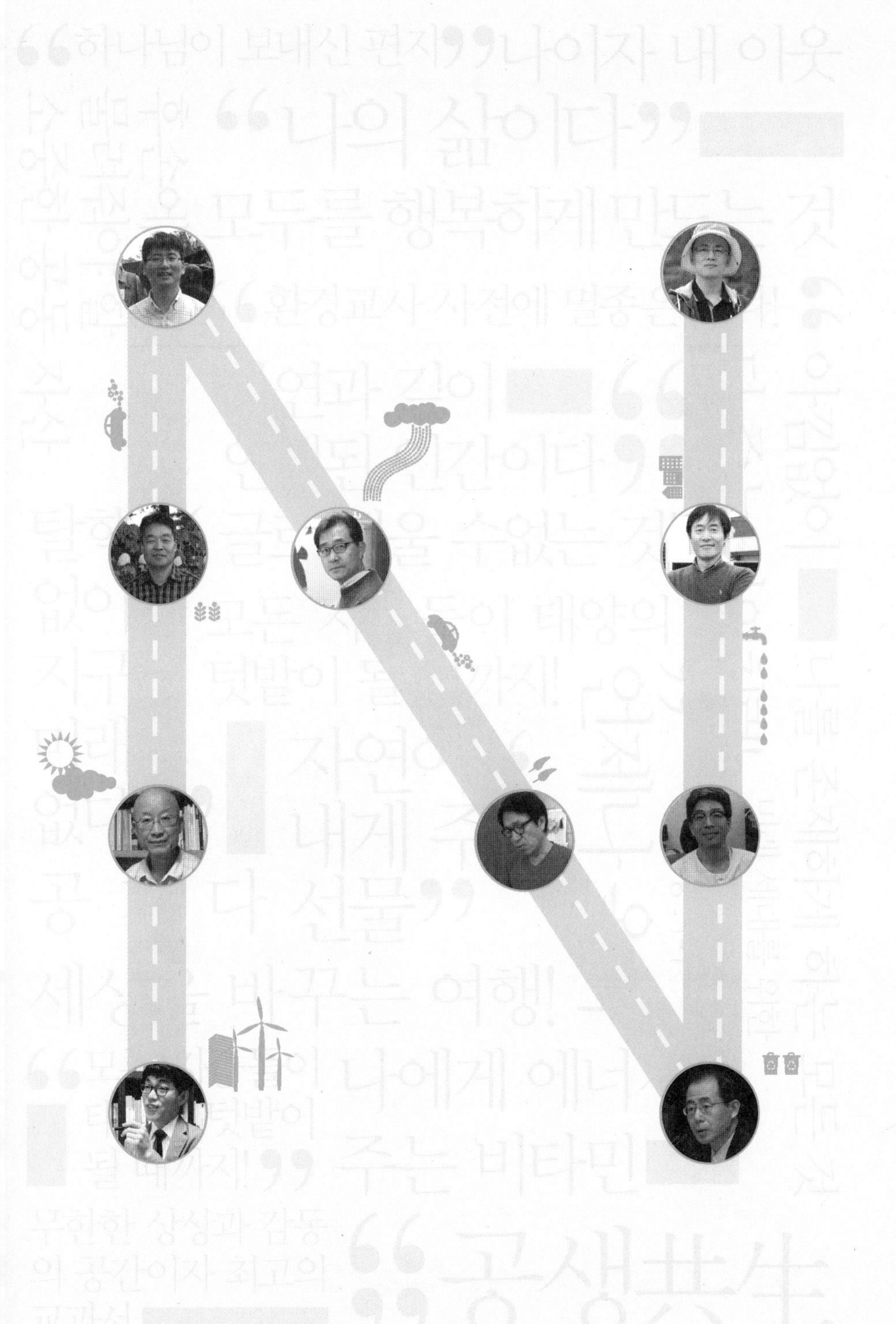
하나님이 보내신 편지
나이자 내 이웃
나의 삶이다
모두를 행복하게 만드는 것
세상을 바꾸는 여행!
나에게 에너지
주는 비타민
무한한 상상과 감동
의 공간이자 최고의
교과서
공생共生

최·병·성·

초록별생명평화교회 목사. 영월 산속에서 영성을 닦다가 서강(西江) 쓰레기 매립장 건설 시도에 맞서며 환경운동가로 변신했다. 오마이뉴스 시민 기자로서 4대강 사업의 진실과 거짓을 조목조목 세상에 알렸고, 『강은 살아 있다』라는 책을 펴내기도 했다. 2007년 환경재단이 선정한 '세상을 밝게 만든 100인'에 뽑혔고 2007년 미디어다음 블로거 기자상 대상, 2008년 교보생명환경문화상 환경운동 부문 대상을 받았다. 블로그 '최병성의 생명 편지'를 통해 자연과 생명의 소중함을 꾸준히 알리고 있다.

"안녕하세요. 지친 10대들의 한 줌 휴식 같은 방송, 〈에코 라디오〉입니다. 오늘 초대석에는 인간과 인간의 참된 소통을 통해 신과 인간, 자연과 인간의 관계 회복을 이끌어 내고 있는 그린 멘토 최병성 목사님을 모셨습니다. 영월 서강을 지켜 낸 환경운동가이자 자연의 아름다움을 담는 사진작가로, 4대강 및 방사능 오염의 진실을 추적하는 시민 기자로 열정적인 활동을 하시는 분이죠. 자, 시작하겠습니다. 다이얼~ 고정!"

* 최병성 목사님 인터뷰는 라디오 방송 형식으로 각색해서 전합니다.

신-자연-인간의 관계 회복을 꿈꾸는 목사님

아주 다양한 활동을 하고 계신데요. 환경에 관심을 갖게 된 특별한 계기가 있으신가요?

처음엔 별 관심 없었습니다. 신학과를 졸업하고 목사가 된 뒤에 강원도 영월 산속으로 들어가서 몇 년을 보냈어요. 망가져 가는 한국 교회를 바로 세우려면 우선 하나님을 좀 더 깊게 알아야 할 것 같았거든요. 그런데 1999년에 영월 군수가 서강에 쓰레기 매립장을 짓겠다는 계획을 발표했어요. 자연은 하나의 생명이기 때문에 목사로서 당연히 생명 파괴를 막기 위해 노력했습니다. 보도자료를 쓰기 위해 컴퓨터를 접했고 2005년부터 블로그를 시작했어요. 이후 쓰레기 시멘트, 4대강 등 굵직한 문제가 터질 때마다 사진으로 현실을 알렸죠. 그래서 사진작가라는 직업까지 생긴 거예요. 지금은 「오마이뉴스」에 기사를 씁니다. 나 자신이 1인 언론이 된 거죠. 그러니까 매번 필요에 따라서 직업이 생겨난 것 같아요. 공통점은 생명을 살리는 일이라는 것이고.

4대강 사업을 누구보다도 강하게 비판하셨는데, 미래 세대인 청소년의 입장에서 4대강 문제를 어떻게 봐야 할까요?

4대강 사업을 반대한 이유는 두 가지예요. 하나는 강에 사는 생명들을 지키기 위해서, 또 하나는 미래 세대가 맘 놓고 뛰놀 강을 지키기 위해서지요.

4대강 사업 홍보 영상을 보면 아이들이 뛰노는 장면이 나옵니다. 배를 띄우기 위해 강바닥을 수심 6미터까지 팠는데 그 깊은 운하에서 뛰놀아요? 말이 안 되지요. 물만 많다고 해서 강이 아니에요. 모래와 여울과 습지가 이어지고 수많은 생명들이 조화롭게 살아가는 곳이 바로 강이거든요. 여울은 쉬리, 돌상어, 꾸구리 등 우리나라에만 존재하는 희귀 물고기들의 보금자리입니다. 깊은 곳을 좋아하는 붕어나 잉어도 산란기엔 얕은 여울에 와서 알을 낳아요. 여울이 없으면 알을 낳을 수가 없죠. 여울을 없애 버린 4대강 사업은 결국 생명을 파괴한 것과 같아요.

강은 수만 년을 흘러 왔고 앞으로 또 수만 년을 흘러야 합니다. 잠깐 막는다고 해서 절대 막히지 않아요. 수문은 다시 열리게 되어 있고, 흐르기만 하면 스스로를 치유할 수 있지요. 강물을 원래대로 다시 흐르게 하는 것! 바로 그게 청소년들이 해야 할 일입니다. 어른들이 안 하면 여러분이 해야죠.

애청자 질문입니다. 가장 기뻤던 순간과 가장 슬펐던 순간은?

기뻤던 순간은 영월 서강을 지켜 냈을 때, 그리고 교보생명 숲 캠프 때였습니다. 많은 사람들이 "시각장애인과 함께하는 숲 캠프는 불가능하다"고 했지만 나는 확신을 갖고 프로그램을 만들었어요. 편안하게 자기소개로 시작해 저녁에 점자 배우기를 했는데, 장애우들이 비장애인에게 점자를 가르쳐 주면서 하나같이 얼굴이 활짝 피더군요. 늘 남의 도움만 받고 살았는데 모처럼 자존감을 회복했던 거지요. 비장애인 아이들 또한 장애인이 열등한 존재가 아니고 자기들과 동등한 인간임을 깨달은 눈치였고요. 한 친구는 소감문에 이렇게 썼어요. '나는 그동안 장애인을 무서워했지만 이제는 내가 먼저 다가가겠다'라고요. 아이들의 시각이 변하고 생명들끼리 하나로 어울리는 걸 보며 얼마나 기쁘고 뿌듯했는지 모릅니다.

가장 슬펐던 순간은 5년 동안 목숨 걸고 싸운 쓰레기 시멘트 문제가 4대강 사업 때문에 물거품이 되었을 때죠. 정말 허탈하고 괴로웠습니다.

목사님께선 창조주 하나님, 하나님이 창조한 자연, 그리고 인간 사이의 무너진 관계를 회복하는 데에 힘을 쏟고 계시잖아요. 이런 관계 훼손의 원인은 무엇이고, 어떻게 해결해 나갈 수 있을까요?

훼손의 원인은 우리의 탐욕이겠죠. 오로지 나만 생각하는 이기심이 모든 문제의 원인이에요. 더불어 살아가는 법을 알았다면 이렇게까지 자연이 훼손되진 않았을 겁니다.

얼마 전 원전 문제 때문에 삼척에 다녀왔어요. 호산해수욕장에 갔는데 LNG 기지와 화력발전소를 짓느라 해변을 매립하고 있더군요. 아름다

운 해변이 망가진 걸 보고 깜짝 놀랐어요. 자연의 가치를 보지 못하고 모든 걸 돈으로만 보기 때문에 생긴 일이지요.

이런 현실을 극복하려면 지구가 처한 현실을 인식하고 생명을 보는 눈을 바꿔야 합니다. 내 권리뿐 아니라 미래 세대의 권리, 그리고 자연이 원래대로 존재할 권리를 인정해야 해요. 눈앞의 편리함을 좇아 우리에게 주어진 것들을 깡그리 소비하지 말고, 후손과 자연을 위해 소비를 줄이는 삶을 살아야 합니다. 우리의 삶과 가치관이 획기적으로 달라지지 않는다면 지구는 머지않아 파멸하고 말 겁니다.

자연은 하나님이 우리에게 보내 주신 편지예요. 우리는 자연에서 많은 이야기를 듣습니다. 청소년들이 자연의 목소리에 귀 기울이며 생명을 사랑하는 마음을 키워 간다면, 아직은 지구에 희망이 남아 있다고 생각합니다.

마지막으로, 목사님을 닮고 싶어 하는 청소년들에게 멘토로서 조언을 해 주신다면?

생명을 소중히 여기는 마음을 키우는 데엔 사진 찍기와 글쓰기가 큰

도움이 됩니다. 글을 쓰다 보면 자연스럽게 내 주변과 자연에 관심이 가고 상상력과 창의력이 향상되거든요. 그러다 보면 누구나 세상을 바꾸는 사람이 될 수 있습니다. 사람들에게 희망을 전하고 나눔으로써 세상을 아름답게 만들 수 있어요.

잘못된 일이 보이면 행동하기 바랍니다. '나는 옳은 일을 하고 있다'는 확신을 가지세요. 그럼 승리할 것입니다. 생명에 대한 사랑, 거짓에 대한 분노, 변화에 대한 열정을 갖고 멋진 인생을 살아갔으면 합니다.

목사님 말씀대로 나만 생각하는 마음을 버리고 이웃 사랑과 생명 사랑을 실천한다면, 다양한 녹색 진로들이 우리 앞에 활짝 열릴 것 같습니다. 지금까지 최병성 목사님이었습니다. 함께해 주신 여러분 감사합니다.

• **인터뷰 및 정리** : 김포 장기고등학교 정수현, 허지명, 이유진, 안예희, 박정은 (지도 교사 안재정)

공주대학교 건축학부 교수. 태양광을 이용해 멋진 건물을 만들겠다는 소년 시절의 꿈을 좇아 손꼽히는 친환경 건축 전문가가 되었다. 건물이 친환경적으로 바뀌면 사람들이 더 따뜻하고 밝은 공간에서 건강하게 살아갈 수 있으며 자연 또한 건강해진다고 믿는다. '에너지 인력 양성 사업'의 연구 책임자로서 제로에너지 건축 분야 전문가 양성에 힘쓰고 있으며, 청소년들에게 친환경 건축을 알리기 위한 지식나눔 행사도 펼치고 있다.

대학교수의 연구실은 산더미 같은 책과 서류들로 가득한 어두침침한 공간이 아닐까 했다. 친환경 건축을 하시는 분은 왠지 딱딱하고 날카로울 것 같아 자꾸만 긴장이 되었다. 하지만 김준태 교수님의 연구실은 밝고 따뜻했다. 인상도 너무 좋으셔서 뵙는 순간 곧바로 마음이 놓였다. 웃음이 떠나지 않는 즐거운 분위기 속에서, 조금은 들뜬 마음으로 '친환경 건축학개론'을 들었다.

태양을 사랑하는 친환경 건축가

교수님께서는 친환경 건축 전문가로 유명하신데요. 태양에너지 건축에 관심을 갖게 된 계기를 말씀해 주세요.

학창시절인 1970년대에 '오일 쇼크'(중동 지역의 전쟁으로 인한 전 세계적 석유 파동)가 일어났어요. 그 무렵 우리나라에 태양에너지를 이용한 태양열 주택이 처음 소개됐죠. 그걸 보면서 '태양광을 이용해서 멋진 건물을 만들겠다'는 꿈을 갖게 되었습니다. 대학에서 건축을 공부하고 1990년대 초에 호주로 유학을 갔어요. 호주는 이미 태양에너지 건축에 대한 연구가 활발했기 때문에 배울 점이 많았지요.

태양에너지를 활용하려면 꼭 집을 새로 짓거나 큰 공사를 해야 하나요?

반드시 그런 건 아니고, 간단한 활용 방법들도 많아요. 가령 낮에 창문으로 햇빛이 강하게 들어오면 대부분 커튼이나 블라인드로 가리잖아요? 그럼 실내가 어두워지니까 전등을 켜게 되죠. 환한 대낮에 불필요하게 에너지를 낭비하는 거예요. 이런 문제는 '광(光) 선반'을 창가에 설치하면 간단하게 해결됩니다. 선반이 차양 역할을 하면서 동시에 실내 깊숙이 빛을 반사시켜 주거든요.

햇빛만 받아들이고 더운 열기는 차단하는 빛 조절 블라인드도 있어요. 이런 기능성 블라인드를 유럽식으로 창문 바깥쪽에 설치해 주면 여름철 냉방에 사용되는 에너지를 크게 줄일 수 있습니다. 우리나라는 건축 분야의 기술력이 뛰어나기 때문에 조금만 고민하면 뛰어난 제품들을 많이 만들어 낼 수 있어요.

친환경 건축에서 가장 중요한 요소는 뭔지 설명해 주시겠어요? 태양에너지 주택과 일반 주택의 차이에 대해서도요.

흔히 '친환경 건축'이라고 하면 사람들은 전원주택처럼 마당에 나무와 잔디를 심고 연못 만드는 걸 떠올립니다. 그것도 뭐, 어느 정도 친환경이긴 해요.(웃음) 하지만 건축에서 친환경은 무엇보다도 에너지와 아주 밀접한 관계가 있지요.

친환경 건축의 에너지원은 자연에서 무한하게 얻을 수 있으면서 환경적으로 피해를 주지 않는 것이어야 합니다. 태양, 바람, 지열, 수력 등이 바로 그런 에너지원이죠. 에너지를 생산하고 사용하는 과정에서 또 다른 환경적 피해, 즉 지하수 오염이나 소음이나 생태계 교란 등이 일어나지 않도록 해야 하고요.

태양에너지 건축은 태양이 보내 주는 두 개의 선물, 즉 빛과 열을 잘 활용하도록 설계된 건축입니다. 빛에너지를 활용한 태양광 발전으로 건물에서 사용할 전기를 만들고, 열에너지를 활용한 태양열 시스템으로 건물의 냉난방과 온수를 해결하지요. 에너지 생산 없이 소비만 하는 일반 주택과는 그 점에서 근본적인 차이가 있습니다.

태양에너지 외에 요즘 연구하시는 건 주로 어떤 거예요?

해외 연구자들과 함께 '제로에너지 건축'을 연구하고 있어요. 제로에너지 건축이란 한편으론 에너지 사용량을 최소화하면서 한편으론 에너지를 자체적으로 생산해 그 건물의 에너지 사용량(-에너지)과 생산량(+에너지)이 '0'으로 맞아떨어지는 건축을 의미합니다. 우리나라에서는 2025년부터 새로 짓는 모든 건물에 제로에너지를 의무화할 예정이에요.

제로에너지 건축을 위해서는 일단 에너지 보존 기술이 중요하고, 신재생에너지를 고효율로 쓸 수 있는 설비가 필요하겠지요. 그래서 에너지 보존 효율이 높은 진공단열패널을 건물에 적용시키는 방법을 연구하고 있고, 국제표준규격도 만들고 있습니다. 또 친환경 건축재인 흙, 나무, 짚 등을 현대 건축에 활용하는 기술을 개발 중입니다. 그런 재료들은 자연에서 쉽게 얻을 수 있고 환경오염도 전혀 없어요. 거주자들의 건강에도 좋고요.

건축에서 환경을 위해 고려해야 할 또 다른 요소들은 뭔가요?

최소한의 에너지 소비가 이루어지도록 건물의 에너지 보존 전략을 잘 수립해야 한다는 건 이미 얘기했고요. 또 하나 중요한 건 건축자재입니다. 건물은 사용 기간 동안 에너지를 소비함으로써 환경에 영향을 끼치기도 하지만, 건축에 사용된 재료를 통해서도 만만찮은 영향을 끼치거든요. 건물을 만들 때 어떤 자재를 사용하느냐에 따라 그걸 만드는 데 들어가는 에너지양이 달라집니다. 제조 과정뿐만 아니라 수송과 폐기에 이르는 전 과정을 감안해서 자재를 택해야 하고, 그 자재를 사용한 건물의 전 생애주기 동안의 에너지도 종합적으로 고려해야 합니다. 예를 들어, 생산 과정에서 많은 에너지가 투입되는 철강재나 환경문제를 일으키는 콘크리트 같은 재료보다는 체계적 조립에 의해 생산된 친환경 가공목재가 더욱 바람직한 재료라고 할 수 있겠지요. 건물의 특성을 고려해서 그에 맞는 적당한 건축 재료를 선정하는 것이 필요합니다.

이 분야에서 활동해 오시는 동안 혹시 어려운 일은 없으셨나요?

내가 하는 일에 대한 주변 분들의 시선은 대체로 좋은 편이에요. 많이들 격려하고 응원해 주시죠. 한 가지 어려운 점이 있다면 새로운 건축 기술에 대한 사람들의 편견이 아닐까 합니다. 에너지 절약형 건물을 만들려면 처음 지을 때 일반 건물보다 더 많은 비용이 들어갈 수밖에 없는데, 건축비만 보고 '경제성이 없다'고 생각하시는 분들은 참 설득하기가 어려워요. 물론 초기 설치비가 더 높은 건 사실이지만, 이후의 에너지 절감 비용을 따지면 오히려 시간이 지날수록 훨씬 이익이거든요.

외국엔 생태 건축으로 유명한 도시들이 많다고 들었어요. 해외여행 기회가 생겼을 때 꼭 한번 가 볼 만한 곳은 어디일까요? 혹시 우리나라에도 그런 곳이 있나요?

독일 남부의 프라이부르크 시를 강력 추천합니다. 친환경적으로 도시 개발을 하고 재생에너지 기술을 적극적으로 도입해 도시의 에너지 자립을 추구하는 유명한 도시죠. 태양에너지 이용 사례를 비롯한 다양한 에너지 절약형 건물들을 살펴볼 수 있을 거예요.

국내에서는 우리 조상들의 지혜를 확인할 수 있는 전통 마을인 안동 하회마을, 경주 양동마을, 영주 무섬마을, 아산 외암리 마을을 추천합니다. 우리나라 전통 건축엔 자연에 순응한 삶의 지혜가 아주 잘 나타나 있죠. 자원이 풍부하지 않던 시대에 자연에서 얻을 수 있는 재료인 목재, 흙, 돌을 활용해 삶의 공간을 조절했던 지혜들을 재미있게 관찰할 수 있답니다.

건축가를 꿈꾸는 청소년들 중엔 친환경 건축에 대해 미처 모르는 아이들도 많을 텐데요. 그런 친구들에게 도움이 될 만한 조언 부탁드립니다.

미래지향적인 비전을 갖고 일하는 건축가로서 본인의 모습을 상상해 보라고 권하고 싶어요. 에너지와 환경문제 해결에 더해 사람들에게 쾌적함을 주고 일의 능률을 높여 주는 건축이 친환경 건축임을 감안한다면, 미래의 건축가에게 '친환경'은 선택이 아닌 필수라고 확신합니다. 게다가 앞으로는 사람의 건강을 보살피는 건축이 각광받을 거라고 생각해요. 그것 또한 친환경 건축의 핵심이지요. 이렇듯 유망한 분야가 친환경 건축임을 명심하고, 더 많은 관심을 가져 주기 바랍니다.

• **인터뷰 및 정리** : 온양용화고등학교 조미나, 김보미 (지도 교사 최소영)

최·호·성·

충남 천안에서 '약선 한의원'을 운영하는 한의사. 고2 때 소설 『동의보감』을 접하고 허준처럼 가난한 사람들의 아픔을 보듬는 한의사가 되기로 결심했다. 몸은 물론 마음의 아픔까지 치료하는 한방 신경정신과가 그의 전문 분야다. 천안 나사렛대학, 서울 노들장애인야학, 평화예술마을 대추리에서 장애인과 사회적 약자들을 위해 무료 진료를 하고, '한방의료활동 들풀' 운영위원으로서 연대와 실천을 통한 의료활동에 힘쓰고 있다.

* 페이스북: facebook.com/comuno

환자의 몸뿐만 아니라 마음까지도 세심하게 들여다보는 정신의학 전문 한의사가 있다. 장애인과 소외된 이웃의 고통을 보듬기 위해 한 달에 몇 번씩 한의원을 비운 채 무료 진료에 나서기도 한다. 대추리와 강정마을처럼 폭력에 짓눌린 현장을 찾아 생명, 환경, 평화, 연대를 실천하는 최호성 한의사. 그분의 한의원에서는 한약 냄새보다 진한 생명의 향기가 물씬 풍기는 듯했다.

공감과 소통으로 생명을 껴안는 한의사

한의학은 저희에게 익숙하면서도 한편으론 알쏭달쏭한 것 같아요. 한약도 먹어 봤고 침도 맞아 봤는데 말이에요. 서양의학과 한의학은 어떻게 다른 건가요?

서양의학에서는 몸이 아프면 해당 부위에 약을 써서 질병을 치료하죠? 한의학에서는 몸의 모든 부위가 연결되어 있다고 생각하기 때문에 아픈 곳과 관련된 다른 신체 부위의 혈(穴)자리를 자극해 치료합니다. 조화를 잃은 신체 균형을 한약으로 맞춰 주고요.

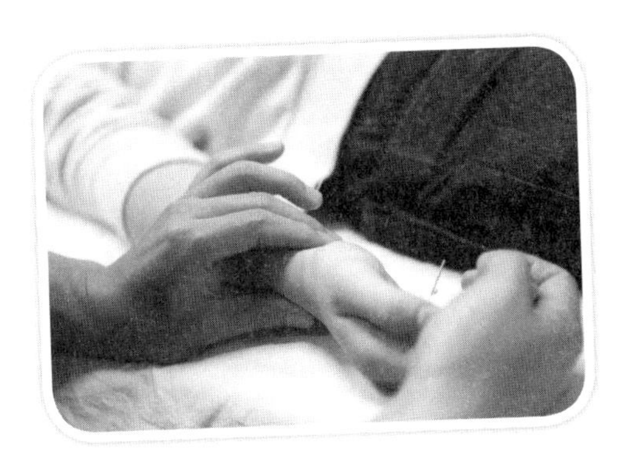

한의학은 '음양오행(陰陽伍行)'이라는 동양철학을 기반으로 합니다. 우주엔 음과 양이 공존하고, 오행-목(木)·화(火)·토(土)·금(金)·수(水)-의 변화가 우주의 변화와 질서를 만들어 나간다고 보는 거예요. 음양오행의 변화가 모든 생명들에게 영향을 주기 때문에 우리도 자연 속에서 공존하며 살고 있는 거죠.

생명이라는 기운의 현상에 중심을 둔 한의학은 이렇듯 "모든 세상 만물은 공존한다"는 가치를 내부에 담고 있습니다.

그럼 한의사의 역할도 일반 의사와는 다르겠네요.

그렇죠. 한의원이라고 하면 대개 침, 한약, 뜸 같은 것들만 생각하는데, 한의사는 몸이 허할 때 약을 지어 줄 뿐 아니라 생명의 기운을 조화롭게 조절해 주는 역할을 해요. 생명의 본질을 볼 수 있다는 것이야말로 한의학의 가장 큰 장점이거든요. 하지만 대부분의 사람들은 한의학을 그렇게 생각하지 않아요. 생명과 관련된 많은 문제들을 한의사가 해결해 줄 수 있는데, 사람들은 한의원을 단지 침 맞고 뜸 뜨는 곳 정도로만 여기죠. 한의학을 올바르게 이해하면 마음이 아플 때도 와서 치료받을 수 있는데 그러지 못할 때 조금 아쉽답니다.

블로그를 보니까 공황장애 같은 정신과 진료를 많이 하시던데요. 여느 한의원들과는 많이 달라 보였어요. 특별히 그쪽 분야에 관심을 기울이시는 이유가 있는지요?

생명은 몸과 정신, 기운의 조화입니다. 기운이라는 것은 생명의 일부이고, 정신과 육체 또한 생명의 일부죠. 그러므로 그 셋의 조화 상태에 따라 생명의 상태도 달라져요. 정신이 막히거나 기운이 약해지면 화가 난 상태가 될 수 있고, 힘없는 생명이 될 수도 있지요.

세 가지 중 나는 특히 정신에 관심이 많아서 사람들의 마음을 많이 연구했어요. 그들이 하는 말들도 귀담아 들었고요. '아, 골치 아파! 사람들과 얘기하면 피곤하고 힘들어'라는 생각보다는 '저 사람의 얘기를 듣고 싶어. 들어 주는 건 잘할 수 있을 것 같아'라는 생각이 점점 커졌어요. 그래서 한의학에 기초한 정신과 치료를 하게 되었죠.

일반 병원에서는 환자를 진찰할 때 청진기를 쓰는데 한의사는 진맥만으로도 환자의 상태를 알 수 있나요?

한의사는 맥으로 생명 상태를 진단할 수 있어요. 혈관을 통해 느껴지는 심장 박동인 '맥'은 바로 그 사람의 생명력이에요. 맥은 음식과 호흡을 통해 만들어진 기(氣)가 우리 몸속을 흐르는 무형의 통로로서 오장육부와 피부, 혈관, 근육과 인대, 뼈와 신경에 모두 연결되어 있습니다. 그래서 그 맥의 기운을 통해 그 사람의 생명 현상을 추정하는 거예요.

의료 나눔활동을 많이 하신다고 들었습니다. 어디에서 어떤 활동을 하시는지 궁금해요.

도움이 절실히 필요하다고 생각되는 곳에 가서 진료활동을 하지요. 천안 나사렛대학교에 장애 학생들이 4백여 명 있는데, 한 달에 두 번씩 그곳에 진료를 하러 갑니다. 한의사들과 학생들이 함께 만든 단체인 '한방의료활동 들풀' 회원들과 함께 4년 전부터 매주 일요일마다 서울 혜화동 노들장애인야학에서 '장애인 독립진료소' 활동을 해 왔고요. 대추리 사태* 때 큰 아픔을 겪었던 분들이 모여 사는 '평화예술마을 대추리'에서도 한방 진료를 하고 있어요.

* 미국 2보병사단과 용산 주한미군기지를 2008년 말까지 평택시 팽성읍 대추리 일대로 이전하는 문제를 둘러싸고 2006년에 지역주민 및 시민단체와 공권력 사이에 벌어진 대규모 충돌 사태. 주민들은 결국 대추리에서 쫓겨났고 그들 중 일부는 인근 마을로 이주했다. 행정구역상으로 '노와리'인 그 마을을 대추리 출신 주민들은 '평화예술마을 대추리'라고 부른다.

무료 진료 봉사를 하시게 된 계기는요?

한의원을 개원한 뒤 지역사회에서 의미 있는 활동을 하고자 노력했어요. 고아원에도 가고 복지원에도 갔었는데 꾸준히 하려니 쉽지가 않더군요. 이런저런 어려움들을 점점 당연하게 받아들이는 나 자신이 문득 부끄러워졌습니다. 그때 마침 선배 한 분이 의료 자원활동 단체인 장애인 진료소를 준비하면서 함께하자는 제안을 했어요. 그게 계기가 되어 2009년부터 무료 진료를 시작했지요.

삶에서 가장 중요한 건 사람들과 마음을 나누며 함께 살아가는 거라고 생각해요. 그걸 가능케 하는 건 공감과 소통이고요. 그런 의미에서 무료 진료는 내게 소중한 전환점이었습니다. 사람들과 진심으로 공감하고 소통하면서 많은 걸 배울 수 있었으니까요. 예전에는 내가 옳다고 생각하는 것만 인정하고 상대방의 이야기를 귀담아듣지 않았는데, 누가 어떤 얘길 하든 나름의 이유가 있음을 알게 됐어요. 마음이 열린 거지요. 생명이란 서로 교감하며 살아갈 때 의미 있는 존재가 된다는 것을 새삼 깨달을 수 있었습니다.

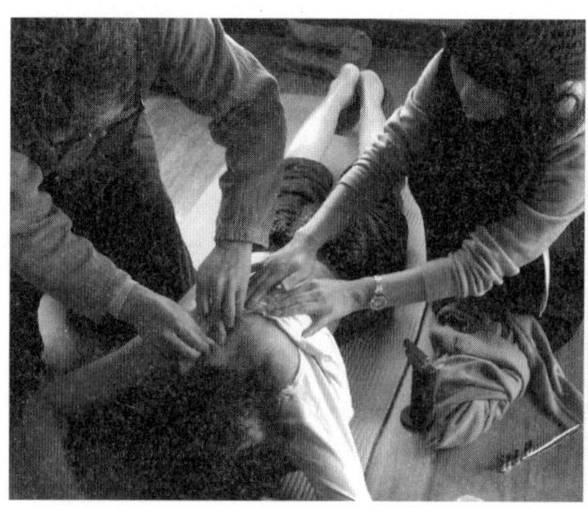

선생님처럼 생명 사랑을 실천하는 한의사가 되려면 어떻게 해야 할까요?

생명에 대한 고민을 폭넓게 해 보세요. 더불어 사는 삶에 대한 고민도 깊게 해 보고요. 단지 돈을 많이 벌 거라는 생각으로 한의사를 꿈꿀 수도 있겠지만, 의료인은 생명을 대하는 직업이기 때문에 윤리적인 사명감도 매우 중요합니다. 내가 왜 한의사가 되고 싶은지, 한의사라는 직업을 통해서 이루고 싶은 게 뭔지, 나는 어떻게 살아가고 싶은지 스스로에게 계속 물어 가면서 답을 찾는 게 중요하다고 생각해요.

이제 인터뷰는 마무리된 거죠? 그럼 다 같이 한의원 뒷산으로 산책을 가 볼까요? 나도 여러분과 함께 마음을 나누고 싶네요. 자연으로 나가면 마음이 열리기 때문에 소통하기가 훨씬 쉽답니다. 여러분들은 어떤가요?

• **인터뷰 및 정리** : 청주 봉명고등학교 이연수, 라소진, 변혜영, 신승현, 이경은, 이성준, 이은화 (지도 교사 맹계현)

전남 여수 갑 4선 국회의원. 고교 시절엔 세계평화에 이바지하는 외교관을 꿈꿨고, 대학에선 독재권력에 맞서 학생운동을 하다가 제적되었다. 이후 종교가 세상을 바꿀 거라 믿으며 '한국종교인평화회의' 사무총장으로 활동했다. 1995년 여수 앞바다에서 터진 '씨프린스 호 원유 유출 사고'를 계기로 삶의 방향을 전환, 환경문제 해결에 앞장서겠다는 일념으로 정치에 입문했다. 국회기후변화포럼 공동대표를 맡고 있으며 2009년 한국환경정보연구센터가 선정한 '친환경 베스트 의원'에 선정되었다.

'… 국민들이 인간다운 삶을 영위하게 하고 상호 간의 이해를 조정하며, 사회 질서를 바로잡는 따위의 역할을 한다.' 국어사전에서는 '정치'라는 단어를 이렇게 설명하고 있다. 하지만 정치인들 중 이 뜻풀이에 충실한 분들이 과연 얼마나 될까?
김성곤 의원님은 한때 평화를 최고의 가치로 여기며 외교관과 스님을 꿈꿨던 분이다. 그리고 정치를 시작한 뒤로는 줄곧 '환경'이라는 화두와 씨름해 오신 분이다. 녹색 세상을 만들기 위해 오늘도 동분서주하는 의원님을 보며 생각했다. 국어사전이 마냥 허망한 해설만 늘어놓고 있는 건 아니라고.

행복해지는 법을 만드는 국회의원

국회에서 친환경 베스트 의원으로 선정되신 적이 있다고 들었습니다. 여러 분야들 중 특히 환경에 관심을 기울이시게 된 계기가 궁금해요.

〈투모로우〉라는 영화(원제 : The day after tomorrow, 2004)를 혹시 아나요? 기후 재앙에 관한 영화인데, 급작스런 기후변화로 인해 북미대륙 전체가 순식간에 얼어붙어 버리죠. 내 눈엔 그게 단순한 공상으로 보이지 않았어요. 현실에서 충분히 일어날 수 있는 일이라고 생각했습니다.

우리나라는 사계절이 분명한 나라였어요. 그런데 언제부턴가 봄과 가을이 굉장히 짧아지고 모호해졌죠. 요즘 남해안에선 아열대성 물고기들이 잡힌다고 해요. 한반도 중부와 남부에서 주로 재배되던 사과가 이젠 강원도 평창에서까지 생산되죠. 지구온난화로 해수면이 높아지면서 투발루처럼 물에 잠겨 사라지는 나라도 생겼고요. 전 세계가 머리를 맞대고 함께 풀어 나가야 할 인류의 최우선 과제가 바로 환경문제입니다.

나 역시 그런 생각에서 정치에 입문했고, 첫 상임위도 환경노동위원회였어요. 사실 나보다 훨씬 환경의식이 투철한 동료의원들도 많은데, 내가 국회기후변화포럼을 꾸리고 대표를 맡고 있다 보니 아마도 격려 차원에서 그런 과분한 상

을 주신 것 같습니다.

청소년들에겐 국회기후변화포럼이 생소한데요. 소개 부탁드립니다.

국회에서 환경을 주제로 연구하는 모임들 중 하나입니다. 설립된 지는 10년쯤 됐고요. 여야 국회의원, 공무원, 학자, 시민 등 각계의 사람들이 모여 환경과 기후변화 문제를 집중적으로 고민해 왔지요. 환경문제를 해결하기 위해 국회에선 어떤 법률을 만들어야 하는가, 기업이나 공공기관에선 어떤 일을 해야 하는가를 주로 논의합니다. 많은 법안과 정책들이 이 포럼을 통해 나왔어요.

포럼에서 만든 대표적인 환경 법률은 어떤 건가요?

여러 가지가 있는데 그중 내가 가장 애착을 가지고 있는 건 2008년에 발의한 '기후변화대책 기본법'입니다. 우리나라가 국제사회의 책임 있는 일원이 되려면 범지구적 기후변화 대응에 동참해 온실가스 배출을 줄이는 게 시급하다고 생각했지요. 그전까지는 관련 법령조차 없어서 효율적이고 체계적인 정책 추진이 어려웠거든요.

그 법안에서는 탄소배출권 거래제 도입과 관련하여 거래 촉진을 위한 정부의 적극적 역할을 강조하되 기업의 부담은 줄이도록 했어요. 배출권 거래 운영기반 구축 등 준비 사업이 원활히 진행되도록 구체화했고요. 이후 이 법안은 정부에서 추진한 '녹색성장기본법'과 합쳐졌습니다.

국회의원으로서 환경 정책을 추진하는 동안 어려움은 없으셨나요?

환경문제나 기후변화문제가 왜 생길까요? 사람들이 소비를 너무 많

포럼에서 만든
대표적인
환경★법률

★ 탄소배출권 거래제란?

지구온난화를 막기 위한 〈교토 의정서〉(1997)의 온실가스 감축 의무 규정에 신축성을 부여하기 위해 도입한 제도. 각 나라별 감축 목표에 따라 온실가스 연간 배출허용량이 정해지면 각국 정부는 그것을 국내의 기업별, 부문별로 할당한다. 이때 목표만큼의 감축이 어려운 국가나 기업은 목표를 초과달성한 다른 국가나 기업으로부터 여분의 배출권을 매입할 수 있다. 이 제도를 활용하면 개별 국가나 기업이 감축 목표 달성에 실패하더라도 지구 전체적으로는 목표 달성이 가능해진다. 우리나라는 2015년부터 아시아 국가들 중 최초로 탄소배출권 거래 제도를 실시할 예정이다. (한국 탄소배출량 세계 7위, 1인당 탄소배출량 세계 6위)

★ 기후변화대책 기본법 법안 중 발췌

1. 온실가스 총배출량 통계 작성, 관리 규정(법안 제15조) : 효과적인 기후변화대책 추진을 위해 매년 온실가스 총 배출량 통계를 작성, 분석, 검증하고 관리한다.

2. 기업의 온실가스 배출량 보고 규정 마련(법안 제17조) : 온실가스 배출을 줄이기 위해 온실가스를 다량 배출하는 사업자가 배출하는 온실가스의 양을 파악, 산정하고 산정된 배출량을 정부에 보고한다.

★ 녹색성장기본법(저탄소 녹색성장기본법) 중 발췌

정부는 온실가스 감축, 에너지 절약과 에너지 이용효율 향상 및 신재생에너지 보급 확대를 위해 중장기 및 단계별 목표를 설정하고, 일정 수준 이상의 온실가스 배출업체 및 에너지 소비업체에게 매년 온실가스 배출량 및 에너지 사용량을 정부에 보고하도록 하며, 정부는 온실가스 종합정보관리체계를 구축·운영하도록 한다(법 제42조, 제44조 및 제45조).

이 하기 때문이에요. 소비를 많이 한다는 건 생산을 많이 한다는 것이고, 그만큼 에너지를 많이 쓴다는 뜻입니다. 생산 과정에서 배출된 온실가스는 생태계를 파괴하고 인간의 생존을 위협해요. 살기 위해서 생산을 하는데 그게 도리어 사람을 죽게 만드는 거죠.

환경 정책을 만드는 과정에선 늘 개발 논리와 보존 논리가 충돌해요. 특히 생산자인 기업의 반발이 심하죠. 기업에 환경 책임을 물어 탄소세를 부과하면 생산 비용이 올라가고 회사의 이윤이 적어지니까 싫어하는 거예요. 반면 국가나 시민단체에서는 '세금을 부과해서라도 이산화탄소 발생을 막아야 하고, 그 세금으로 환경 정책을 세워야 한다'고 주장합니다. 양측의 팽팽한 대립을 중재하고 이해를 조정하는 게 제일 힘든 일이에요.

환경문제를 해결하려면 무엇보다도 우리 생활 자체를 친환경적으로 바꿔야 합니다. 독일은 '핵발전소 없이도 잘살 수 있다'는 의식이 확고해요. 국가 정책도 핵발전소를 없애는 방향으로 가고 있지요. 영국도 가장 먼저 산업화가 된 나라지만 온실가스 배출은 적어요. 우리나라는 말로는 환경이 중요하다고들 하지만 실제로는 돈이 가장 중요하죠. 돈 많이 벌어서 좋은 집 사겠다는 생각 자체가 이미 에너지소비형 사고방식입니다. 물질적으로 풍요롭게 사는 게 행복이라면 반환경적으로 살 수밖에 없거든요. 하루빨리 그런 사고방식에서 벗어나 행복의 의미를 재정립할 필요가 있습니다.

의식을 바꾸기 위해 제일 중요한 건 뭐라고 생각하세요?

교육이죠. 교육을 받지 않고서 사람의 의식이 바뀔 리 없잖아요. 돈을 벗어난 행복을 교육 과정에서 체험할 수 있게 해야 합니다. 꼭 많은 걸 소유해야만 행복한 건 아니구나, 공동체와 더불어 자연의 순리에 따라 사는 게 진짜 행복이구나, 라고 깨닫게 되면 자연히 친환경적인 삶을 살게 되지 않겠어요? 환경교육과 윤리교육이 더욱 활성화되어야 하는 이유가 바로 그거지요.

하지만 학교에서의 환경교육은 입시에 밀려 제대로 실시되지 않고 있어요. 의원님께서는 이런 현실에 대해 어떻게 생각하세요?

역사, 환경, 윤리처럼 가치관 수립과 관련된 과목은 당연히 필수과목이 되어야 한다고 봅니다. 지속가능한 세상을 만들려면 환경수업을 통해 학생들이 친환경적 삶을 실천하도록 이끌어 줘야 합니다. 그렇게 만드는 것 역시 정치인으로서 내 임무들 중 하나겠지요.

마지막으로, 공직자를 꿈꾸는 학생들에게 조언 부탁드립니다.

공직자가 늘 염두에 둬야 하는 건 나의 행복이 아니라 공동체 전체의 행복입니다. 늘 그것을 고민하고 실천하다 보면 저절로 좋은 공직자, 좋은 정치인이 될 수 있어요. 그런 고민 없이 단지 출세를 위해 애쓰면 잘될 리도 없거니와, 설령 된다 해도 오래 가지 않습니다. 내가 진실로 공익을 위해 헌신하겠다는 다짐을 계속 키워 나간다면 분명히 좋은 결과가 있을 거라고 생각합니다.

• **인터뷰 및 정리** : 성남 숭신여자고등학교 김민선, 김서현, 서영진, 정소희 (지도 교사 김강석)

미술로 세상을 변화시킬 수 있다고 믿고 끊임없이 작품을 통해 사람들과 소통하는 미술가. 회화, 영상, 입체, 공공미술에 이르기까지 모든 장르를 넘나든다. 흙이나 식물 같은 자연의 재료들을 주로 활용하며 분단, 노동, 4대강, 광주항쟁, 새만금, 기후변화 등 우리 사회가 겪고 있는 여러 문제들을 다룬 강렬한 작품들을 발표해 왔다. 환경문제를 해결하려면 도시의 흙이 살아나야 한다는 생각으로 광화문 일대에 〈광화문 농사로(路), 이제는 농사다〉(2012)라는 설치 작품을 만들기도 했다. 최근에는 서울의 공동체 문화를 회복하기 위해 지역공동체운동미술(커뮤니티 아트)에 몰두하는 중이다.

화백님과 인터뷰에 관해 상의하느라 문자를 주고받고 통화를 했을 땐 귀여운 이모티콘도 보내시고 목소리도 젊으셔서 30~40대쯤 되시는 줄 알았다. 그런데 프로필에서 실제 나이를 보곤 다들 깜짝 놀랐다. 예순셋! 어머나!

인터뷰 당일, 빨간 티셔츠와 알록달록한 반바지를 입고 "안녕" 하시는 모습을 보며 우린 다시 한 번 놀랐다. 진짜, 너무, 엄청 젊어 보이셨기 때문이다. 예순셋? 어머나!

인터뷰 내내 천진난만한(죄송!) 모습과 친근한 어투로 정성껏 질문에 답해 주시는 화백님을 보며 우린 알게 되었다. 정말로 나이는 숫자에 불과하다는 것을.

생명의 땅을 일으켜 세우는 환경미술가

화백님에겐 '민중미술가' '설치미술가' '공공미술가' 등 여러 수식어가 따라다니던데요. 뭐가 제일 정확한 건가요?

내 원래 전공은 서양화예요. 그런데 그림만 그리는 게 아니라 설치미술도 하고 공공미술도 하면서 사회운동에도 참여하지요. 흔히 '미술'이라고 하면 회화와 조각 정도로만 좁게 생각하는데, 나는 예술이 여러 방면으로 사회에 기여하면서 세상을 변화시킬 수 있다고 생각해요. 그래서 시민으로서 그리고 예술인으로서 내가 할 수 있는 방법들을 모두 활용하고 있습니다. 작품을 통해 사람들과 소통하는 거죠. 다양한 재료와 다양한 수단으로 내 생각을 표현하는 게 즐겁기도 하고요.

역사나 사회문제에 관심을 갖고 작품 활동을 하니 민중미술가로 불리고, 대부분이 설치 작품이다 보니 설치미술가로 불리고, 설치하는 장소가 공공장소여서 공공미술가로도 불리는데 뭐든 상관없어요. 내 목표는 단지 인간의 조건과 기능, 감정을 잘 표현하는 작가가 되는 거니까요.

서양화를 그리다가 공공미술에 관심을 갖게 된 이유가 있으신가요?

인생의 큰 전환점이 있었습니다. 1990년대에 모 화랑에서 7년 동안 전속 작가(특정 단체에 소속된 작가) 생활을 했는데, IMF 외환위기가 터지고 경제가 어려워지니까 전속 작가 제도가 다 없어져 버렸어요. 막막했지요. 처음엔 '이제 뭐 하지?' 하다가 차츰 '내가 진짜 하고 싶었던 게 뭘까?'를 고민하기 시작했지요.

그러다 문득, 우리나라에서 화가가 되는 과정이 참 이상하다는 생각이 들었어요. 우리나라 화가들은 미대 졸업 후 스스로 작가가 되거나, 공모전 입상을 통해 작가가 되거나, 아니면 개인전을 통해 작가로 데뷔하거든요. 좀 문제가 있는 것 같지 않아요? 의사들은 인턴, 레지던트를 거치며 임상 경험을 쌓아야 비로소 전문의가 되는데, 미술가들은 자기 작품이 사회 속에서 어떤 의미를 갖는지 고민하거나 경험해 볼 겨를도 없이 대학만 졸업하면 바로 작가가 되잖아요. 이건 도무지 말이 안 되는 거예요.

그래서 결심했죠. '사회 속에 들어가 사람들과 함께 그림을 갖고 놀아보자'라고요. 당시는 IMF로 인해 많은 사람들이 고통받을 때였는데, 그들을 위로해 주고 싶었어요. 1999년부터 2002년까지 매주 일요일마다 인사동으로 나가서 미술로 좌판을 열었습니다. 어떨 땐 비닐로 이것저것 만들고, 어떨 땐 수타면으로 만들고, 천연비누랑 아기장승도 만들고, 매주 소재를 바꿔 가면서 별의별 시도를 다 했지요.

그러면서 깨달았어요. 내가 사람들을 위해 봉사한 게 아니고 오히려 그들과 소통하면서 배우는 게 훨씬 많다는 것을. 내 인생에서 가장 큰 변화가 바로 그때 시작된 거예요. 시민은 구경꾼이 아니라 함께 어울려서 작품을 만드는 동료라는 걸 알게 됐고, 그들과 함께하는 실천 운동으로서 공공미술을 시작하게 되었죠. 그때 타이틀이 이거였어요. 당신도 예술가!

작가와 관람객이 따로 있는 게 아니고 우리 모두가 예술가라는 뜻이지요.

사회문제에 대해 작품으로 소통한다고 하셨는데, 화백님이 관심을 두는 사회 문제는 어떤 것들이에요?

정치든 환경이든, 그 시대에 문제가 되는 거라면 다 관심이 갑니다. 내 눈에 들어온 사회문제들을 다양한 방식으로 작품에 담아서 사람들에게 알리지요.

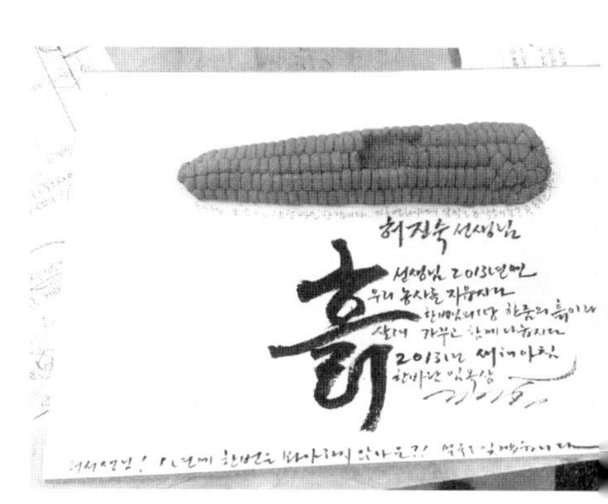

내가 주로 사용하는 방법들 중 하나는 그해에 가장 중요하다고 생각되는 내용을 연하장에 담아서 보내는 거예요. 2013년엔 기후변화 문제 해결을 위해 온실가스를 줄이고 땅을 살려야 한다고 생각했어요. 그래서 도시 농사를 짓자는 뜻으로 연하장에 옥수수 씨앗을 담아 보냈죠. 나는 '생활이 곧 예술이고 삶이 곧 예술'이라고 생각합니다. 사람들이 연하장의 씨앗을 심어서 키우면 그게 곧 환경문제를 해결하는 첫걸음이 될 수도 있어요. 내 작품은 내 손에서 완성되는 게 아니고 작품을 대하는 사람들이 완성하는 거예요. 그게 생활미술이지요.

흙이나 식물 같은 자연물을 이용한 작품들이 많은데, 그것도 마찬가지 이유인가요?

예전부터 땅에 대한 생각을 많이 했어요. 내가 살고 있는 이 땅은 무엇인가? 나는 왜 분단된 조국에서 태어나 분단된 땅에서 살고 있는가? 사람들은 왜 서로 땅을 가지려 다투는가? 만물은 땅에서 태어나 땅에서 자연물을 얻으며 살다가 땅으로 돌아가는데 왜 인간은 그러지 못하는가? 등등. 그런 생각들을 작품에 담고 싶어서 땅을 그리기 시작했는데 서양화로는 땅을 제대로 표현하기 어려웠어요. 유화 대신 점토를 써 보기도 했지만 그것도 아니라는 생각에, 진짜 흙으로 땅을 표현할 수 있는 방법을 찾기 시작했죠. 고민 끝에 직접 논으로 들어갔어요. 그렇게 해서 흙으로 처음 만든 작품이 동학농민혁명 100주년 기념작 〈일어서는 땅〉이에요.

〈일어서는 땅〉(1994)

지금 환경문제가 심각한 건 사람들이 흙을 멀리했기 때문이라고 생각해요. 흙 없이는 어떤 생명도 살 수 없고 생명을 키울 수도 없잖아요. 이제라도 다들 생명의 원천인 땅의 소중함을 깨달았으면 합니다.

말씀을 듣고 보니 다른 수식어들보다 '환경미술가'가 훨씬 잘 어울리실 것 같아요. 마지막 질문 드릴게요. 하늘공원에 설치된 〈하늘을 담는 그릇〉에는 어떤 의미가 담겨 있나요?

난지도가 원래 쓰레기 매립장이었잖아요? 매립장을 다른 데로 옮기니까 어느 날부터 씨앗이 날아와 식물이 자랐어요. 쉴 곳이 생기니 새도 날아오고 자연스럽게 공원이 된 건데, 쓰레기 산이 생명을 품은 공원으로 바뀐 건 굉장히 놀랄 만한 일이잖아요. 그냥 놔두긴 너무 아까워서 그곳에 예술 작품을 설치하면 어떻겠냐고 서울시에 제안했죠. 그로부터 10

년 뒤에 실제로 작품 공모전이 열렸어요. 거기에 내 작품이 뽑힌 거지요. 쇠로 큰 그릇을 만들고 구멍을 뻥뻥 뚫어 빛과 바람, 소리와 시선이 통하게 했습니다. 속이 다 보이니까 소통할 수 있고, 새들이 날아가다가 다칠 확률도 적지 않겠어요? 그 그릇에 등나무도 심었어요. 쇠로 만든 인간의 구조물에 등나무가 쭉 타고 올라가면서 자연스럽게 생명의 선이 만들어지는 거죠. 잎이 나고, 꽃이 피고, 열매 맺고, 계속 자라나니까 항상 새롭잖아요. 참 멋지지 않아요?

〈하늘을 담는 그릇〉(2009)

나는 1백 년 뒤에 완성되는 작품을 만들고 싶어요. 더 많은 사람들이 작품을 통해서 소통할 수 있도록. 그런 걸 'Growing Art(완성을 향해 가는 예술)'라고 하지요.

작품 이름에도 그런 뜻이 담겨 있습니다. 하늘을 담'**은**' 그릇은 과거형이고 완료형이잖아요. 등나무가 자라면서 그릇이 나날이 풍성해질 텐데 하늘과 자연을 계속 담아야죠. 그 작품은 늘 현재진행형인 거예요. 하늘을 담'**는**' 그릇! 이제 그 의미를 아시겠지요?

• **인터뷰 및 정리** : 청주여자고등학교 김재림, 김예린, 김지경, 신혜빈 (지도 교사 허진숙)

국내 유일의 자연학습 교구 전문업체인 '에코샵 홀씨(주)' 대표. '신의 직장'이라는 금융회사에서 15년간 일하다가 과감히 사표를 던지고 1999년에 숲 해설가로 변신했다. 우리나라엔 숲을 체험할 교구나 교재가 없다는 현실을 깨닫고 2003년에 자연학습 교구를 개발, 판매하는 홀씨를 창업했다. 다양한 자연체험 프로그램과 강좌를 열고, 여러 환경단체들을 후원하며, 생태교육을 연구하는 부설연구소까지 운영 중이다. 2006년에 환경운동연합으로부터 '녹색기업인상'을, 2012년엔 환경부로부터 '국무총리상'을 받았다.

운현궁 뒤 골목길 안쪽으로 들어가면 아주 독특하고 재미있는 가게가 있다. 자연학습 교구를 판매하는 에코샵 홀씨. 그곳엔 새끼손톱만 한 꽃잎을 관찰하는 확대경, 새소리가 나는 피리, 실물 크기의 나뭇잎이나 동물 발자국이 프린트된 예쁜 손수건들이 있다. 일종의 자연 팬시점이라고나 할까? 신기하고 아름다운 자연을 우리 손 안에 넣어 주고 사람들과 자연 사이의 서먹함을 없애 주는 홀씨의 양경모 대표님은 샘솟는 아이디어만큼이나 열정 또한 넘치는 분이었다.

자연을 우리 손 안에! 에코샵 홀씨 대표

안녕하세요. 매장이 너무 예쁘네요.

어서 와요! 편히 둘러봐요. 안쪽에 갤러리도 있으니 예쁜 나무 조각품들도 보고요.

나무 수액이 차오르는 소리를 듣는 청진기, 각종 나무 열매들이 담긴 촉감 주머니, 등을 긁으면 귀뚜라미 소리가 나는 막대기. 눈길 닿는 곳마다 신기한 게 가득했다.

이건 나뭇잎 손수건이에요. 숲이나 공원에 가면 여기 담긴 나뭇잎들 중 절반 정도는 쉽게 찾을 수 있죠. 그냥 손수건으로도 쓰고, 틈틈이 들여다보면 자연 공부도 되고, 손수건을 활용한 다양한 자연학습 프로그램도 만들 수 있어요. 홀씨 손수건엔 그밖에도 나비, 동물 발자국, 열매 등 다양한 자연물들이 담겨 있지요.

이건 루페(확대경)입니다. 자연물들을 아주 세밀하게 관찰할 수 있어요. 들꽃들은 대개 손톱만 하지요. 어떤 건 너무 작아서 꽃처럼 보이지도 않고요. 하지만 루페로 보면 작은 꽃잎에 숨어 있는 아름다움을 발견할 수 있어요. 어린이들에게 "꽃은 아름다워"라고 말로만 가르치는 것보다는 이런 관찰용 교구를 주는 게 훨씬 효과적이랍니다. 스스로 자연을 관찰하게 되니까요.

이런 회사를 운영하시는 걸 보면 자연관과 교육관이 아주 남다르실 것 같은데요. 저희에게도 설명해 주시겠어요?

우선 아이들에게 평생 간직할 자연의 아름다운 추억을 주고 싶어요. 자연에 대한 감수성은 어린 시절이 지나면 굉장히 무뎌지거든요. 그런데 요즘 아이들은 자연을 접할 기회 자체가 거의 없잖아요. 도시라는 제한된 공간 속에서 살아갈 수밖에 없는 아이들에게 다양한 자연교육 프로그램과 교구를 통해서 자연 감수성을 키워 주는 게 가장 큰 목표지요. 어른들에겐 자연의 아름다움에 대한 재발견 기회를 줌으로써 소중함을 다시 한 번 느끼게 하고요.

여긴 정말 신기하고 특색 있는 물건들이 많은 것 같아요. 혹시 이 제품들로 특허를 내서 풍족하게 살고 싶은 생각은 없으셨나요?

홀씨를 찾는 손님들은 다들 자연을 사랑하는 분들이에요. 나는 홀씨가 그분들과 같은 마음으로 동행해야 한다고 생각해요. 회사의 이윤은 결국 누군가의 주머니에서 나온 것이잖아요. 내 몫만 생각하고 적정 이윤 이상을 가져서는 안 된다고 봐요.

자연은 우리에게 아낌없이 주잖아요. 사람들에게 자연의 아름다움과 소중함을 알리고 싶어서 시작한 일인데 내 욕심만 차릴 수는 없죠. 그런 뜻에서 홀씨는 환경운동연합, 녹색연합 등 주요 환경운동단체들을 회사

이름으로 꾸준히 후원해 오고 있습니다.

질문했던 제가 부끄러워지네요. 그런데 대표님은 원래 금융회사에서 일하셨다면서요? 언제부터 이렇게 자연에 관심을 갖게 되셨어요?

내 윗세대는 물론이고, 우리 또래만 해도 어렸을 때 자연 속에서 맘껏 뛰놀았어요. 나 역시 그랬고요. 관심은 그때부터 있었던 것 같아요. 무작정 나무가 좋았고 곤충에도 아주 흥미가 많았거든요.

결혼해서 아빠가 된 후엔 우리 애들에게도 자연을 알려 주고 싶었어요. 그래서 걸음마를 할 때부터 주말마다 아이들을 데리고 나갔지요. 애들이 초등학교에 다닐 때 IMF 외환위기가 닥치면서 내가 회사를 그만뒀는데 처음엔 딱히 뭘 하겠다는 계획이 없었어요. 그 무렵 애들과 함께 2년 동안 한 달에 두 번씩 가평의 '두밀리 자연학교'에 다녔는데, 어느 날 그곳에서 자연을 가르치는 선생님들을 보며 문득 그런 생각이 들었어요. 아, 나도 자연교육가가 되어야겠다! 그때부터 내 인생이 완전히 바뀐 거지요.

어떻게요?

자연을 가르치려면 일단 내가 먼저 자연을 배워야 했어요. 지금은 그런 교육기관이 전국적으로 1백 개가 넘지만 당시엔 전혀 없었거든요. 수소문 끝에 지금의 '숲해설가협회'의 전신인 '자연환경안내자협회'가 있다는 걸 알아내고 무작정 찾아갔죠. 무보수 사무국장으로 일하며 수강생도 모집하고 프로그램도 만들었어요. 물론 내 공부도 했고요. 그렇게 해서 1999년에 마침내 숲 해설가가 되었습니다.

한동안 전국의 숲을 돌아다니며 활동을 하다 보니 제일 아쉬운 게 교재와 교구였어요. 외국에선 자연 체험을 할 때 다양한 교재와 교구들을 활용하는데 우리나라엔 그런 게 없다 보니 숲 교육에 한계가 많더군요. 그렇다면 내가 한번 해 보자 싶어서 만든 게 바로 에코샵 홀씨입니다. 그게 2003년이었어요.

홀씨에선 교구 개발 외에도 하는 일이 아주 많다고 들었어요.

주로 자연교육 프로그램을 개발하는 일을 하죠. 토양 학습 프로그램과 자연의 소리를 연구하는 프로그램을 개발했고, 다른 프로그램도 연구 개발 중이에요. 그렇게 개발한 프로그램을 실행에 옮기려면 교육을 맡을 사람들이 필요하기 때문에, 지도자 양성 교육도 함께하고 있어요. 탐조 안내인 양성 교육, 수(水)생태지도자 양성 교육처럼요. 그리고 자연을 좀 더 쉽고 재밌게 접할 수 있도록 천둥소리 악기 만들기, 천연 염색, 자연물 공예 같은 생태미술 활동도 하고 있어요.

정말 많은 일들을 하고 계신데, 앞으로는 또 어떤 계획을 갖고 계세요?

3년 전부터 우드카빙(wood carving. 나무 공예) 학교를 준비하고 있어요. 우드카빙은 상당한 손재주와 꼼꼼한 만듦새가 필요해서 대량생산이 불가능하고, 제품 가격이 아주 비싼 고부가가치 산업에 속해요. 그런데 우리나라에선 그걸 아무도 안 하고 있어요. 거의 전량을 일본이나 미국에서 수입하고 있지요. 홀씨가 우드카빙 스쿨을 열면 당장은 돈이 안 되고 사람도 없겠지만 머지않아 아주 인기 있는 강좌가 될 거라고 봐요.

아까 보여 줬던 자연손수건만 해도, 처음엔 생태교육이 발달한 유럽과 일본에서 대부분을 들여왔어요. 하지만 홀씨가 그걸 시작하면서부터 상황이 많이 바뀌었죠. 지금은 우리가 손수건 종류도 훨씬 많고 품질도 뛰어나요.

그밖에도 몇 년째 관심을 갖고 연구하는 분야가 있는데, 다름 아닌 '자연의 소리'예요. 자연에 나가면 듣기만 해도 편안해지는 소리들이 아주 많아요. 우리가 도시에 사니까 그런 걸 들을 기회가 없는 거지요. 그래서 그런 소리들을 계속 모으는 중입니다. 자연의 소리를 똑같이 낼 수 있는 교구도 만들고 새소리를 감별하는 교육 프로그램도 만들고 있어요.

이게 뭔지 알아요? 새소리 피리예요. 이걸 불면 오리, 뻐꾸기, 부엉이 소리가 나요. 입에 대고 한번 불어 보세요. 어때요? 마음이 편안해지지 않나요?

대표님은 다양한 방법으로 사람들에게 자연을 느낄 수 있도록 해 주셨다. 특히 '경영과 육성'이라는 기업인의 특성을 살려서 에코샵 홀씨를 꾸준히 성장시켜 오신 게 너무나 인상적이었다. 우리 역시 각자의 관심과 재능을 살려서 사람들과 자연 사이의 거리를 좁혀 줄 수 있다면, 그래서 훗날 누군가의 멘토가 될 수 있다면 참 행복하고 보람 있을 거라는 생각이 든다.

• **인터뷰 및 정리** : 안양 동안고등학교 강지원, 고수현, 염유진, 정선화 / 안양 덕원고등학교 정지환 (지도 교사 서은정)

홍성욱

한밭대학교 화학공학과 교수. 2009년에 한밭대 적정기술연구소를 설립하여 소장으로 활동하고 있다. 국내 유일의 적정기술 관련 논문집 「적정기술」의 편집위원장이며 〈적정기술미래포럼〉 대표이기도 하다. 2011년부터 일반인을 대상으로 '적정기술 아카데미'를 운영하고 있으며, 적정기술 대학생 해외봉사단 '효성 블루챌린저'를 지도하고 있다. 우리나라에 적정기술의 씨앗을 뿌리고 싹을 가꿔 온 자타공인의 적정기술 전도사. 저서로 『적정기술이란 무엇인가』(2011)가 있다.

빨간 안경이 인상적이었던 교수님은 불혹의 나이에도 불구하고 10년은 젊어 보일 만큼 동안이셨다. 게다가 적정기술의 전도사답게 사람을 기분 좋게 만드는 '적정한' 얼굴을 갖고 계셨다. 인터뷰니까 당연히 질문-대답-질문-대답이 이어질 거라 예상했는데 세상에나! 적정기술 강의를 듣는 뜻하지 않은 행운을 만났다. 교수님의 강의는 이해하기 쉬웠고, 그날 그곳이 아니었다면 절대 알 수 없었을 소중한 깨달음을 얻을 수 있었다. 우리에게 새로운 가치관과 꿈을 심어 주신 홍성욱 교수님의 명강의를 지금부터 소개할까 한다.

세상을 바꾸는 적정기술의 전도사

적정기술이 뭔지 잘 모르는 청소년들을 위해 의미와 특징을 간단히 설명해 주시겠어요?

일단 적정기술이 누구를 위한 기술인지부터 말해 줄게요. 적정기술의 세계적 권위자인 폴 폴락은 이렇게 말했습니다. 전 세계 대부분의 디자이너들은 오직 상위 10%의 부유한 소비자들을 위한 상품과 서비스를 디자인하는 데 온 힘을 쏟고 있기 때문에 '디자인 혁명'이라 불릴 만한 일이 일어나지 않는다면 나머지 90%를 위한 디자인은 존재할 수 없다고요. 적정기술은 바로 그 나머지 90%를 위한 기술입니다.

적정기술은 정의가 많습니다. 아직 많은 사람들에게 낯선 개념인 만큼 정의도 아주 다양한 거죠. 지금까지 나온 중요한 정의는 이런 것들입니다.

- 적정기술은 환경 파괴와 인간 소외를 초래하고 있는 현대산업문명을 이끄는 거대 생산기술에 대비되는 '대중에 의한 생산기술'이다.
- 적정기술은 철저하게 사용자의 관점에서 개발되어야 하는 '인간 중심의 기술'이다.
- 적정기술은 단순히 기술의 차원에 머무르는 것이 아니라 이를 통해서 사용자와 그가 속한 공동체의 역량이 강화되는 것을 목적으로 한다.

하나의 기술이 위와 같은 정의에 부합하려면 꼭 갖춰야 할 몇 가지 특징들이 있습니다. 우선 비용이 적게 들어야 하고, 가능하면 현지에서 나는 재료를 써야 하고, 재생 가능한 에너지를 사용해야 하고, 현지의 기술과 노동력을 사용함으로써 일자리를 창출해야 하고, 사람들의 협동을 이끌어 내야 하고, 현지인들이 그 기술을 이해할 수 있어야 하죠.

어때요? 이제 대충 감이 오나요?(웃음)

오기도 하고 안 오기도 해요. 가난한 사람들을 위한 쉬운 기술이고 친환경적이어야 한다는 건 어렴풋이 알겠지만요. 구체적인 사례를 보면 이해가 쉬울 것 같은데요.

물이 부족한 아프리카 사막 지대에서 하루에 몇 시간씩 물을 길러 다녀야 하는 주민들을 위해 개발된 '큐드럼(Q-Drum)'이라는 물통이 있어요. 가운데가 비어 있는 드럼통 모양인데, 끈을 묶어서 당기면 굴러가기 때문에 어린이들도 쉽게 물을 운반할 수 있지요. '라이프 스트로(life straw)'라는 제품은 내부가 필터로 되어 있어서 이 빨대를 이용해 더러운 물을 마시면 각종 박테리아와 세균들이 99.99%까지 정화가 됩니다.

우리나라의 '굿네이버스'가 개발한 '지 세이버(G-SAVER)'라는 축열기는

큐드럼

라이프 스트로

한 달 생활비 15만 원 중 난방용 유연탄과 장작 값으로 10만 원을 써야 하는 몽골의 저소득층을 위해 개발된 적정기술 제품입니다. 연료 사용량을 40% 이상 감소시켜 난방비를 줄여 주면서도 실내 온도를 5~10℃ 높여 주지요. 이 축열기 4천 대가 2011년 한 해 동안 약 15억 원의 비용과 8천 톤의 석탄 사용을 줄였다고 해요.

이제 확실히 감이 오는 것 같아요. 그런데 적정기술은 어떻게 생겨난 건가요?

적정기술의 원조는 마하트마 간디가 1920년대에 펼쳤던 '손물레 운동'입니다. "빈곤은 대량생산이 아닌 대중에 의한 생산을 통해서만 해결된다"는 게 그의 믿음이었지요. 간디의 영향을 받은 영국의 경제학자 슈마허는 『작은 것이 아름답다』(1973)라는 저서에서 '중간기술'이라는 개념을 처음으로 제안했어요. 서구의 대규모 기술과 달리 빈곤국가의 필요에 적합한 소규모, 저자본의 간단한 기술을 의미했죠. 이후 오일 쇼크와 환경 파괴, 비인간적 노동, 실업 같은 문제들이 지구를 휩쓸면서 빈곤국가뿐 아니라 강대국에서도 슈마허가 말한 인간 중심 기술의 필요성이 대두되기 시작했어요. 당시 중간기술운동을 펼치던 사람들은 '중간'이라는 용어가 자칫 열등한 기술이라는 느낌을 줄 수 있다며 새로운 용어를 만들어 내게 됩니다. 그게 바로 적정기술이에요.

그럼 교수님은 적정기술을 언제 처음 접하셨어요?

2007년 5월에 미국에서 '소외된 90%를 위한 디자인'이라는 제목의 전시회가 열렸어요. 아까 맨 처음에 언급했던 폴 폴락이 주최한 행사였죠. 당시 발간된 책을 그해 말에 우연히 보고 적정기술을 처음 알게 됐어요.

그때 난 '크리스천 과학기술인 포럼'에 참여하고 있었는데, 적정기술 관련 경진대회를 포럼에서 진행해 보자고 제안했죠. 당시만 해도 우리나라에선 적정기술의 개념조차 잘 모르고 있었어요. 경진대회를 열기엔 좀 이를 것 같아서 아카데미부터 시작하기로 했죠. 그렇게 해서 2008년 8월 한동대에서 '소외된 90%를 위한 공학설계 아카데미'를 열었고, 지금까지 매년 이어지고 있습니다.

적정기술 제품은 가난한 사람들을 위한 제품이잖아요. 그런데 너무 싸게 팔거나 공짜로 나눠 주면 그걸 만드는 기업에 문제가 생기지 않을까요?

그런 문제를 해결하기 위해 적정기술자들은 현지 주민들이 직접 협동조합이나 사회적기업을 세우도록 도와줍니다. 본인들이 직접 만들고 판매하고 관리하면서 경제적으로 자립해 나가라는 거지요. 그래야 빈곤을 근본적으로 해결할 수 있으니까요.

그렇게 해서 성공한 사례가 있는지 궁금해요.

대표적인 성공 사례로 흔히 '머니메이커(moneymaker)'를 꼽아요. 모터 대신 두 발로 밟아서 작동시키는 간이펌프인데, 이름 그대로 아프리카 농민들의 소득 증대에 기여했을 뿐 아니라 현지 사회적기업을 통해 수십만 개의 판매고를 올림으로써 적정기술 분야의 대표적인 비즈니스 모델이 되었죠. 이런 사례는 앞으로도 계속 나올 거예요.

청소년들이 적정기술 활동에 참여할 수 있는 방법이 있을까요?

한밭대에서 2012년부터 매년 여름방학 때 청소년 적정기술 캠프를 열고 있으니 관심 있으면 참가해 보세요. 학교에서 뜻이 맞는 친구들과 함께 동아리도 만들어 보고요. 대전 지역엔 적정기술 동아리 활동이 활발한 고등학교들이 꽤 있는데, 열정들이 아주 대단해요.

나중에 적정기술 분야에 진출하고 싶으면 어떤 준비를 해야 할까요? 일단 공대에 진학해야 하나요?

'기술'이니까 공학 쪽에 가까운 건 사실이지만 공과대학 외에도 진로는 아주 다양해요. 적정기술은 수많은 개념들을 포함하고 있으니까요. 하나의 제품을 만들어서 판매하려면 연구·개발뿐 아니라 디자인과 마케팅이 필요하고 경영도 필요하겠죠? 그러니까 미리부터 '공대'라고 못을 박기보다는, 자기의 관심 분야에 맞게 진로를 정하면서 적정기술에 대한 관심을 키워 나가는 게 더 중요하다고 생각해요.

적정기술이라는 단어가 아직 낯설긴 하지만 이 기술은 쓰임새가 무궁무진합니다. 참신한 아이디어와 적은 비용으로 만들어 내는 적정기술의 밑바탕엔 인류애라는 가치가 깔려 있지요. 환경을 지키고 지속가능한 세상을 만들려는 노력과도 맥이 닿고요. 작고도 아름다운 이 기술이 계속 발전한다면, 그 어떤 크고 화려한 첨단기술보다도 더욱 유용한 '세상을 바꾸는 기술'이 될 것입니다.

• **인터뷰 및 정리** : 충북고등학교 배준, 양승훈, 주영록, 이진영, 박범식 (지도 교사 남윤희)

김익중

동국대학교 의과대학 미생물학교실 교수. '반핵의사회' 운영위원장. 2009년 경주환경운동연합 의장을 맡으면서 반핵운동을 시작했고, 2011년 후쿠시마 원전 사고를 계기로 사회 모든 분야에서 원자력을 추방하는 전면적 탈핵운동에 뛰어들었다. 전국 곳곳을 돌며 시민들에게 핵의 위험성을 알리고 대안을 전파하고 있다. 2011년에 출범한 '탈핵에너지교수모임'의 집행위원장이며 '원자력안전위원회' 비상임위원(국회 추천)으로 활동 중이다. 저서로 『한국 탈핵』(2013)이 있다.

체르노빌 원전 사고는 오래전에 일어났던 먼 나라 이야기로만 생각했다. 후쿠시마 원전 사고는 TV에 계속 나왔고 바로 옆 나라 일이기도 해서 안타깝긴 했지만, 여전히 피부로 와 닿지는 않았다. 기껏해야 "일본 사람들 어떡하니?" 또는 "우린 괜찮겠지?" 정도였다. 김익중 교수님은 그게 얼마나 바보 같고 무책임한 생각인지를 우리에게 생생하게 일깨워 주셨다. 특히 '사고 확률'에 대한 말씀은 지금 생각해도 등골이 오싹하다. 서툰 글과 그림을 통해서나마 그 느낌을 전국의 친구들과 나눠 보고 싶다.

* 김익중 교수님과의 인터뷰는 만화 스타일로 각색해서 전합니다.

절대 고수의 탈핵 포스

지구에서 30만 광년 떨어진 우주 저편에
케론 별이 있었어요.
그곳 사람들은 서로를 도우며 평화롭게 살아갔어요.

어느 날, 이웃 은하계의 원전 마왕이
쳐들어왔어요.

"으해해핵! 온 땅을 핵구름으로 덮어 버리겠다!"

케론 별은 순식간에 황폐화되고 말았어요.

인삼 촌장님마저 원통하게 눈을 감으셨어요.
에코레인저에게 별의 미래를 맡긴다는
유언을 남긴 채! 에코레인저는 분기탱천했지요.

"원전 마왕! 우리가 널 상대해 주마!"
"뭐야, 이 조무래기들은? 딱 봐도 고딩인 녀석들이."

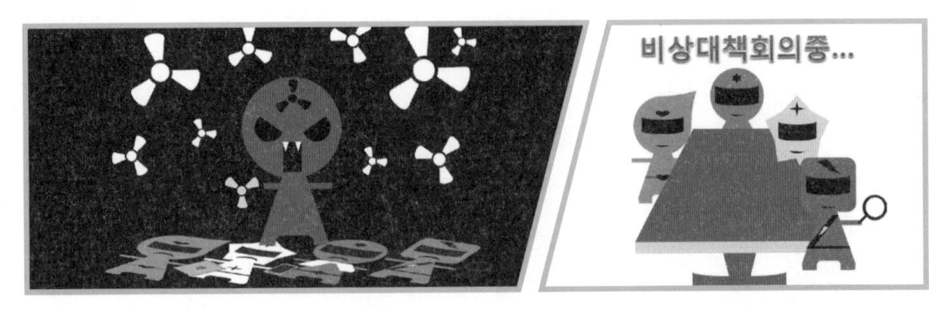

"탈핵의 '탈' 자도 모르면서 감히! 받아랏! 후쿠시마 원전 빔!"
콰콰쾅––.
에코레인저는 손쓸 틈도 없이 무너지고 말았어요.

"분하다! 이대로 당할 수만은 없어."
"너희들 혹시 지구의 김익중 교수님 아니? 탈핵 강의만 4백 번 넘게 한 초절정 고수야."

에코레인저는 웜홀을 통과해 지구로 갔어요. 산 넘고 강 건너 교수님을 찾아갔지요.

드디어 경주의 깊은 동굴 속에서
탈핵 수련 중인 교수님을 만났어요.

"저희의 스승님이 되어
탈핵 무공을
가르쳐 주십시오!"

"저희 케론별이 핵공격을 당해
모든 동식물들이 기형으로 변했습니다."
"흠, 보나마나 원전 마왕의 짓이로군."

"용사들! 탈핵을 아는가?"

"그럼요. 핵을 반대하고 추방한다는
뜻 아닙니까?"
"너무 뻔한 대답이로군.
이제 보니 너희 고딩이로구나?"

"탈핵이란 바로 이런 뜻이라네.
2011년 후쿠시마 원전 사고 이후
널리 쓰이는 개념이지."

"한국은 스승님이 계시니 안전하겠군요."

"그렇지 않다. 해안을 따라 늘어선 저 원전들을 보아라. 위험하기 짝이 없고, 특히 방폐장 문제가 심각한 상황이지."

"방폐장이 뭔데요?"

"원자력발전을 한 뒤에 나오는 핵폐기물을 보관하는 곳이지. 경주 방폐장 밑엔 지하수가 흐르고 게다가 퇴적층이 융기한 곳이라 방벽 역할을 해 줄 단단한 암벽이 없다. 콘크리트 구조물에 금이라도 가면 핵폐기물이 바다로 흘러들어 치명적인 환경오염을 가져올 것이다."

헐!

한국인들이 용감한 건지 무모한 건지 에코레인저는 도무지 이해할 수 없었어요.

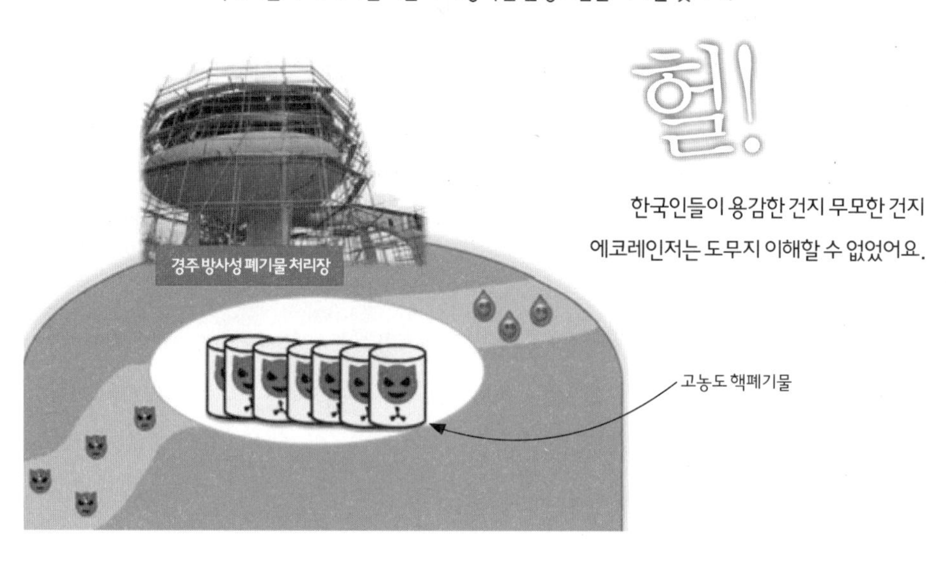

교수님의 강의는 하루종일 쉬지 않고 이어졌어요.

"방사능 기준치인 베크렐(Bq)을 아느냐?"

"1Bq는 방사성 물질이 1초에 한 번 붕괴되는 양 아닙니까?"

"그렇다. 그럼 한국의 방사능 허용 기준치는 얼마나 될까?"

"30Bq 정도? 너무 높게 잡았나요?"

"소심하긴. 무려 370Bq다! 기준치를 커트라인으로 통과한 음식을 먹으면 몸속에서 1초당 370개의 방사성 물질이 핵반응을 일으킨다는 뜻이지. 후쿠시마 사고 현장 근처의 바닷물에서 측정되는 방사능보다도 많은 양이다. 2013년 9월에 일본산 수입 식품의 기준치만 100Bq로 낮췄지. 나머진 여전히 370Bq이고."

"미친 거 아닌가요? 일본도 일반 음식 기준치는 100Bq이지만 음료수는 10Bq라던데."

"미친 거 맞다. 노벨평화상을 받은 '핵전쟁 반대를 위한 의사회(IPPNW)'에서는 방사능 기준치를 독일의 어린이 기준인 4Bq로 정했지. 내 목표는 한국의 기준치를 4Bq로 낮추는 것이다."

"한국에선 원전 사고는 안 일어났나요?"

"아직은! 하지만 안심할 수는 없다. 현재 지구에 약 4백50개의 원전이 있고 지금까지 6개가 폭발했으니 70~80개 중 하나 꼴이지. 한국에 원전이 23개니까 그중 한 개 이상이 터질 확률은 27%가 나온다. 그 확률에 시간 개념을 도입해 보겠다. (원전 개수× 원전 사용년수)를 '노년'이라 한다. 5개 원전을 5년 동안 돌리면 25노년이 되는 거지. 전 세계 원전은 총 1만2천 노년이고 그중 6개가 터졌으니, 1년에 한 개가 터질 확률은 6/12000이다. 여기에 일본을 대입해 보면 40년에 한 개씩 터진다고 나오는데, 정말로 딱 40년 만에 후쿠시마가 터졌지. 한국은 70년에 한 개 꼴이다.
어마어마하게 위험한 수치 아니냐?
그런데도 한국 정부는 정신을 못 차리고 현재 23기인 원전을
2035년까지 최대 41기로 늘리겠다고 공언하고 있지."

"그럼 더 위험해지는 거 아닙니까?"

"그래서 내가 탈핵 비법을 수련하고 있지 않느냐? 나뿐 아니라 다른 고수들도 열심히 수련 중이니라."

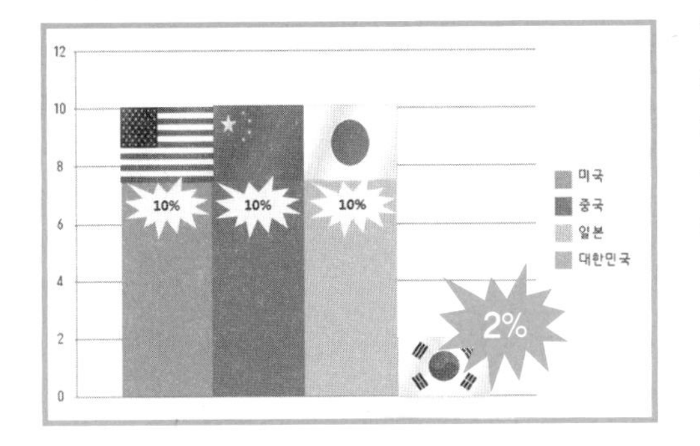

"한국의 전력 생산에서 원자력발전은 30%로 세계 5위인 반면, 신재생 에너지는 겨우 2%로 다른 나라들보다 훨씬 낮다. 선진국은 대부분 10%가 넘고 유럽엔 50% 가까운 나라도 있느니라."

"그런 나라들이야 자연 조건이 좋으니까……."
"천만에! 독일은 흐린 날이 많지만 태양광 분야 세계 1위다. 중요한 건 의지와 노력이니라."

"요즘엔 중국도 태양에너지 분야에 관심이 많다고 들었습니다."
"중국 기업들은 유럽 태양에너지 시장의 60%를 차지하지. 중국 정부와 기업들이 그만큼 많은 투 자와 연구를 한 결과 아니겠느냐?

"기업은 에너지 효율이 높은 기술을
개발해 전기 수요를 줄이고,
시민들은 에너지 사용을 줄이고,
정부는 정책적으로 신재생에너지
분야를 키우면 원전을 죄다 없애더라도
충분히 살 수 있느니라."

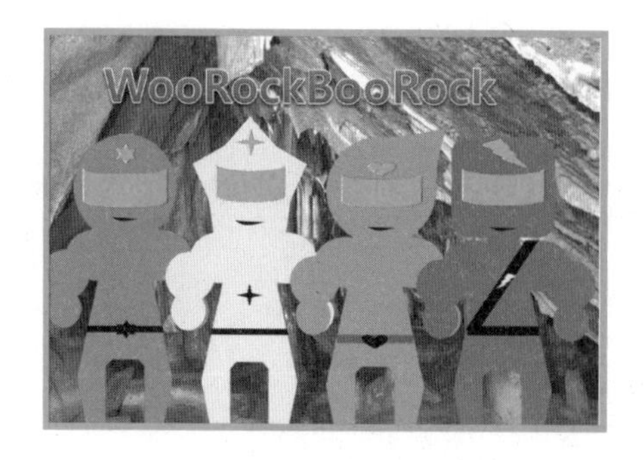

교수님의 많은 가르침 덕분에 에코레인저는
더 이상 예전의 허당 고딩들이 아닌
늠름한 탈핵 용사가 되었어요. 스승님께 작별을
고한 다음 그들은 다시 케론별로 돌아갔지요.

"꼬맹이들!
또 원전 맛이 그리운 게냐?
그렇다면 선물을 안겨 주지.
전 세계 원전들 총출동!"

"이제 원전 따윈 두렵지 않다. 받아라! 마법의 돋보기 태양열 신공!"
짜애애애애애앵!
"윽!"

"미래 세대인 청소년들에게 원자력에 대한 올바른 지식을 전하자! 다양한 책과 체험활동 가동!"
우루루루루루루!
"으으으……."

"캠페인을 통해 시민들에게 원전의 위험성을 알려야 해! 에코레인저 카페트(카카오톡, 페이스북, 트위터) 총출동!"

까똑까똑! ♪ 조아요 조아요! ♬

"이, 이럴 수가!"

"마지막이다! 슈퍼울트라 탈핵 비이이이임!!"

타타타타타타타타——탈—핵—!

"으아아악!"

"크윽! 분하다! 하지만 이 땅에 남은 핵폐기물이 영원히 너희들을 괴롭힐 거다."

"흥! 그런 일은 절대 없을 거야. 우리가 환경의식으로 똘똘 뭉쳐 원전과 핵폐기물을 없앨 테니까."

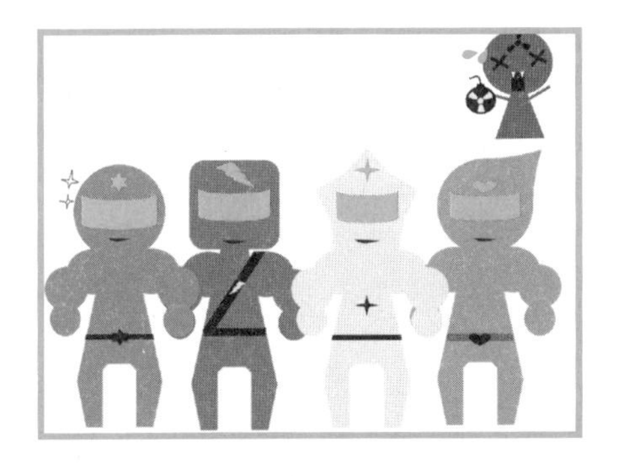

이렇게 해서 케론별은 다시 평화를 되찾았어요.
원전 마왕은 두 번 다시 이 아름다운 별에 얼씬도 못했답니다.
그나저나, 우주에서 제일 위험한 행성 지구는 과연 어떻게 되었을까요? 그리고 한국은?

* **인터뷰 및 정리, 그림** : 창원과학고등학교 서지혜, 김정솔, 박소정, 최유진, 이동주, 양재훈, 이준희 (지도 교사 황경미)

서울시민햇빛발전협동조합 이사장. 한겨레두레협동조합 대표. 학생운동과 노동운동을 거쳐 출판편집자로 활동하며 전태일 열사의 삶을 다룬 『어느 청년노동자의 삶과 죽음』(1983)을 펴냈고, 1992년 귀농 이후엔 에너지와 생태문제에 열정을 쏟아 왔다. 물신화 시대, 상품화 시대, 무한경쟁시대를 시민들 스스로 극복해 나가는 데엔 협동조합운동이 최선임을 깨닫고, 협동과 우애의 공동체를 만드는 일에 전력을 기울이고 있다.

인터뷰 준비 때문에 검색을 하면서 제일 궁금했던 건 이분의 소속이었다. 어떤 신문에선 '서울시민햇빛발전소'를 취재하면서 이분을 만나고, 또 어떤 신문에선 '마곡사 생태공동체'에 대해 이분과 인터뷰를 한다. 누군가 블로그에 올려놓은 '한겨레두레협동조합' 얘기에도 이분이 나온다. 동에 번쩍, 서에 번쩍! 그러다 그 단체들이 모두 협동조합이라는 걸 알았다. 협동심이 남달리 투철할 것만 같은 박승옥 이사장님은 대체 어떤 분일까? 이분을 만난 곳은 공주 마곡사의 상쾌한 숲길이었다.

대안적 생태공동체를 일구는 협동조합 활동가

숲이 참 좋네요. 왠지 정신이 맑아지는 것 같아요.

그렇죠? 마곡사 숲은 좋은 기운이 흐르는 곳으로 유명해요. 예전부터 대통령선거 후보들이 꼭 한번씩 들른다고 할 만큼 인정받은 곳이죠. 지금 함께 걷는 여러분도 자연의 기운을 얻어서 훗날 한국과 세계를 이끄는 사람이 될 거라고 믿어요.

굉장히 여러 곳에서 다양한 활동을 하신다고 들었어요.

맞아요. 공통점이 있다면 전부 다 협동조합이라는 거죠. 협동조합은 개인이 아니라 여럿의 이익을 위해 존재하는 공동체인데, 특히 사회적 갈등을 해소하는 데 아주 중요한 역할을 합니다. 프랑스에는 사회연대경제부 장관이 있고 영국에도 지역공동체 장관이 있지요. 협동조합이 전체 경제의 10%를 차지하는 국가도 있어요. 말 그대로 세계적 흐름인데 사실 우리나라엔 오래전부터 그런 게 있었어요. 여러분들이 학교에서 배운 '두레'가 바로 오늘날의 협동조합이거든요.

그렇게 여러 곳에서 협동조합 활동을 하시는 이유는 뭐예요?

과학기술이 발달하면서 농경을 중심으로 한 공동체 사회가 점점 사라져 가고 있습니다. 다들 값싸고 빠르고 편안한 삶에 길들여지고 있죠. 그 중심에 기업이 있어요. 그렇다면 기업들에게 사회적 책임을 요구해야 하지 않을까요? 돈만 벌지 말고 사회 전체의 이익과 환경보전을 위해서도 노력을 하라고 말이죠. 한편으론 협동조합을 통해 시민들이 직접 그런 가치를 실천해 나갈 필요가 있고요. 그런 생각으로 협동조합 활동을 하는 거지요.

그런 노력의 방법은 다양할 텐데 굳이 협동조합을 생각하신 계기는요?

석유 생산의 정점을 뜻하는 '피크 오일(peak oil)' 이후 에너지문제를 해결할 최선의 대안은 협동조합이라고 생각했어요. 홍성의 풀무학교생협, 대전 민들레의료생협, 옥천신문 그리고 남해신문 같은 곳들은 이미 협동조합으로서 지역사회에 튼튼히 뿌리를 내리고 있지요. 성남의 한살림과 동학사상 지역공동체도 있고요. 여러분들이 살고 있는 서울엔 병원들이 모인 마포의료생협이라는 것도 있어요.

지금 하시는 활동들 중 시작이 제일 어려웠던 곳은 어디였어요?

서울을 햇빛도시로 만들고자 하는 '서울시민햇빛발전소'가 특히 어려웠지요. 학교 옥상은 텅텅 비어 있는데 태양광발전 시설을 설치하는 것에 동의하는 분들이 선뜻 나서지 않는 거예요. 빌딩들은 하나같이 임대료를 받으려 하더군요. 지난 정부에서 발전차익제도(FIT)가 대폭 축소되는 바람에 어려움이 굉장히 많았어요.

발전차익제도가 뭐예요?

2002년 '신재생에너지진흥법'을 통해 도입되었던 제도인데요. 민간에서 전기를 만들면 그 양만큼 발전소가 늘어나지 않아도 되니까 국가로서는 일석이조잖아요? 그래서 도시의 빌딩 옥상이나 농촌의 축사 같은 공간에서 태양광으로 전기를 만들면 지원을 해 주는 거예요. 신재생에너지 분야를 키울 수 있는 좋은 제도인데, 지원 대상을 확 줄여 버린 거지요. 사업자등록증을 가진 '업체'만 지원하는 방식으로요.

그럼 서울시민햇빛발전소는 어떻게 그 문제를 해결했나요?

2005년부터 에너지대안센터 대표인 이필렬 교수, 명진 스님 등 30여 분과 함께 협동조합을 구상해 왔어요. 조합에서 시민발전으로 생산한 전기를 한국전력에 역공급하는 방식이지요. 협동조합도 발전 차익을 지원받을 수 있는 '업체' 중 하나거든요. 그 즈음 부안의 등용마을, 원불교 교단, 마중물 단체 등에서도 같은 개념의 시민발전이 도입되기 시작했어요. 원래는 발전 차익이 20%대까지 가능했지만, 아쉽게도 서울시민햇빛발전소는 12% 보장으로 사업이 시작되었습니다.

지금은 운영이 잘 되고 있나요?

서울시가 추진하고 있는 '원전 하나 줄이기' 사업과의 만남이 큰 힘이 됐어요. 우리 협동조합과 서울시가 2012년 6월에 '에너지 절약과 신재생에너지 생산기반 조성을 위한 업무협약'을 맺었거든요. 에너지 관련 조례를 개정하고, 발전차익을 1kW당 1백 원까지 인상하고, 건물 옥상의 임대료를 줄임으로써 공동설치를 유도하는 사업이 진행 중이에요. 곽노현 전 서울시 교육감 역시 서울지역 학교 옥상에 태양광발전 시설을 설치하는 데 적극 동의했고요. 현재 서울 상원초등학교에 제1호기가 설치된 상태입니다. 앞으로 6~7백 개의 학교 옥상에 1백kW급 태양광 발전시설

을 설치하는 게 목표예요.

힘이 부쩍 나시겠네요. 저희 같은 청소년들은 어떻게 참여할 수 있을까요?

서울의 경우 약 1백여 학교에 소규모 태양광발전 시설이 설치되어 있지만 대부분 관리가 제대로 되지 않고, 아예 멈춰 버린 것도 많아요. 일단 여러분의 학교 옥상에 발전 시설이 있는지 확인해 보세요. 가동되지 않고 있다면 학교에 수리를 요청하시고요.

일반 가정에서는 75만 원 정도면 250W 규모의 태양광발전 시설을 설치해서 전기를 얻을 수 있어요. 여러분들 집에도 하나씩 설치하면 좋겠네요. 용돈을 열심히 모으고 부모님도 설득해서 말이죠.

서울시민햇빛발전소에서 꿈꾸는 최종 목표는 뭔가요?

조합원이 1만 명을 돌파하는 날, 전국의 지붕이 태양의 텃밭이 되는 날을 꿈꿉니다. 그래야만 밀양, 삼척, 울진의 원자력 문제와 송전탑 문제에서 비로소 벗어날 수 있어요. 정부의 에너지기본계획에 따르면 2035년까지 원자력발전소가 40여 기로 늘어나게 됩니다. 그걸 막으려면 햇빛발전의 속도를 더더욱 높여야겠죠. 다행히 뜻을 같이하는 단체들이 많아요. 환경운동연합에서 운영하는 '우리동네햇빛발전조합'도 있고, 서울시에서 시민 펀드 형식으로 준비 중인 '서울시민나눔햇빛발전소'도 있지요.

햇빛발전소 말고 다른 협동조합에서는 어떤 일을 하시나요?

2010년부터 이곳 마곡사에서 원혜 스님과 함께 협동조합 형태의 생태공동체를 꾸리고 있어요. 마곡사와 연계한 다양한 공동체 운영 프로그램들을 진행하고 있지요. 한겨레두레협동조합은 장례와 관련된 협동조합이에요. 쉽게 말하면 상조회사인데, 폭리와 바가지로 얼룩진 장례업체들의 폐해를 바로잡기 위해 만들었지요.

오늘 해 주신 말씀들은 학교 환경 수업 시간에 친구들과 함께 나눠도 참 좋을 것 같아요. 마지막으로, 협동조합과 환경교육의 관계에 대해 말씀해 주시겠어요?

학교에서의 환경교육은 지구 전체의 문제뿐 아니라 지역의 문제를 정확히 인식시켜 주는 시간이 되어야 해요. 청소년들에게 행복한 지역공동체를 꿈꿀 수 있는 기회를 제공해야 한다는 뜻이에요. 그러면 여러분처럼 뜻 맞는 친구들이 모여 작게나마 마을공동체를 만들 수도 있고, 마을의 캐릭터 상품도 만들 수 있겠죠. 여러분의 아이디어가 마을을 살릴 수도 있어요. 그런 작은 기적이 가능하도록, 지역의 문화와 역사를 포괄한 환경교육을 해야 한다고 생각합니다.

• **인터뷰 및 정리** : 성남 숭신여자고등학교 소지영, 김윤수, 강문영, 최정연 (지도 교사 신경준)

성남 숭신여고 환경교사. 한국환경교사모임 공동대표. 처음엔 단지 '뜨는' 분야라서 환경공학과에 진학했지만, 이후 환경의 소중함과 환경교육의 필요성을 깊이 깨닫고 교사의 길을 걷기로 결심했다. 첫 부임은 2003년. 환경수업을 통해 학생들의 친환경적 소양뿐 아니라 창의성, 인성, 자존감까지 키워 주는 게 교사로서 가장 큰 바람이자 목표다. 환경 과목을 독립 교과로 선택한 학교가 갈수록 줄어드는 현실에 대응하기 위해 2004년 '한국환경교사모임' 결성을 주도했고 현재 공동대표를 맡고 있다.

숲이나 바다뿐 아니라 학교에도 멸종위기종이 있다. 바로 환경선생님이다. 전국의 중·고등학교들 중 환경 과목을 선택한 학교가 너무나 적고, 그나마도 계속 줄어드는 추세다. '환경이 대세'라는 21세기에 환경교사들이 멸종 위험에 처한 나라는 아마 지구 전체에서 우리나라가 유일할 것이다.
김강석 선생님의 환경 수업은 강의식으로 진행되지 않는다. 선생님과 학생들이 함께 대화하고 토론하며 환경문제에 대한 최선의 답을 찾아낸다. 절대 멸종되어서는 안 될 우리 삶의 길잡이! 선생님과의 인터뷰는 수업 때와는 또 다른 느낌으로 우리에게 다가왔다.

우리들의 환경선생님

선생님이 이렇게 긴장하시는 모습은 처음 뵙는 것 같아요. 평소에 안 입던 양복까지 차려입으시고.

흠흠. 긴장한다기보다, 내가 이런 인터뷰를 해도 되나 싶은 생각이 계속 머릿속에 맴돌고 있어요. 나보다 훨씬 훌륭한 환경선생님들도 많이 계시는데 말이죠.

선생님도 훌륭하세요. 우선 독자들에게 간단히 본인을 소개해 주시겠어요?

네. 숭신여자고등학교에서 독립 교과인 '환경' 과목을 10년째 가르치고 있는 김강석입니다.

독립 교과라는 말이 좀 어려운데, 쉽게 설명해 주셨으면 합니다.

독립 교과란 각 학교에서 자율적으로 선택할 수 있는 교양 선택과목을 말해요. 수능에는 포함되지 않지만 학생들의 교양을 위해 필요한 환경, 한문 등이 독립 교과에 속하죠. 학교에서 독립 교과를 선택하면 그 과목에 담당 교사가 배치되고 수업 시간표에도 포함됩니다.

선생님은 어떻게 해서 환경을 가르치게 되신 거예요?

내 꿈은 원래 수학 교사였어요. 그런데 고3 때 앞으로는 '환경'이 뜰 거라는 얘길 듣고 진로를 바꿨죠. 환경공학을 전공하며 우리 삶의 터전인 지구가 얼마나 소중한지 배웠어요. 오염된 환경을 맑게 회복하는 것도 중요하지만 더 중요한 건 오염 자체를 미리 막는 것임을 깊이 깨달았지요.

그러려면 무엇보다도 환경교육이 필요하다고 생각했어요. 그걸 제일 잘할 수 있는 사람이 바로 환경교사이고요. 미래 세대인 학생들과 함께 환경의 소중함을 느끼고 실천 방향을 고민하고 싶다는 생각으로 열심히 공부해서, 꿈에 그리던 선생님이 되었습니다.

수학선생님이 되셨더라도 학생들에게 환경 얘기를 할 수 있지 않았을까요? 다른 교과목에도 환경에 관한 내용들이 있잖아요.

환경교육에서는 지식보다도 태도와 가치 그리고 실천이 중요해요. 진학을 위해 시험을 준비하는 타 교과에서는 환경 얘기를 하더라도 대부분 지식 전달로 흘러 버리죠.

환경교육은 동아리 활동이나 일시적 이벤트처럼 진행되면 안 된다고 생각해요. 학교생활 내내 꾸준히 배우고 느끼고 실천하지 않으면 친환경적인 삶의 태도를 몸에 익힐 수 없고, 결국은 그릇된 생각과 나쁜 습관들이 생활을 지배하게 되니까요. 농도가 겨우 1백만분의 일에 불과한 오염물질 때문에 지구가 병들듯이, 인간의 아주 사소한 행동들이 결국은 지구를 망치고 있거든요.

독립 교과로서 환경 수업은 모든 학생들을 대상으로 올바른 환경 가치관과 실천을 이끌어 낼 수 있는 유일한 방법이라고 생각해요.

다른 학교 친구들과 환경에 대해 얘기하다 보면 도무지 말이 안 통해요. 친구들 학교엔 환경 과목이 없거든요. 전국에서 저희처럼 환경 수업을 받는 학생들은 얼마나 되나요?

교양 선택과목인 '환경과 녹색성장'을 배우는 학교는 전국에서 약 10% 정도예요. 그 학교들 중 환경을 전공한 교사가 수업을 하는 경우는 22.4%고요. 그러니까, 환경을 전공한 교사에게 환경 과목을 맡긴 학교는 전체의 2.2%에 불과한 거죠(이상 2012년 기준).

더군다나 2012년 이후 대부분의 환경교사들은 학교에서 환경 과목을 버리는 바람에 어쩔 수 없이 다른 과목으로 옮겼어요. 너도나도 환경이 중요하다고 떠들지만 교육 현실은 전혀 그렇지 않은 거지요. 그래서 우리끼리 우스개로 환경교사를 '멸종위기종'이라고 해요. 환경을 전공하고 환경교육을 하고 있는 선생님들 '개체 수'가 한반도 전체에 50명이 채 안 되거든요.

이런 악조건에서 환경 과목을 고수하며 남은 이유가 있으세요?

나는 환경 과목이 좋아요. 수능 과목이 아니라서 학생들과 편하게 많은 이야기를 나눌 수 있거든요. 환경교육이라는 게 결국은 자연과 인간이 함께 살아가는 방법에 대한 거니까요. 환경이라는 주제로 학생들과 창의적 활동을 하며 인성을 키워 준다는 데 대해서 보람도 많이 느끼고요. 만약 다른 과목이었으면 이런 수업을 하지 못했을 거예요.

환경으로 인성을 키워 준다고 하셨는데, 선생님은 수업을 통해서 저희에게 어떤 걸 알려 주고 싶으세요?

음, 거꾸로 질문해 볼게요. 3월에 전국의 학생 2천여 명이 모여 '어스아워 플래시몹' 했던 거 기억나요? 그때 학생들이 직접 행사를 기획하고 안무도 만들고 시민들 대상으로 캠페인도 했잖아요.

처음엔 우리가 이런 걸 할 수 있을까 싶었는데, 수천 명이 함께 플래시몹을 하고 10만 명이 넘는 시민들로부터 서명을 받았다는 게 진짜 큰 감동이었어요. 저녁이 되어 서울 도심의 불빛이 한꺼번에 꺼지는 걸 보면서 작은 행동이 큰 변화를 가져올 수 있다는 걸 새삼 느꼈고요. 더 크게는 '이제 나도 지구촌 시민이 되었구나'라고 생각했죠. 정말 뿌듯했어요.

바로 그거예요. 사람은 누구나 성장 과정에서 많은 실패를 겪죠. 그런데 자칫하면 그 실패로부터 교훈을 얻는 게 아니라 무력감을 배울 위험이 있어요. 그런 걸 교육학에서는 '학습된 무력감'이라고 하지요.

나는 환경 수업을 통해 여러분에게 무력감이 아닌 자존감을 키워 주고 싶어요. 그리고 환경을 보호하는 일이 절대 어렵지 않다는 걸 다양한 고민과 실천을 통해 일깨워 주고 싶어요. 실제로 내 수업을 들은 학생들이 그렇게 변화하는 걸 내 눈으로 확인한 적도 많고요. 이런 교육이 모든 학생들에게 보편적이고 형평성 있게 이루어졌으면 하는 게 내 바람이에요. 그럼 지구 환경도 조금씩 좋아질 테니까요.

선생님이 생각하시는 이상적인 환경교육은 어떤 건가요?

이상적인 교육이라는 건 따로 없는 것 같아요. 내가 사는 이 시대, 이 사회 속에서 늘 새롭고 중요한 가치를 찾아 나가면 그게 바로 이상에 가까워지는 길이겠죠.

수학과 영어도 중요하지만 지금은 최대한 많은 학생들이 환경 수업을 통해 친환경적 소양과 인성을 배웠으면 좋겠어요. 그러기 위해선 많은 학교에 환경교사가 있어야 하고요. 여러 사회단체들이 환경교육을 위해 애쓰고 있긴 하지만 그것만으로는 한계가 있고, 특히 청소년들을 대상으로 한 환경교육은 굉장히 부족해요. 최소한 한 학교에 한 명씩 환경교사를 두고 지속적인 교육을 할 필요가 있습니다. 환경 수업이 시민과 사회단체를 연결해 주는 코디네이터의 역할을 한다면, 많은 학생들이 환경의식을 키우면서 자기에게 알맞은 실천 방식을 찾아 나갈 수 있다고 생각해요.

• **인터뷰 및 정리** : 성남 숭신여자고등학교 강문영, 김윤수, 소지영, 최정연 (지도 교사 김강석)

그린 멘토를 인터뷰한 에코주니어 회원들

엄기윤 정종환 백상연 문승현 이원재 방성한 홍인기 이호욱 우성원 김영길 이재연 이창연 조민혁 유동곤 정민석 임재호 이준희 서정재 김찬혁 최진영 이상훈 한지호 임부재 정세환 김태완 황인호 이보빈 조은한 정수현 허지명 이유진 안예희 박정은 박지원 최윤석 박제련 고형섭 박혜원 이주영 윤호석 유형석 조혜리 남윤정 이해성 이의종 김소연 강지윤 이수빈 조준성 이지은 백채린 서영진 정소희 권효민 김서현 전예나 최정연 남효연 유재빈 이송이 김민선 최보윤 소지영 김윤수 강문영 서지혜 김정솔 박소정 최유진 이동주 양재훈 이준희 고영경 노승욱 김경훈 유민정 이상진 서지유 황채빈 김종명 조정호 이원중 류준하 조다현 김지환 라소진 오진영 이경은 전효나 정성경 김하영 강희찬 이연수 신승현 이성준 이은화 김경빈 변혜영 민미선 여윤민 여채은 지수빈 이래은 김미래 이유정 염예진 이재윤 김재림 김예린 김지경 신혜빈 김예지 신지수 진아현 함은주 주다영 김현경 박민정 서준희 최수민 김용원 조유진 안수민 김희연 김민선 홍유림 채희원 박인애 인미나 이경미 이슬예 조미나 김보미 정재영 정기영 이태형 임환철 김선동 이유라 강다솜 이혜진 박찬미 신소미 신다영 서영조 고건영 문동우 하기연 이창헌 강지원 고수현 염유진 정선화 정지환 안준 김호빈 박준수 이정우 차민준 유형준 남경민 장찬호 배준 양승훈 주영록 이진영 박범식 유현상 서동길 박용진 임승수 황태연 이원근 이산성 손동연 (이상 175명)

인터뷰 지도 교사

육혜경 신경준 안재정 이소영 김강석 황경미 맹계현 허진숙 최소영 박은화 서은정 남윤희